€ 15,95

D1180380

DE JACHT OP DE LAATSTE DRAAK

In de tekst komen een aantal 'oudere' woorden voor.
De betekenis ervan vind je achteraan in het boek.

Sherryl Jordan

De jacht
op de
laatste draak

VERTALING
Willem Verhulst

facet

Antwerpen
2003

Voor Kym, die draken heeft overwonnen, en voor de kleine Kael, die
misschien ooit zelf zijn eigen draken moet bestrijden. Ik wens jullie de
kracht hiervoor, en het besef dat jullie er niet alleen voor staan.

CIP GEGEVENS KONINKLIJKE BIBLIOTHEEK - DEN HAAG
C.I.P. KONINKLIJKE BIBLIOTHEEK ALBERT I

Jordan, Sherryl

De jacht op de laatste draak / Sherryl Jordan [vertaald uit het Engels
door Willem Verhulst] – Antwerpen: Facet, 2003
Oorspronkelijke titel: The Hunting of the Last Dragon
Oorspronkelijke uitgave: HarperCollins Children's Books, a division of
HarperCollins Publishers, New York 2002
ISBN 90 5016 375 0
Trefw.: Draken, China, Engeland, afgebonden voeten,
Middeleeuwen, monniken
NUR 283

Wettelijk depot D/2003/4587/7
Omslagontwerp & illustraties: Marijke Meersman
Copyright © 2002 by Sherryl Jordan
Copyright © Nederlandse vertaling: Facet nv

Eerste druk maart 2003

Het verhaal van Jude, uit Doran

zoals verteld aan
broeder Benedict,
in het klooster van St.-Edmund in Minstan,
die het woord voor woord heeft opgetekend
en daarmee een waarheidsgetrouw verslag heeft gemaakt
van de jacht op de laatste draak,
en van de gebeurtenissen die plaatsvonden
bij de grot van St.-Alfric.

1

NGST IS VOOR mij niets vreemds. Als kind was
ik bang van nachtmerries en van het donker, van
boemannen en boze geesten; de laatste tijd is
mijn grootste angst dat ik een mislukkeling of
een dwaas ben. Ik ben bang van vijanden, van wolven en voor
de hel. Ook ben ik nog steeds bang voor een heks die mij ooit
in haar macht had; maar al deze angsten vallen in het niet bij
de doodsangst die ik voelde op de dag dat ik me voor het eerst
op de grauwe, desolate kust bij de grot van St.-Alfric bevond.
Het was of mijn adem werd afgesneden door de stank van het
drakenvuur en de geur van de dood. Ik was ervan overtuigd
dat ik in dit verbrande oord, waar haat en verbittering diepe
sporen hadden achtergelaten, onherroepelijk de dood zou vinden. En dat ook Jing-wei, mijn vriendin, hier om het leven
zou komen.

Jing-wei liet op die verschrikkelijke dag niets blijken van
haar angst. Misschien was ze wel helemaal niet bang. Ze keek
een hele tijd omhoog naar de zwartgeblakerde rotsen, waar
zich bovenin de grot bevond waar onze doodsvijand zich
ophield. Het gesteente vlak onder zijn schuilplaats zag zwart
van het roet – of was het bloed? – en een dood lichaam – ik
kon van die afstand niet zien of het een mens of een dier was –
hing half over de rand. Dichterbij, op het strand, lag nog een

lichaam. Het was dat van een man, en ik deed mijn best om er niet naar te kijken. Van zijn lichaam was niet veel meer over dan een geblakerd skelet, dat met een hand nog steeds een zwaard omkneld hield.

'Het zal ons niet mislukken, Jude,' zei Jing-wei. Ze kwam, moeizaam hinkend over de geblakerde stenen op het strand, naar me toe. Het verband om haar voeten zag zwart van het roet. Haar zachte lippen en haar vreemde, donkere huid zaten onder de grijze as. Alles aan haar was vreemd – ze was klein en veel te tenger om de zware taak die haar wachtte tot een goed einde te brengen. 'Het zal ons niet mislukken,' zei ze weer, en nam me bij mijn arm om me weg te leiden van de trieste aanblik van de verbrande soldaat. Ze zei een hele tijd niets; ze keek enkel omhoog naar de woeste rotsen. Haar donkere ogen hadden de vorm van amandelen en hielden geheimen verborgen die ik nooit zou kunnen doorgronden. Ze stond zo doodstil, zelfverzekerd en vastberaden dat ik – althans op dat moment – geloofde wat ze gezegd had. Maar er waren ook talloze momenten dat ik door twijfel werd verscheurd en de heks vervloekte die haar ervan overtuigd had dat het ons zou lukken deze taak te volbrengen. Op die momenten vroeg ik me af of ik niet in een vlaag van waanzin met het plan had ingestemd.

Ik durfde niet omhoog te kijken naar de rotsen. Ik durfde eigenlijk nergens naar te kijken. Ik stond te beven van angst, en ik schaam me er niet voor dat te moeten toegeven. Ik meen me te herinneren dat ik ook huilde van verdriet, verdriet om de herinneringen die de stank van het drakenvuur bij me wakker riep, herinneringen aan de dood en verwoesting die ik in mijn eigen dorp had meegemaakt. Ik keek Jing-wei aan, alsof ik wilde proberen kracht te ontlenen aan haar kalmte, maar de uitdrukking op haar gezicht was nog steeds even ondoorgrondelijk.

Ook zij moest in haar binnenste een grote pijn met zich meedragen, misschien wel even groot als die van mij, want zij was ook al haar have en goed kwijtgeraakt. Toen ik haar voor het eerst ontmoette, was ze een bezienswaardigheid die op een rondreizende kermis aan het publiek werd getoond. Iedereen noemde haar toen Lizzie; ze hadden haar zelfs haar eigen naam ontnomen. Wellicht had ze in de tijd dat ze in een kooi moest leven, geleerd hoe ze haar gevoelens moest verbergen. Nieuwsgierige kinderen prikten haar met stokken en stonden haar voortdurend aan te gapen. Soms spuugden ze ook naar haar en was zij een voorwerp van haat en spot. Ik kan het me nu amper voorstellen, maar toen ik haar voor het eerst zag, dacht ik ook dat ze geen gewoon menselijk wezen was, maar een monster met hoeven en klauwen. Ik ken haar nu beter, al wil ik niet beweren dat ik haar echt goed ken. Ze is voor mij nog steeds een mysterie, ondanks het feit dat we samen heel veel hebben geleden, grote overwinningen hebben behaald en samen een reis naar de hel – en weer terug – gemaakt hebben.

Maar mijn verhaal gaat te snel, want ik loop op de gebeurtenissen vooruit. Wellicht is het beter als ik bij het begin begin, en mijn verhaal laat aanvangen op de boze nacht waarop het allemaal begon.

Het is mij zo-even niet ontgaan dat u met uw ogen zat te rollen, broeder Benedict, en dat u uw pen nogal ongeduldig in de inktpot doopte. Ik vraag u om begrip te hebben! Verhalen vertellen is voor mij iets nieuws, maar zodra ik er de slag van te pakken heb, zal het mij zeker lukken om een betere volgorde in mijn woorden aan te brengen. Ik zou willen dat ik kon schrijven en zelf de scribent van mijn verhaal kon zijn, zodat ik geen beslag op uw tijd zou hoeven te leggen. De abt kent mijn verhaal – ik heb het hem in het kort verteld – en hij heeft tegen me gezegd dat Jing-wei en ik hier als gasten in het klooster mogen verblijven gedurende de periode die u nodig heeft om mijn verhaal op te schrijven. Hij schijnt mijn verhaal belangrijk te vinden en heeft me opgedragen om het zo goed mogelijk te vertellen en daarbij geen detail over te slaan. Ik heb tegen hem gezegd dat ik niet over aalmoezen beschik om zijn gastvrijheid te belonen, maar hij zei dat Jing-wei broeder Gregory in het ziekenverblijf kan helpen met het mengen van medicijnen en het vervaardigen van kompressen; zij kan ook de bejaarde monniken behulpzaam zijn tijdens de maaltijden. Hij zei ook dat ik iedere dag tijdens de uren tussen de terts en het noenmaal in de keuken de koks moet helpen bij het bereiden van het eten – een opdracht waar de abt volgens mij spijt van zal krijgen zodra hij mijn pasteien heeft geproefd. En in de middag- en avonduren zullen u en ik proberen om, zoals de abt zei, ons zo goed mogelijk van onze taak te kwijten.

Kunnen we beginnen? Is uw ganzenveer scherp en in de inkt gedoopt? Geven de kaarsen genoeg licht om bij te schrijven? Welnu, dan begin ik opnieuw, vanaf het begin.

Mijn naam is Jude. Ik ben de zoon van Perkin Swinnard, die in het dorp Doran zwijnen placht te hoeden. Mijn avontuur begon op een avond aan het begin van de zomer van dit jaar. Ik herinner mij deze avond tot in de kleinste details, want het was de laatste avond die ik met mijn familie doorbracht. Die avond was ik slechtgehumeurd. Ik had geen vrede met mijn lot. Nu schaam ik mij voor de duistere gedachten die ik toen had. Ik heb er ook spijt van, maar de eerlijkheid gebiedt mij ze u op te biechten. Ik vermoed ook dat er in de hemel op dat moment een heilige was die niets beters te doen had en zich met mij en mijn gedachten ging bemoeien. Wellicht dat hij mijn ondankbaarheid als iets afkeurenswaardigs beschouwde en besloot om in te grijpen.

Ik zat te denken dat het lot mij onheus had bejegend en dat ik gedoemd was om als mislukt boogschutter door het leven te gaan, en dat mijn lichaam niet de juiste verhoudingen had, dat ik lelijk was en geplaagd werd door de aanwezigheid van vier zussen die allemaal jonger waren dan ik. In die sombere stemming dacht ik ook aan andere tegenslagen: aan het feit dat ik in gezelschap van de schone deerne Prue nooit een woord wist uit te brengen en voortdurend stuntelde in haar aanwezigheid. Haar vader was de molenaar van ons dorp, een man met stevige vuisten, die vastbesloten was om zijn dochter te behoeden voor het begaan van doodzonden, zoals de omgang met mij, en ervoor te zorgen dat zij als non door het leven zou gaan. Ik was gedoemd om de rest van mijn dagen te besteden aan het hoeden van stinkende varkens, en de rest van mijn avonden aan het proberen te zorgen dat de vier blagen niet in het haardvuur of in de waterput terechtkwamen en dat ze mijn moeder niet voor de voeten liepen. Maar het ergste was dat ik gedoemd zou zijn om eerloos begraven te worden, zonder dat mijn moed op de proef zou zijn gesteld of mijn roem zou zijn bezongen. Om kort te gaan: ik zag mijzelf gedoemd tot een leven met varkens en blagen, een leven zon-

11

der Prue, een leven dat geen enkele kans op ontsnapping bood.

Op die avond, vroeg in de zomer, zat ik bij het haardvuur en lette op dat de ketel, waarin een groot stuk gezouten spek lag, aan de kook bleef. Ondertussen probeerde ik de laatste hand te leggen aan de nieuwe laarzen die ik voor mezelf aan het maken was. Ze waren al bijna klaar; ik had het bovenstuk af, en het enige wat ik nog moest doen was gaten maken in de leren zolen, zodat ik de stukken aan elkaar kon naaien. De oudste van de vier blagen, Addy, liep voortdurend om me heen te jengelen. Ze ging steeds voor het haardvuur staan, zodat ik amper iets kon zien. De op één na oudste, Lucy, zat op de dekens en dierenhuiden die op de vloer lagen en waarop ons gezin sliep, te spelen. De tweeling lag te slapen. Ze waren amper drie zomers oud. Mijn grootvader zat in een hoek, bij een bieskaars die gemaakt was van een in vet gedoopte riet-stengel. Hij was nu bijna zestig jaar en de oudste inwoner van het dorp. Hij was bezig een stuk hout te snijden en zat met zijn hoofd zo dicht bij de vlam van de bieskaars dat ik bang was dat hij elk moment zelf in brand kon vliegen. Hij zat, zoals altijd, in zichzelf te mompelen. Ooit had hij kans gezien aan het opwindende leven van zwijnenhoeder te ontsnappen door dienst te nemen in het leger en ten strijde te trekken tegen de Schotten. Toen hij terugkwam was hij aan een oog blind en waren ook zijn geestesvermogens danig aangetast. In de hoek tegenover hem stonden de twee ossen van mijn vader schijnbaar tevreden hun hooi te kauwen. Op de balken boven ons hoofd zaten onze vijf kippen, die 's nachts altijd veilig bin-nen zaten. Ze maakten aanstalten om te gaan slapen en zaten zachtjes te kakelen. Als Addy er niet geweest was, zou het een rustige avond zijn geweest.

'Je had hem aan mij moeten geven,' zei ze.

'Waar heb je het over?' vroeg ik.

'Je oude boog,' zei ze en gaf me een duw tegen mijn arm, zodat ik met de hamer de els miste en op mijn duim sloeg.

Ik vloekte, maar niet zo hard dat mijn moeder het kon horen. 'Als je me niet met rust laat,' waarschuwde ik, 'dan pak ik die boog, en nog een pijl ook, en dan stop ik ze op een plek waar je ze liever niet hebt.'

'Je kunt me je boog niet geven,' zei ze. 'Ik heb gezien dat je hem in de eendenvijver hebt gegooid. Waarom heb je dat gedaan?'

'Stond je me soms te begluren?'

'Waarom heb je je boog weggegooid?'

'Omdat het een waardeloze boog was. Je kon er niet eens recht mee schieten.'

'Ik betwijfel of dat aan de boog lag, Jude,' zei mijn moeder, die bezig was een paar preien schoon te maken. Ze lachte naar me. 'Daar zul je nog spijt van krijgen. Je had hem moeten verkopen.'

Daar had ik zelf ook aan gedacht, maar pas op het moment dat de boog onder water was verdwenen. 'Ik heb trouwens genoeg geld voor een nieuwe,' zei ik. 'Ik ga morgen naar Rokeby om er een te kopen. Vader zegt dat er in Rokeby een uitstekende boogmaker zit. En er zit ook een pijlenmaker, zodat ik meteen nieuwe pijlen kan kopen.'

'Er zit ook een goede zadelmaker in Rokeby,' zei mijn grootvader zonder op te kijken van zijn houtsnijwerk. 'Die heeft het tuig voor Alfred gemaakt. Waarom neem je Alfred morgen niet mee, jongen? Dan ben je tenminste snel in Rokeby. Alfred is een prima paard.'

Alfred was het paard waarmee hij naar het strijdtoneel was vertrokken en dat veertig jaar geleden tijdens een veldslag was gesneuveld.

'En wie moet er dan voor de varkens zorgen als jij weg bent?' vroeg mijn moeder.

'Vader zei dat hij dat morgen zou doen. Alles is al geregeld. Ik vertrek zo gauw het licht is en kom voor het donker weer terug.'

Addy trok aan mijn mouw. Ik wist wat ze zou gaan zeggen. 'Ik wil mee!' smeekte ze.

'Ja, maar dan neem ik je veel verder mee dan Rokeby,' antwoordde ik. 'Helemaal naar Constantinopel, en daar laat ik je achter.'

'Waar ligt dat?' vroeg ze hoopvol. Wellicht verlangde zij net zozeer naar het avontuur als ik.

'Waar de ridders heen gingen op de kruistochten,' zei ik. 'Waar de heidenen kinderen levend villen en de huid gebruiken om fijn perkament van te maken, waar geleerde scribenten op kunnen schrijven.'

'Hoe komt het dat jij dat allemaal weet, Jude?' vroeg mijn moeder, terwijl ze me slinks aankeek.

Ik boog me weer over mijn laarzen en zei verder niets. Als ze wist dat een rondreizende minstreel me dat in een taveerne had verteld, zou ze me net zo lang oorvijgen geven tot mijn hoofd gonsde als een bijenkorf. Ik wist uit ervaring dat ze nog sneller met haar vuisten was dan de molenaar.

'Ze villen geen kinderen,' pruilde Addy. 'En ik vind het trouwens stom dat jij een nieuwe boog gaat kopen. Je kunt niet eens mikken.'

'Ik kan op veertig passen afstand een eik raken,' zei ik.

14

'Dat kun je niet. Toen je een tijdje geleden op de schuur van Jack Plowman stond te schieten, miste je.'

Ik kneep haar in haar achterwerk – ik had ontdekt dat dat een onopvallende manier was om haar te straffen – en ging weer verder met mijn werk.

'Ik heb trouwens Prue tegen Kitty Smythe horen zeggen dat je op een domme os lijkt, en net zoveel verstand hebt,' fluisterde Addy hatelijk. Ze huilde niet eens.

Addy had het geluk dat vader op dat moment thuiskwam. Hij legde de konijnen die hij gevangen had bij de haard neer.

'Mag ik de vellen?' vroeg ik, want ik wilde mijn laarzen met bont voeren.

Hij hoorde me niet; hij had ons trouwens ook niet eens begroet toen hij binnenkwam, terwijl hij anders altijd zo vrolijk was. Hij zat naast me op de aarden vloer en stak zijn handen uit naar het haardvuur, want hoewel het overdag warm was, kon het 's avonds behoorlijk koud zijn. Hij had grote handen, net zo stevig en sterk als de rest van zijn lichaam. Hij had een onopvallend gezicht, met een vierkante kin en een korte dikke wipneus, net als die van mij, zoals ik wel eens op een dag dat het niet waaide in het water van de molenkolk heb gezien. Ik wilde dat ik van binnen ook net zo kon zijn als hij; kalm, onbevreesd en rechtvaardig, en zonder de neiging om gauw boos te worden. Ik moet bekennen dat ik dat allemaal niet ben; ik ben erg ongeduldig, en heb steeds de neiging om de gemakkelijkste weg te kiezen, vooral wanneer ik gevaar loop.

'Ik heb nieuws gehoord,' zei hij. 'Slecht nieuws.'

Addy was voor de verandering even stil, en mijn moeder liet de groente even rusten. Mijn vader ging verder: 'Gisteravond is Thornhill verwoest.' Zijn stem stokte, en ik keek de andere kant op. Zijn enige broer woonde daar, samen met zijn vrouw en tien lawaaiige kinderen. Toen mijn vader weer verderging, was hij amper verstaanbaar: 'Alles is verwoest, dieren, huizen, de molen, de kerk. Alle tarwe is verbrand, de akkers zijn tot ver in de omtrek zwartgeblakerd. Niemand heeft het overleefd.'

Ik legde de hamer naast de haard en zette de leren zolen ernaast. We wachtten allemaal tot hij weer verder zou gaan. De enige geluiden in de kamer waren het geknetter van het vuur en het gelijkmatige, schrapende geluid van grootvaders mes op het stuk hout. Mijn vader haalde diep adem en ging met zijn handen door zijn haar en langs zijn gezicht. Zijn huid was grijs en zijn snor, die al dagen niet geplukt was, stak daar heel donker bij af. Voor het eerst van mijn leven zag ik hem huilen.

'Volgens sommigen waren het de Schotten,' ging mijn vader even later verder. 'Maar er zijn nergens afdrukken van paardenhoeven gezien. Er zijn ook geen soldaten in de streek gesignaleerd. En de mensen die gevlucht zijn, wier lichamen in de verkoolde velden zijn gevonden... Men zegt dat er geen pijlen in hun lijken zijn aangetroffen, en dat niets erop wees dat ze met behulp van door mensen gemaakte wapens om het leven waren gebracht. Er wordt alleen verteld dat ze door een of ander vuur onherkenbaar waren verminkt.'

Mijn moeder maakte een onverwachte beweging. Ze liet zich op een kruk zakken. Lucy en Addy liepen naar haar toe, maar ze sloeg haar armen niet om hen heen. Ze bleef zitten alsof ze met stomheid was geslagen. Haar gezicht had de kleur van gebleekte lappen.

16

'Het vuur daalde neer uit de hemel,' zei nu mijn grootvader, die nog steeds over zijn houtsnijwerk zat gebogen. Hij sprak met gebarsten stem. Zijn stem trilde en schoot omhoog naarmate hij steeds meer opgewonden begon te raken. Ondertussen sneed hij steeds dieper in het hout, waardoor hij zijn werk ten slotte helemaal verknoeide. 'Iedereen werd door het vuur verteerd, rijk en arm, mannen en vrouwen, priesters en ketters. Dat er ketters omkwamen, was natuurlijk minder erg. En na het vuur kwam de wind, zware stormen die de rook over de hele christenheid verspreidden. Iedereen die het zag, werd op slag gedood. Het was een bezoeking, een oordeel van de Almachtige.'

'Toen was er geen vuur,' zei mijn vader op rustige toon. 'Dat was de Zwarte Dood. Dat was een ziekte, en geen grote brand.'

'Ja, maar men zegt dat het met een brand begon,' zei grootvader. Toen hij opkeek, zag ik dat zijn gezicht helemaal rood was. Hij leek erg gespannen. 'Het begon aan de overkant van de zee, in het rijk in het oosten, ver hiervandaan. Het werd hierheen gebracht door schepen, die in vreselijke stormwinden hierheen werden gevoerd. Zo kwam het kwaad in onze havens terecht, en verspreidde zich daarvandaan als gif door ons hele...'

'Maar het was niet de Zwarte Dood die Thornhill gisteren heeft verwoest,' zei mijn vader. 'Ik herinner me nog hoe de mensen besmet raakten met de pest en daaraan bezweken. Het waren er zoveel dat de kerkhoven vol raakten en we de doden in grote kuilen in de velden moesten begraven. Dit is iets anders. Er waren geen zieken in Thornhill, voor zover mij bekend. En behalve wat verkoolde resten zijn er geen lichamen gevonden. En die resten waren deels... deels verslonden. Er hing ook een vreemde stank in de lucht. Dat zeiden de mensen tenminste.'

Grootvader staarde hem aan. Hij zat nog steeds driftig met zijn mes in het hout te kerven. Plotseling gleed het mes uit en maakte een diepe wond in zijn hand. 'Er is nog een andere dood,' zei hij, zonder ook maar in de gaten te hebben dat hij zich had bezeerd. 'Mijn vader had het er vaak over. En dan had hij het altijd over vuur – vuur en rook, afkomstig uit de hel.'

Mijn moeder haalde een doek en een kom met water. Ze knielde bij hem neer om zijn wond te betten. Mijn grootvader kletste maar door, over beesten met vleugels en monsters uit de hel. Even later barstte hij in snikken uit en begon tegen onze grootmoeder te praten, hoewel die reeds gestorven was toen ik werd geboren. Mijn moeder huilde nu ook. Ik zag de tranen in haar ogen, maar ik hoorde haar niet snikken. Ondertussen bond ze een verbanddoek om grootvaders bloedende hand.

Addy en Lucy begonnen ook te huilen, waardoor de tweeling wakker werd, die het op hun beurt ook op een janken zetten. Ze schreeuwden hard genoeg om de doden tot leven te wekken, en ik moet toegeven dat ik zelf ook op het punt stond om mijn tranen de vrije loop te laten, overmand als ik was door angst en verdriet. Ik keek naar mijn vader, alsof ik bij hem kracht zocht, maar hij zat voor zich uit te staren in het haardvuur. Zijn gezicht was net zo bleek als dat van mijn moeder en hij beefde over zijn hele lichaam, alsof hij oog in oog met Lucifer zelf stond. Dit was de eerste keer in mijn leven dat ik zag dat hij bang was. De angst verspreidde zich als een dikke, verstikkende rook door ons hele huis. De vier blagen begonnen nog harder te janken. Het leek of zij die angst ook voelden. Hun gekrijs bracht mij volkomen van mijn stuk. De kreten lieten mijn vader kennelijk ook niet onberoerd, want plotseling riep hij uit: 'In hemelsnaam! Wees stil!' Grootvader hield op met kletsen, maar de blagen begonnen alleen nog maar harder te krijsen. Mijn vader stond op en liep naar buiten. Hij sloeg de deur met een klap achter zich dicht. Door de luchtstroom zag ik de vlammen van het haardvuur even opflakkeren. Rook en as wervelden door de kamer.

Door de rook begonnen mijn ogen te tranen. Ik veegde ze droog aan mijn mouw en pakte de hamer weer beet. Ik probeerde niet naar mijn moeder te kijken, maar vanuit mijn ooghoek zag ik dat ze met haar hoofd voorovergebogen zat. Tranen liepen over haar wangen. Ze maakte het verband om grootvaders hand vast en liep naar de vier blagen toe. Ze sloeg haar armen om hen heen en wiegde hen zachtjes heen en weer. Maar de kinderen krijsten maar door. Ze leken volkomen ontroostbaar.

De avond was verpest. Ik maakte mijn laarzen verder af. Ze waren erg mooi geworden, maar het lukte mij niet om enige voldoening te voelen. Ik voelde ook geen opwinding bij het vooruitzicht van de reis die ik morgen ging ondernemen. Ik had drie zomers lang voor onze buren gewerkt en hen geholpen bij de oogst. Daarmee had ik wat geld verdiend om een betere boog te kopen. Maar de kostbare muntstukken schonken me geen enkele vreugde, en toen ik samen met mijn moeder en zusjes in bed lag, was het niet het vooruitzicht op de volgende dag dat me wakker hield, maar een steeds sterker wordend gevoel van verdriet. Toen mijn vader tegen het ochtendgloren terugkwam, lag ik nog steeds klaarwakker. Hij rook naar bier, wat mij deed vermoeden dat hij samen met een buurman had zitten drinken. Hij kroop niet in bed, maar gooide nog wat hout op het bijna gedoofde haardvuur en ging er met zijn hoofd in zijn handen naast zitten.

Langs de gerafelde randen van het oliedoek dat voor onze ramen was gespannen, begon zonlicht naar binnen te dringen. Buiten zongen de eerste vogels. Mijn moeder stond op en begon haverkoeken te maken. Terwijl ik net deed of ik sliep, zag ik dat mijn vader zijn armen om haar heen sloeg en iets tegen haar fluisterde. Ze stonden samen te huilen zonder daarbij geluid te maken.

Later zaten we met z'n allen op de aarden vloer voor het haardvuur en probeerden de haverkoeken die ze had gemaakt op te eten. Niemand zei iets. In mijn hoofd verdrongen zich de gedachten aan familieleden die levend verbrand waren en aan hun dorp dat door het vuur was verwoest. Ook voelde ik een onbestemd gevoel van angst in me opkomen.

2

ET DORP ROKEBY lag een mijl of tien bij ons vandaan. Hoewel het een flink eind lopen was, genoot ik van de wandeling. Het was een warme dag en dus had ik mijn mantel thuisgelaten. Ik had alleen mijn geldbuidel bij me, die naast mijn mes aan mijn riem gebonden zat. Ook had ik een kleine leren zak met bier meegenomen om onderweg mijn dorst te lessen. Ik had mijn nieuwe laarzen aangetrokken. Ze zaten heerlijk en zagen er prachtig uit, al zeg ik het zelf.

Naarmate ik verder van huis liep, leek het of mijn hart steeds minder werd bezwaard door het verdriet dat mijn familie had getroffen. Mijn moeder had gehuild en me gesmeekt om niet naar Rokeby te gaan. Mijn vader had me heel streng aangekeken en gezegd dat ik heel voorzichtig moest zijn en in het dorp mijn oren goed open moest houden en op moest letten of er nog meer nieuws was. Ik nam me voor om dat niet te doen, omdat ik de vorige dag al genoeg ellende had meegemaakt.

Toen ik in Rokeby aankwam, zag ik tot mijn groot genoegen dat het op het dorpsplein kermis was. Er stonden allemaal tenten en kramen van een rondtrekkend gezelschap, dat regelmatig de dorpen in onze streek aandeed. Ik zag een poppenkast, kraampjes waar pasteien en gesuikerde vruchten werden verkocht, en grote tenten waar op de zijkant afbeeldingen waren te zien van de wonderlijke zaken die binnen te zien waren. Er waren fluitspelers, een man met een doedelzak, dansers en worstelaars. Ik hoorde kinderen schreeuwen bij het blindemannetje spelen. Behalve de kramen van de kermisgasten waren er, zoals altijd, zigeuners die alleen reisden en bij iedere kermis weer opdoken: de meesten waren koopli die luidruchtig hun waren aanprezen, maar er waren ook zout- en peperverkopers, rondtrekkende troubadours en kruidendokters, die kruiden bij zich hadden waarvan ze beweerden dat ze alle kwalen, van eenvoudige puisten tot allerlei geheimzinnige ziektes die door de toverspreuken van heksen werden veroorzaakt, konden genezen. Ik kwam even in de verleiding om hier een paar van mijn kostbare muntstukken uit te geven, maar liep ten slotte verder het dorp in en ging op zoek naar de man die bogen maakte en naar de pijlenmaker. Even later liep ik, met mijn nieuwe boog over mijn rug en een fraaie pijlkoker vol pijlen – en met zelfs nog wat wisselgeld in mijn buidel –, terug naar de kermis.

Ik had honger gekregen en kocht een appeltaart. De vrouw die me de taart verkocht, keek vol bewondering naar mijn boog. 'Laat ze maar eens zien hoe goed je bent,' zei ze, en wees daarbij naar een groepje mensen aan de overkant van het plein. Ik zag dat ze daar een met felle kleuren beschilderde schietschijf hadden neergezet. 'Richard de boogschutter geeft iedereen die beter kan schieten dan hij een zilveren florijn. Ga hem maar uitdagen. Een stevige knaap als jij kan vast heel goed met een boog omgaan.'

Ik kon Richard goed zien. Hij was een bedreven schutter. Het was een genoegen om naar hem te kijken en te zien hoe zijn pijlen feilloos in de roos terechtkwamen.

'Misschien is het beter van niet,' antwoordde ik. 'Het zou zonde zijn als hij zo vroeg in de middag al zonder geld komt te zitten.'

Ik slenterde verder en at ondertussen mijn appeltaart op. Ik liep langs felbeschilderde tenten, waarop ik een vuurvreter, een sterke man, de dikste vrouw ter wereld, een beer, een boskat en nog meer van dergelijke wonderlijke zaken zag aangekondigd. Maar toen viel mijn oog op de tent van de zwaardvechter. Aan de buitenkant stond een gespierde kerel afgebeeld, die met een groot zwaard zwaaide. De voorstelling stond op het punt te beginnen, dus betaalde ik de knaap bij de ingang een muntstuk en liep naar binnen.

Het wemelde er van de mensen, maar ik zag kans me een weg door de menigte te banen tot voor in de tent, waar een podium was. We wachtten. Om me heen stonden mensen met elkaar te praten. Ik hoorde iemand zeggen: 'Die zwaardvechter is de kleinzoon van een ridder, naar men zegt. Met dat zwaard zijn ooit draken gedood. Ik verzeker je dat vóór het einde van de zomer dat zwaard opnieuw gebruikt zal worden.'

'Jawel, maar dan om jouw dwaze tong mee af te snijden,' mopperde de vrouw die naast hem stond. Een paar mensen schoten in de lach.

'Dat is niet iets om mee te spotten,' zei een oude vrouw. Haar gezicht was een en al rimpels en haar lichaam was zo krom als een wilgentak. 'Ik heb het verleden gezien en ik heb in de toekomst gekeken en wat ik zag, was vuur. Vuur dat uit de hemel kwam vallen.'

'Let op je woorden, moeder Droefhart,' zei weer iemand anders. 'Je spreekt dwaasheid, en er schuilt groot gevaar in het verspreiden van verhalen die de mensen angst aanjagen.'

'Het zijn niet enkel verhalen die hier de ronde doen,' zei een andere vrouw. 'Mijn Tomas heeft gisteren een duivel op de weg gezien. Een duivel, met een puntige staart en horens en een rode huid. Echt waar. En hij stonk vreselijk.'

'Wellicht had hij net een scheet gelaten,' zei een jonge knaap. Een paar mensen lachten, maar zijn moeder gaf hem een oorvijg.

Toen klom er een man het podium op. Hij droeg een groot zwaard in zijn rechterhand. Iedereen was nu stil. De man sprak: 'Mijn naam is Tybalt. Ik ben de kleinzoon van heer Allun de ridder, de laatste drakendoder. Met dit zwaard zijn grote overwinningen behaald. Met dit zwaard is het bloed van menig gevleugeld beest vergoten. Zie toe en huiver, want de moed en de bekwaamheid van edele ridders zit mij in het bloed!'

Hij hield nu het lemmet omhoog en bleef doodstil staan. Iedereen hield zijn adem in om te zien wat er ging gebeuren; toen liet hij het zwaard heel langzaam zakken en draaide het rond. Het dodelijke wapen beschreef een cirkel in de lucht. Hij zwaaide er steeds sneller mee, zo snel dat je het lemmet door de lucht hoorde fluiten en het leek of je niet één, maar een heleboel zwaarden door de lucht zag klieven. Het licht werd door het zwaard weerkaatst, zodat het leek of de man in een zee van zilverkleurig licht op het podium stond. Nu eens zwaaide hij het zwaard boven zijn hoofd, dan naar links, en dan weer naar rechts. Ook uit de bewegingen van zijn lichaam sprak een zekere gratie. Het leek op een dans; het was prachtig en wonderlijk om te aanschouwen.

Hij gooide het zwaard hoog in de lucht. Het kwam draai-end weer omlaag en wij deden allemaal een paar passen achteruit. Even leek het of de mensen elkaar van angst onder de voet zouden lopen, maar toen ving de man het zwaard op. Hij lachte. We lachten allemaal en juichten. Er klonk een daverend applaus. Hij maakte een buiging en keek de zaal in. Zijn ogen spoten vuur. Hij had een krachtige uitdrukking op zijn woeste, knappe gezicht, dat omkranst werd door een donkere baard. 'Ik heb een dapper iemand nodig,' zei hij. 'Iemand die standvastig van gemoed is en niet bang is om de dood in de ogen te kijken.'

Iedereen bleef doodstil staan. Een heleboel mannen stonden opeens aandachtig naar hun voeten te kijken, of begonnen op fluisterende toon een gesprek met hun vrouw. Tybalt nodigde enkele mannen uit om op het podium te komen, maar iedereen weigerde. Toen zag de zwaardvechter mij staan.

'Kijk eens wat een grote, dappere knaap we hier hebben!' zei hij.

Ik bloosde diep en keek achterom, in de hoop dat hij het tegen iemand anders had. De vrouw naast me giechelde en duwde me naar voren. Ik had geen keus; te midden van gelach en goedbedoelde grappen werd ik nogal onhandig het podium op gehesen. In het gedrang kwam mijn pijlkoker ondersteboven te zitten, waardoor al mijn pijlen op de grond kletterden. Ik geneerde me vreselijk en kroop over de vloer van het podium om mijn pijlen weer bij elkaar te rapen. Enkele toeschouwers lachten. Tybalt legde zijn zwaard neer en bukte om me te helpen. Met een plechtige uitdrukking op zijn gezicht stopte hij de pijlen weer terug in de koker en hielp me toen om mijn boog af te doen, die hij vervolgens samen met de pijlkoker uit de weg legde. Daarna raapte hij zijn zwaard weer op. We stonden nu allebei oog in oog met de toeschouwers.

Hij stak met kop en schouders boven me uit. Ondanks al zijn kracht viel het me op hoe slank van postuur hij was.

Hij legde een arm op mijn schouders. 'Hoe heet je, knaap?' vroeg hij.

'Jude,' zei ik. Mijn stem beefde, net zoals de rest van mijn lichaam. Ik moest mijn uiterste best doen om een kalme, koelbloedige indruk te maken.

'Staat mevrouw je moeder in het publiek, Jude?'

'Neen. Ik kom uit Doran en ga vanavond weer naar huis. Ik ben alleen op reis.'

'Dan is dit voor jou een dag van geluk, Jude,' glimlachte hij. 'En voor mij ook, want nu kan ik de moed van een knaap beproeven zonder dat zijn moeder naar me staat te schelden.'

De mensen lachten weer. Hun gelach klonk opgelucht, alsof ze blij waren dat zij niet op het podium hoefden te staan en op hun gemak konden toekijken hoe een vreemde nu voor hun vermaak de dood in de ogen ging kijken. Ik slikte moeizaam. Ik kon me niet herinneren dat ik ooit zo bang was geweest. De enige keer dat ik me net zo bang had gevoeld als nu, was de keer dat ik Prue bijna had gezoend.

'Om te beginnen,' zei Tybalt, 'moeten we bij ons hooggeëerd publiek een paar twijfels wegnemen. Neem het zwaard, Jude.' Hij hield mij het zwaard voor. Het lemmet wees nog steeds omhoog. Het zwaard bewoog niet in zijn handen.

Ik nam het wapen van hem over en liet het bijna vallen. Godsakkerloot, wat was het zwaar! Ik moest alle moeite doen om in evenwicht te blijven. De mensen begonnen weer te lachen. Kennelijk dachten ze dat ik alleen maar een beetje gek stond te doen.

'Je moet het zwaard recht omhooghouden,' zei Tybalt

zachtjes tegen me. 'Zorg dat het in evenwicht blijft, dan is het een stuk gemakkelijker.' Daarna verhief hij zijn stem weer, zodat iedereen hem kon horen, en zei: 'Sommigen beweren, Jude, dat dit zwaard niet meer is dan een onschuldig stuk houten speelgoed, en dat het geverfd is om op staal te lijken. Wat denk je, Jude, is het van hout?'

'Het is veel te zwaar om van hout te zijn,' zei ik. Ik kon het zwaard maar met moeite overeind houden. Mijn armen deden pijn, en ik was bang dat ik het zwaard zou laten vallen en iemands voeten zou afhakken, of erger. Tybalt zag dat ik het moeilijk had en nam het wapen van me over. Hij zwaaide er even mee en ik sprong achteruit, wat weer aanleiding was voor boegeroep en gelach.

Tybalt keek naar het publiek en zei tegen een van de oudere vrouwen: 'Geef mij eens een appel uit uw mand, beste vrouw.' Er werd een appel naar het podium gegooid. Hij ving hem behendig op en gaf hem aan mij. 'Gooi hem eens hoog in de lucht, Jude,' zei hij. 'Recht omhoog, en dan meteen opzij springen.'

Ik deed wat hij zei en toen de appel naar beneden kwam, zwaaide hij met het zwaard. De appel kwam op de grond terecht, precies doormidden gesneden. Ik raapte de beide helften op en hield ze omhoog. Er klonk gefluit en hoerageroep.

'Ik zie dat je boogschutter bent, Jude,' zei Tybalt toen het publiek weer tot bedaren was gekomen. 'Een jager. Dan weet je natuurlijk heel goed hoe je je stil en langzaam moet voortbewegen en doodstil moet blijven staan, bijna zonder adem te halen.'

'Ik heb niet veel ervaring met jagen,' bekende ik.

'Maar lukt het je wel om stil te blijven staan, Jude?'

'Ja, dat wel.'

Hij nam me mee naar het midden van het podium en zette me met mijn gezicht naar de toeschouwers. Ze keken gespannen toe; ze wilden niets van het spektakel missen. Zo staan ze zich ook te vergapen als er iemand wordt opgehangen, ging het door me heen. Tybalt duwde mijn armen dichter tegen mijn lichaam. Mijn ellebogen raakten de riem om mijn middel. Ik staarde over de hoofden van de toeschouwers in de verte en probeerde mijn bonkende hart tot bedaren te brengen. Tybalt stond naast me. Hij hield het zwaard omhoog. 'Denk maar dat je op het punt staat een hertenbok te schieten,' zei hij heel zachtjes. 'Niet bewegen en ook niet ademhalen. Zo blijven staan. Je doet dit voor mij. Nu.'

Ik stond stokstijf, zoals een haas als hij de jager hoort. Ik hoorde het gonzende geluid van het zwaard, eerst nog zacht, maar even later veel luider. Het lemmet floot overal om me heen. Het was of er een zilveren wind over mijn huid streek, nu eens naast me, en dan weer vlak voor me of net boven mijn hoofd. Ik voelde iets op mijn haar. Ik wist niet wat het was; het leek of er distelpluis op mijn hoofd viel. Toen viel er iets zwarts langs mijn gezicht naar beneden. Het was een lok van mijn eigen haar. Ik hoorde een vrouw gillen. Anderen hielden hun adem in. De mensen en de muren van de tent vervaagden, als in een droom. Even leek het of niets echt was, behalve de koude wind van het suizende staal. Het zwaard streek weer vlak langs mijn hoofd en ik voelde weer een lok vallen. Ik weet nog dat ik me op dat moment, terwijl ik door vrees en vertrouwen werd verscheurd, ongewoon kalm voelde. Ik herinner me ook dat ik aan mijn moeder dacht en dat ze er wel honderd haverkoeken voor over zou hebben gehad om hierbij te kunnen zijn. Vroeger ging ze altijd met haar hele gewicht boven op me zitten om me in bedwang te houden als mijn haar geknipt moest worden, en de laatste tijd had ze de strijd helemaal opgegeven. En nu stond ik hier en werd half kaalgeschoren zonder dat ik protesteerde! Wellicht zou ze Tybalt in dienst kunnen nemen om ook de vier blagen even snel onder handen te nemen, en mijn vader ook. Er viel nog meer haar op de grond. Toen zwaaide Tybalt steeds langzamer met het zwaard, tot het tot stilstand kwam.

Ik keek naar Tybalt. Het zweet liep tappelings langs zijn voorhoofd en zijn hemd was doorweekt.

'Jij bent een dappere kerel,' zei hij met die ondoorgrondelijke glimlach van hem. Ik voelde me vreselijk trots. 'Ik heb hier met dappere soldaten op het podium gestaan die terugdeinsden toen het zwaard te dicht in de buurt kwam. Driewerf hoera voor Jude uit Doran, beste mensen. Er is vandaag een dapper iemand in uw midden!' Er werd weer geklapt en gefloten. Sommigen stampten met hun voeten op de grond. Weer anderen juichten. Toen ze me van het podium hielpen, was ik duizelig van mijn succes. Toen ik naar buiten wilde lopen, riep iemand dat ik mijn pijlen en mijn boog had laten liggen. De man die ze aan me gaf, stond te grinniken.

Toen ik weer buiten stond, sloeg ik de pijlkoker en de boog over mijn schouder en ging met mijn hand over de vreemde kale plekken op mijn hoofd. Ik liep met opgeheven hoofd. Er botste iemand tegen me op. De man begon tegen me te vloeken en ik herinner me dat ik dit gebrek aan eerbied als een belediging beschouwde. Wist deze man, en wist het hele dorp dan niet dat ik, Jude uit Doran, een paar minuten geleden oog in oog met de dood had gestaan en daar volkomen kalm onder was gebleven? Ik wilde tegen de hemel schreeuwen hoe dapper ik was. Ik zeg u, broeder Benedict, dat als mijn ziel ooit omhoog is gestegen en het gezicht van God heeft beroerd, het op dat moment was. En ik verzeker u dat al uw gebeden en smeekschriften u niet dichter bij het paradijs hebben gebracht dan het zwaard van Tybalt mij toen.

Nu we het toch over het paradijs hebben: het moet al bijna tijd voor gebed zijn. Neem even rust, broeder, want we hebben gisteren veel geschreven, en het zou een ramp zijn als u reeds op een vroeg punt in het verhaal vermoeid zou raken, voordat ik bij het boeiende gedeelte ben aangekomen.

3

EGROET, BROEDER BENEDICT! Ik zie dat u al druk zit te schrijven, en dat terwijl ik nog niet eens met mijn verhaal begonnen ben! Maar ik kan wel raden waarom. Gisteravond vroeg de abt mij iets over het materiaal dat papier wordt genoemd en dat door de Chinezen wordt gebruikt om op te schrijven. Ik vroeg me af hoe het kon dat hij daarvan op de hoogte was. Maar nu herinner ik me dat ik u gisteren, terwijl u, voordat u begon te schrijven, een nieuw stuk perkament uitrolde, iets over papier heb verteld. Ik neem aan dat u daar met de abt over hebt gesproken en dat hij nu denkt dat mijn vertelling nog meer dergelijke parels van wijsheid bevat. Ik vermoed dat hij u heeft opgedragen om vanaf dit moment ieder woord op te tekenen. Maar dat is een verspilling van uw kostbare inkt, broeder. Ik beloof u dat ik mij geen enkele parel zal laten ont-vallen voordat u uw schrijfgerei in gereedheid hebt gebracht. Wat zie ik? Zit u nog steeds te schrijven? Dat komt waar-schijnlijk doordat u aan uw abt gehoorzaamheid hebt beloofd. Maar vooruit, dan gaan we nu onverwijld verder met het ver-haal.

Mijn vader had me gezegd dat ik in Rokeby op moest letten of ik nieuws hoorde. Ik was die opdracht al lang weer verge-ten, maar juist toen ik op het punt stond te vertrekken, ving ik enig nieuws op. Ik hoorde toevallig een gesprek tussen twee vrouwen, en toen ik de woorden 'tot de grond toe afgebrand' hoorde, spitste ik mijn oren.

'Ja, ja,' zei een van de vrouwen op gedempte toon, 'alles is verwoest, naar men zegt. Het hele dorp Wicklan, en alle velden eromheen. Dit moet wel het begin van de Dag des Oordeels zijn.'

Wicklan? Maar gisteren had men toch gezegd dat Thornhill was verwoest? Ik ging dichterbij staan en luisterde naar de rest van het gesprek.

'Alleen de pastoor is ontkomen,' ging de eerste vrouw verder. 'Hij had zich verstopt in de crypte onder de kerk en toen hij drie dagen later weer tevoorschijn kwam, zag hij dat het hele dorp is de as lag en dat er alleen hier en daar nog wat geblakerde stenen overeind stonden. Hij zette het op een lopen, helemaal naar de volgende stad. Toen hij daar aankwam, sloeg hij alleen nog maar wartaal uit. Zijn haar was in één nacht helemaal wit geworden. Hij beweerde dat hij gezien had wat er was gebeurd. Hij zag het aan komen vliegen vanuit de lucht, en dat er vuur uit zijn...'

'Stil nu!' fluisterde haar vriendin. Ze keek naar de kinderen die aan hun rokken hingen en ging op een veel vrolijkere toon verder: 'Laten we naar de berenbijt gaan kijken, Mary. Misschien hebben ze wel een hele meute honden. Dat brengt ons wat vertier, en het is voor de kinderen ook leuk om naar te kijken.'

Ze liepen verder. Het gevoel van triomf dat ik na mijn ontmoeting met Tybalt koesterde, maakte plaats voor ongerustheid. Toen ik langs de laatste tent liep, viel mijn oog op de afbeelding op de wand. Het was een monsterlijke afbeelding van een wezen dat half mens en half dier was en gekleed was in een zonderling scharlaken gewaad. De schuine ogen vertoonden een duivelse uitdrukking, en in plaats van voeten leek het of het wezen kleine hoeven had. Ik zocht naarstig naar iets wat me enige afleiding kon bezorgen, zodat ik het nieuws dat ik zojuist had opgevangen even kon vergeten. Ik was ook buitengewoon nieuwsgierig en ging in de rij staan die zich voor de tent begon te vormen. Een stevig gespierde kerel nam het geld in ontvangst van de mensen die naar binnen liepen. Naast hem stond een knaap te roepen: 'Komt dat zien! Lizzie-met-de-kleine-voeten, een bezienswaardigheid uit het verre keizerrijk China! Aanschouw haar heidense rituelen! Bekijk haar exotische kledij van kostbare zijde! Hoor hoe zij de geheimzinnige taal van Babbel spreekt!'

We schuifelden langzaam naar voren en gingen een voor een de halfduistere tent binnen. Ik was een van de eersten die naar binnen ging en had dus weer een goede plaats, vlakbij het podium. Al heel snel was de tent helemaal vol. Achter me stonden mensen te dringen en te duwen. Kinderen stonden te dreinen dat ze opgetild wilden worden zodat ze het beter zouden kunnen zien. Maar voorlopig viel er nog niet veel te zien, behalve een leeg podium en een grote, vergrendelde houten kist waarop afschuwelijke gezichten waren geschilderd. De kist werd bewaakt door een man. Even later kwam Tybalt bij hem staan. De zwaardvechter herkende me. Hij grijnsde naar me en gaf me een knipoog.

Een jongen achter me vroeg of het gedrocht gevaarlijk was en of het twee hoofden had. 'Dat weet ik niet, jongen,' antwoordde de vader van het kind. 'Maar het is een verdorven heidens wezen, dus zal het wel horens en hoeven hebben.'

Andere mensen lachten, maar het klonk niet erg opgewekt. Even later werd de tent afgesloten, zodat we allemaal in het donker stonden. Het was meteen doodstil. Plotseling bekroop mij een gevoel van angst en dacht ik aan een ander gedrocht, dat ik lang geleden, toen ik nog klein was, op een andere kermis had gezien. Dat gedrocht was afgrijselijk misvormd. Het had een gezicht dat zo vreselijk verminkt was dat het niet eens meer op een menselijk wezen leek. Hoewel het gedrocht in ketenen was vastgeklonken, was ik toch doodsbang. Zou dit monster nog erger zijn?

Er werd een fakkel aangestoken. In het licht zagen we de kist en de gezichten van de mannen die eroverheen gebogen stonden. De mensen begonnen naar voren te dringen, en ik werd zo hard tegen het podium geduwd dat ik me met mijn handen tegen de rand schrap moest zetten om niet te worden platgedrukt. De gezichten op de beschilderde kist waren nu zo dichtbij dat ik er op had kunnen spugen.

De kist werd ontgrendeld en het deksel ging omhoog. In het halfduister leek het of er een geestverschijning opdook. De gestalte deed zijn armen omhoog, en even vingen we een glimp op van een roodzijden gewaad. Een van de mannen ging met de fakkel langs het gezicht van het monster. Het gezicht was klein en had ook menselijke trekken, maar het was toch heel anders dan ik me had voorgesteld. Het gezicht was maar even te zien, maar ik had toch de vreemde bruine gelaatskleur, als van een kobold of een ander kwaadaardig wezen, kunnen onderscheiden. Ook zag ik dat het donker, wild overeind staande haren en pikzwarte amandelvormige ogen had. Toen werd de fakkel weer weggehaald en voelde ik een zekere teleurstelling: vergeleken met dat andere gedrocht uit mijn kinderjaren was dit wezen nauwelijks een monster te noemen!

Het wezen werd nu uit de kist getild en rechtop op het podium neergezet. Het was klein en ging grotendeels schuil onder het scharlaken zijden gewaad. Het stond te wankelen als een kind dat nog niet goed heeft leren staan. Toen tilde het wezen de zoom van het glimmende gewaad op en bescheen de fakkel de voeten. De voeten waren klein, veel te klein voor mensenvoeten. Ik moest aan de voeten van een duivel denken. Toen begon het gedrocht te lopen. Het liep een paar keer het podium op en neer, niet snel, maar met kleine, kreupele passen, alsof zijn voeten aan elkaar waren geketend. Het liep met het hoofd voorovergebogen en de handen voor het middel gevouwen. Ik keek vol afschuw toe, maar er was toch ook iets dat me fascineerde. Was dit een mens of was het een vreemd, halfmenselijk, onnatuurlijk duivels wezen? Op dat moment bleef het schepsel staan, draaide zich half om en keek naar de aanwezigen. In het licht van de fakkel zag ik weer dat gezicht en besefte tot mijn schrik dat het schepsel een deerne was.

'Spreek, o heidens wezen,' beval Tybalt. Hij hield de fakkel vlak bij haar gezicht.

Ze aarzelde even en wiebelde heen en weer, alsof haar kleine voeten amper in staat waren het gewicht van haar lichaam te torsen, ook al was ze zo klein en tenger dat een flinke windstoot haar omver zou hebben kunnen blazen. Toen deed ze haar mond open en zong een vreemd liedje. Ze had een hoge, zangerige stem. De vreemde woorden klonken als een of andere toverspreuk. Toen het liedje was afgelopen, maakte ze beleefd een diepe buiging. De mensen juichten en klapten, maar ik bleef stil. Ik weet niet wat ik op dat moment voelde.

Was ik bang? Voelde ik me tot haar aangetrokken? Of was het medelijden? Ze leek nog het meest op een wisselkind, een vreemd donker elfenjong, betoverend en teer. Een paar van de mensen die dicht bij haar stonden, noemden haar een trol en spuugden naar haar.

Tybalt gaf het gedrocht weer een bevel. Ze ging nu op een kruk zitten en trok haar kleine schoentjes uit. Doordat ik dichtbij stond, zag ik dat ze lange, gebogen vingernagels had, waardoor haar handen op klauwen leken. Haar voeten waren in doeken gewikkeld. Haar bewaker zei iets tegen haar en hield de fakkel in de buurt van haar voeten. Ze begon nu de doeken van haar voeten te wikkelen. Haar voeten waren zonderlinge, misvormde stompjes, waarvan de tenen en de hielen zo ver waren doorgebogen dat ze elkaar bijna raakten. Ze waren plat en zonder enige vorm, alsof de botten in haar voeten allemaal waren gebroken.

'Haar voeten zijn vanaf haar vroegste jeugd ingezwachteld geweest,' deelde Tybalt mee. 'Dat is in het barbaarse land waar zij vandaan komt de gewoonte. Daarmee houden ze de vrouwen op hun plaats en voorkomen ze dat ze ervandoor gaan om te roddelen of allerlei kattenkwaad uit te halen. Een heel verstandige maatregel, die hier eigenlijk ook toegepast zou moeten worden.'

Sommige mannen grinnikten en riepen dat ze het met Tybalt eens waren, wat hen op een fikse uitbrander van hun vrouwen kwam te staan.

'Het prachtige gewaad dat ze draagt,' ging Tybalt verder, 'is gemaakt van zijde. Zijde wordt van rupsen gemaakt.'

De mensen begonnen te lachen. Hier en daar werd ongelovig gereageerd.

'Echt waar!' riep hij luid. Hij glimlachte. 'U heeft allemaal wel eens iets over het Verre Oosten gehoord, over de Zijderoute, het Oude China en de Oriënt, het land van zijde en prachtige kleding van bont. Welnu, daar komt zij vandaan: uit China. Lizzie is oosters. Onze eigen koningen en koninginnen dragen fraaie kledij, gemaakt van de zijde die via de Zijderoute vanuit haar verre land hierheen wordt gebracht. En zijde is niet het enige dat wordt aangevoerd: fraaie kostbaarheden, zilveren en gouden beelden en juwelen in alle soorten en maten. Deze deerne heeft een lange reis moeten maken, uit het land der barbaren, om u, goede lieden, hier tot lering en vermaak te dienen. Ze is een heiden, die bidt tot gouden afgodsbeelden en duivels en verder tot alles wat maar zondig en verboden is. Haar volk is onbeschaafd en achterlijk. In haar land heerst onwetendheid en men leeft er in de meest gruwelijke zonden. Iemand als zij zult u nergens anders in ons land aantreffen, dus kijk nog maar eens goed.'

Sommigen sloegen een kruis. Ongetwijfeld waren deze godvrezende lieden bang dat de aanwezigheid van deze heidense deerne hen in het verderf zou storten. En zelf hoorde ik in gedachten weer de stem van mijn grootvader en diens onsamenhangende woorden over de Zwarte Dood die uit het oosten kwam en de hemel rood kleurde met vuur, en die door kwaadaardige stormwinden mee werd gevoerd tot in Engeland toe. Had dit gedrocht het vuur aan de hemel gezien? Had ze daarom van die smalle spleetogen? Was dat om zich te beschermen tegen het licht en de hitte van de brandende hemel?

'Hoe is ze bij jou terechtgekomen?' vroeg een vrouw.

'Dat is een geheim dat ik niet wil onthullen,' zei Tybalt. 'Maar ik kan u verzekeren dat zij een zeldzame kostbaarheid is.'

Er werden nog meer vragen gesteld, die niet allemaal werden beantwoord. De deerne zat de hele tijd doodstil, met opgeheven hoofd en haar handen in haar schoot gevouwen. De mensen om me heen begonnen te vertrekken. Tybalt ging ook weg, ongetwijfeld om in zijn eigen tent weer een adembenemende voorstelling met zijn zwaard ten beste te geven. De andere man bleef als bewaker bij de deerne achter. Ik bleef staan, zonder te weten waarom, en keek naar het mismaakte meisje op de kruk. Ze boog zich langzaam voorover en begon haar voeten weer in de linnen doeken te wikkelen. Vervolgens trok ze haar kleine schoentjes aan. Toen ze opkeek, was ik de enige in de tent.

Toen onze blikken elkaar ontmoetten, verdween de hooghartige uitdrukking van haar gezicht. Tot mijn verbazing glimlachte ze naar me.

'Je bent bij Tybalts voorstelling geweest,' zei ze. Haar zachte stem had een licht buitenlands accent. Ik schrok van haar woorden en de uitdrukking op haar gezicht.

'Hoe weet je dat?' vroeg ik. Het was een vreemd idee dat ik gewoon met haar stond te praten.

'Je haar,' zei ze.

'O ja.' Ik voelde met mijn hand aan de stoppels op mijn hoofd. 'Ik... eh...' Ik stond weer met mijn mond vol tanden, zoals altijd in het gezelschap van een deerne – zelfs van een gedrocht als zij.

'Dat heeft hij nog maar een paar keer gedaan,' zei ze.

'Wat?' vroeg ik.

'Mensen kaalscheren. De meesten staan zo te beven dat hij het niet aandurft. Jij moet wel heel dapper geweest zijn.'

'Dapper is het woord niet,' zei ik. Ik merkte dat mijn hoofd rood begon te worden. 'Ik was zo bang dat ik me niet durfde bewegen.'

Ze glimlachte weer naar me. Op dat moment pakte de bewaker haar ruw beet en nam haar mee naar een uitgang aan de achterkant van de tent. Toen ze naar buiten liepen, ving ik een glimp op van een kooi die aan de bovenkant was afgedekt met donkergrijs zeildoek.

Ik bleef alleen achter in de tent. Het was nu doodstil. Ik kreeg een vreemd gevoel. Ik weet niet of het iets met een besef van mijn lotsbestemming te maken had, of dat mij op dat moment een blik in de toekomst werd gegund, maar het was in ieder geval iets dat er heel veel op leek. Ik wist dat we elkaar terug zouden zien.

Behoefte aan rust, waarde broeder? Ik zie dat u geeuwt – ik hoop dat dat komt door de zwoele warmte van deze namiddag en de roemers met honingwijn die u de afgelopen uren heeft genuttigd, en niet omdat u mijn verhaal saai vindt. Ik dacht dat ik de draad van het verhaal ondertussen aardig te pakken had. En ik zie nu ook dat uw kaarsen bijna opgebrand zijn. Morgen na het noenmaal gaan we verder, en dan vertel ik u wat ik aantrof toen ik weer thuiskwam.

4

EGROET, BROEDER. LATEN we meteen beginnen met het verhaal van vandaag, want dit is voor mij het moeilijkste gedeelte, en hoe eerder het achter de rug is, hoe beter.

Onderweg terug naar Doran oefende ik met mijn nieuwe boog. Ik mikte op een haas, maar de pijl kwam in een heuvel terecht. Het waaide harder dan ik gedacht had, zodat mijn pijl het doel miste. Het leek ook of de weg terug veel langer was, want de zon begon al onder te gaan toen ik de bossen achter me liet en de laatste heuvel die mij van mijn huis scheidde, begon te beklimmen. Meestal liep ik met mijn hoofd voorovergebogen en lette op of er gaten en kuilen in de weg zaten, maar toen ik uit de bossen kwam en de heuvel begon te beklimmen, drong de geur van rook mijn neusgaten binnen. Toen ik opkeek, zag ik iets vreselijks. De heuvelrug onttrok mijn dorp nog steeds aan het oog, maar de hemel boven Doran zag zwart van de rook, die zich over een breed terrein tot hoog in de lucht verspreidde en de laagstaande zon verduisterde.

Aanvankelijk geloofde ik mijn ogen niet, maar dat gevoel maakte al snel plaats voor een angst die zo groot was dat ik amper adem kon halen. Ik rende de heuvel op, waarbij ik in mijn haast een paar keer struikelde. Door de bijtende dampen, de ronddwarrelende as en mijn eigen tranen was ik half verblind.

Doran was van de aardbodem weggevaagd. Het dorp lag volledig in de as. Bomen, tarweakkers, boerenwagens, ploegen, moestuinen, schapen, geiten, kippen – alles was verdwenen. Op de plaatsen waar de huisjes hadden gestaan, stonden alleen nog een paar muren van klei overeind. De meeste waren zwartgeblakerd en vele vertoonden scheuren of waren als gevolg van de hitte ingestort. De rieten daken waren verdwenen, evenals de schuttingen van wilgentenen die tussen de huisjes hadden gestaan, en de houten schuurtjes waar de varkensstallen geweest waren. Ploegen en karren – alles was verdwenen. Ik herkende niets meer, omdat alles zwartgeblakerd was. Zelfs de paadjes tussen de huizen waren verdwenen; ik kon ze althans niet meer onderscheiden nu de schuttingen, de tuinen en de boerderijen er niet meer waren. Er was niets meer over van mijn dorp, alleen nog maar as, smeulende houtresten en rook. En die vreselijke stank...

Ik kan me van die nacht weinig meer herinneren. Ik heb nog steeds nachtmerries, waarin ik heen en weer ren langs de randen van de gloeiende bergen as, en in de rook loop te kokhalzen en bijna verstik, en om mijn ouders en de kleine Addy en Lucy en de tweeling en mijn grootvader loop te roepen. In mijn dromen is de lucht vervuld van kreten en gehuil, maar dat moet, naar ik aanneem, van mezelf afkomstig zijn geweest. Ik zag nu mijn eigen huis. Er was niet meer van over dan een zwartgeblakerd omhulsel. Ik wilde erheen rennen, maar werd teruggedreven door de smeulende houtresten, de verzengende hitte en de kwalijke dampen. In de lucht hing de geur van verbrand vlees. En boven die vreselijke stank uit rook ik nog iets anders: een doordringende zwavellucht, die in mijn ogen en neusgaten prikte en een bittere smaak in mijn mond veroorzaakte. Ik kan me zelfs nu nog die smaak precies herinneren.

Het volgende dat ik me duidelijk kan herinneren is dat ik bij zonsopgang mijn handen stond te wassen in het water van het beekje dat naar de verwoeste molen liep. Mijn bloedende handpalmen zaten onder de blaren en waren helemaal zwart van de as. Mijn kleren waren smerig. Alles was zwart, en de zolen van mijn laarzen waren verschroeid. Ik weet nog dat ik mijn gezicht in de beek stond te wassen en opkeek, in de verwachting dat ik het dorp zou zien liggen zoals het er altijd had gelegen en dat ik Addy zou zien, die op me af kwam lopen om me te kwellen met een nieuw spelletje dat ze met me wilde spelen. Dat deed ik een paar keer: steeds als ik mijn gezicht had gewassen keek ik op en verlangde vurig dat Doran weer net zo zou zijn als vroeger.

Maar dat gebeurde niet, en Addy is ook nooit meer komen opdagen.

Er stond geen wind. De dag was heet en het was op een griezelige manier doodstil. Er klonken geen vogelgeluiden en er was geen geloei van vee te horen. Ook hoorde ik nergens krekels tjirpen. Aan de rand van wat vroeger de tarweakker aan de zuidkant van het dorp was geweest, stond nog één enkele boom overeind. Ik klom erin en ging hoog tussen de takken zitten. De bladeren waren bedekt met een dikke laag as. Ik wilde me verstoppen, wellicht om af te wachten wat er verder ging gebeuren.

Vanuit de boom kon ik de omtrek van het dorp onderscheiden. Ik kon nu beter zien waar de huizen hadden gestaan, al was alles voor een groot deel onherkenbaar geworden. Op verschillende plaatsen zag ik, tussen de bergen as en op de stoppelvelden op de verschroeide akkers, verwrongen zwarte hopen liggen. Toen ik er een tijdje naar had zitten kijken, drong het tot me door wat dat waren. Ik werd bevangen door zo'n vreselijk gevoel van ontzetting dat ik begon te schreeuwen en te huilen. Ik maakte me tussen de takken zo klein mogelijk en bad dat ik daar zou mogen sterven. Ik vervloekte mijn eigen lot, dat me die dag het dorp had doen verlaten. Ik voelde me schuldig, omdat iedereen om het leven was gekomen en ik niet. Toen viel ik in slaap, en boze dromen vermengden zich met de stank van rook en de geur van de dood.

Ik werd met een kreet en een grote bons wakker. Toen ik mijn ogen opendeed, zag ik dat ik achterover op de grond lag. Overal om me heen zag ik benen. Ik huilde en lachte tegelijkertijd, want ik dacht dat het mijn eigen mensen uit Doran waren en dat het allemaal een vreselijke droom was geweest. Maar toen boog een man zich over me heen. Ik zag dat het Tybalt was. Aan de uitdrukking op zijn gezicht, en op de gezichten van de anderen die over me heen gebogen stonden, kon ik aflezen dat het geen droom was. Om me heen stonden mensen te redetwisten over de oorzaak van de brand. Volgens sommigen was de brand door soldaten gesticht; anderen beweerden dat het de toorn Gods was, of wellicht het begin van de Dag des Oordeels. Toen zei iemand dat de Zwarte Dood Doran had bereikt en dat de bewoners zich in hun huizen hadden opgesloten en zichzelf en al hun bezittingen hadden verbrand om te voorkomen dat de ziekte zich verder zou verspreiden. Op dat moment moet ik volledig buiten zinnen geraakt zijn: ik meen me te herinneren dat ik als een waanzin-

43

nige begon te krijsen en de lieden die me probeerden te helpen, trapte en beet. Ik weigerde het voedsel en het drinken dat ze me aanboden en wilde zelfs mijn pijlen en mijn boog, die een jongen ergens had gevonden, niet aanraken. Ik schaam me nu nog als ik bedenk hoe grof ik tegen hen deed en zei dat ze moesten opsodemieteren en me met rust moesten laten. Tybalt probeerde me tot rede te brengen, maar ik vloekte tegen hem, net zo lang tot hij me beetpakte en me meenam naar de grote huifkar waar hij mee reisde en waar hij samen met zijn gezin in sliep. Ik stribbelde tegen en hij moet me een klap hebben gegeven, want toen ik weer wakker werd had ik een kloppend hoofd en pijn in mijn kaak. Ik lag alleen in de huifkar, die nu over een hobbelige weg reed. Ik voelde me als een gevangene op weg naar zijn terechtstelling. Mijn tanden klapperden en mijn hoofd deed pijn. Ik voelde zo'n hevige pijn in mijn binnenste dat ik uit medelijden met mezelf in snikken uitbarstte.

En zo, broeder Benedict, kwam ik terecht bij het gezin van Tybalt, en zo heb ik ook Lizzie-met-de-kleine-voeten weer ontmoet.

Ik heb u voor vandaag genoeg verteld. Steeds als ik aan die gebeurtenissen terugdenk, raak ik volkomen uitgeput. Ik denk dat ik maar eens een wandeling in de kloostertuinen ga maken. De tuinen liggen er prachtig bij, en daar vind ik rust en vrede. Wellicht tref ik in de wijngaard broeder Tobit aan, met zijn schoffel en zijn vrolijke gezicht. Hij vertelt steeds ondeugende grappen. Heeft hij u die van Adam en Eva wel eens verteld, hoe ze in de hof van Eden... Bij God! Zit u dat ook op te schrijven? Dan maak ik dat ik wegkom!

5

ROEDER, IK LOOP nog te hijgen van de haast waarmee ik hiernaartoe ben gekomen! Het spijt me dat ik te laat ben; ik heb met de monnik staan praten die de wijngaarden onder zijn hoede heeft. Hij vertelde me dat de druiven rijp zijn om geoogst te worden en dat jullie het binnenkort allemaal druk krijgen met het maken van wijn en mede. Hij zei, met een knipoog, ook dat de abt had gezegd dat mijn pasteien hem niet goed bevallen waren en dat ik vanaf nu bij het wijn maken moet helpen. Ik wist wel dat de abt er snel spijt van zou krijgen dat hij me in zijn keuken liet rondlopen! Ik denk dat het wijn maken me beter bevalt. Wilt u nog steeds ieder woord dat ik zeg opschrijven? Godallemachtig – dan zijn we vóór de kersttijd nog niet klaar met mijn verhaal! Goed dan, nu u dit belangrijke nieuws heeft genoteerd, kunnen we verdergaan met het verhaal zelf.

De eerste dagen bij Tybalt en zijn mensen waren heel vreemd. Het leek meer op een droom dan op de werkelijkheid. Toen mijn woede enigszins was bedaard, kwam ik terecht in een kuil van verdriet waaruit ik nooit meer dacht te kunnen ontsnappen. Tybalt en zijn gezin lieten me het grootste deel van de tijd aan mijn lot over. Tijdens de reis verbleef ik in hun huifkar en lag op een matras van stro. Mijn enige gezelschap bestond uit magere oude vrouwtjes en giechelende deernen. Ik was niet in staat om te lopen. Zelfs als ze me een paard hadden gegeven, had ik daar niet op kunnen rijden; al mijn krachten waren verdwenen en het leek alsof mijn bewegingen door molenstenen werden belemmerd. Ik sprak met niemand, en at weinig van het voedsel dat ze voor me neerzetten. Wel dronk ik grote hoeveelheden bier, waardoor mijn pijn wat verzacht werd. Nadat we ons kamp hadden opgezet, sliep ik, in een kleed gerold, op de grond onder de huifkar. Hoewel het warm weer was, had ik het vreselijk koud.

Ik herinner me dat we op een ochtend stilhielden in de buurt van een stad. Tybalt en de anderen hadden een meningsverschil. Ze konden het er niet over eens worden of ze verder zouden trekken of hier zouden blijven. Tybalt was de eigenaar van de kermis, en als er discussies waren, had hij altijd het laatste woord. Uiteindelijk gingen Tybalt en zijn beide zoons de stad in om brood en extra mondvoorraad in te slaan. Wij bleven buiten de stadsmuren bij de paarden en de huifkarren. Terwijl we wachtten, hoorde ik de kerkklokken luiden; iemand zei dat het vandaag Sacramentsdag was. Ik dacht terug aan al de feestdagen van vroeger, toen ik altijd naar de mis in de kerk van Doran ging. Ik dacht weer aan de felle kleuren van de muurschilderingen in de kerk, aan de kaarsen, de wierook en de bekende rituelen, en aan onze oude pastoor, die de gebeden in het Latijn zong, waar ik natuurlijk niets van begreep, maar waarbij ik genoot van zijn aangename stemgeluid. Ik hield van de feestdagen, omdat ik dan niet de zwijnen hoefde te hoeden en we 's avonds allemaal dansten op het kerkhof en, zeer tot ongenoegen van de pastoor, schunnige liederen ten gehore brachten. Een enkele keer had ik daarbij kans gezien om mijn armen om Prue's middel te slaan.

Maar helaas! Voorlopig zou ik niemand omhelzen, Prue niet en verder niemand die mij dierbaar was. Ik zakte steeds verder weg in mijn eigen verdriet. Toen Tybalt en zijn zoons terugkwamen, hadden ze genoeg proviand bij zich voor een beleg. Ze zeiden dat ze in de stad berichten hadden opgevangen over andere dorpen die platgebrand waren, en verhalen hadden gehoord over mensen die het hadden overleefd en, half krankzinnig van angst en verdriet, beweerden dat ze een gevleugeld monster hadden gezien. De mensen in de stad leefden in vrees en doofden iedere dag bij zonsondergang al hun haardvuren en alles wat licht gaf, om zo hun stad voor het monster te verduisteren.

'Bij iedere poort en bij iedere herberg hoor je waarschuwingen,' zei Tybalts oudste zoon, die Richard heette. Hij was de boogschutter die ik op de kermis had gezien. 'De bevolking wordt aangeraden om alleen te reizen als het strikt noodzakelijk is en tijdens hun reis open velden en wegen te mijden. En het is hen verboden om 's nachts hun haardvuur te laten branden, want de draak jaagt 's nachts en zou dan op de geur van het vlees dat gestoofd wordt, af kunnen komen.'

'Ze hebben het allemaal bij het verkeerde eind,' zei Tybalt. 'De draken zijn, nu bijna zestig zomers geleden, allemaal gedood. Mijn eigen grootvader heeft de laatste gedood en daarna zeven jaar lang de grotten en de bergen doorzocht, waarbij hij alle drakeneieren die hij vond, kapot heeft geslagen. Mijn vader heeft hem daarbij geholpen en zelf ook menig drakenei kapotgeslagen, heeft hij me verteld. Maar er moet iets zijn wat deze branden veroorzaakt. Volgens mij zijn het de waanzinnige Schotten, die vanuit het noorden komen aanrijden om onze dorpen te plunderen en alles in brand te steken, enkel en alleen om ons te tarten. We zullen ons niet op de weg begeven zolang de Schotten in de buurt zijn, maar ons kamp opslaan in de bossen en daar wachten tot er een eind komt aan deze wreedheden.'

Ik herinnerde me dat mijn vader had verteld dat er bij het dorp van zijn broer geen hoefsporen waren aangetroffen nadat het in vlammen was opgegaan; en in de velden rondom Doran waren ook geen hoefsporen te zien geweest. Ik meende dat Tybalt ongelijk had, maar ik hield mijn mond.

Tybalt beval ons de zakken met etenswaren uit te pakken en het eten eerlijk te verdelen. Toen dat gebeurd was, trokken we verder.

We sloegen ons kamp op in het woud, naast een rivier, en bleven daar een aantal dagen staan. Overdag zat ik aan de oever en deed verder niets. Op een keer kwamen er een stuk of wat kinderen. Ze gingen voor me op een rij staan en stonden naar me te grijnzen. De meisjes giechelden. Een van hen had een steentje bij zich, dat ze naar me gooide. Het kwam tegen mijn slaap terecht. Ik voelde het bloed langs mijn wang lopen, maar verroerde me niet.

'Gekke Jude, gekke Jude,' zei ze, en bukte zich om een kluit aarde op te pakken. Even later begon ze met een dom rijmpje. De andere kinderen vielen in:

> *Jude uit Doran, moet je horen,*
> *Ging naar de kermis, hij was in z'n sas;*
> *Daar dronk hij bier en maakte plezier,*
> *Maar toen kwam er een draak,*
> *Een heel grote draak,*
> *En die legde zijn dorp in de as.*

Ze zongen het een heleboel keren achter elkaar en bekogelden me ondertussen met stenen en kluiten aarde, totdat Tybalt tegen ze brulde dat ze daarmee op moesten houden. Ze renden lachend en gillend weg om het gedrocht in de kooi te gaan treiteren.

Ik bleef bij de rivier zitten en voelde me steeds ellendiger. Tybalt kwam naast me zitten. Na een tijdje zei hij op vriendelijke toon: 'Ik weet dat je een moedige knaap bent, Jude, ook al is je moed de laatste tijd wel erg op de proef gesteld. Maar nu moet je je smart achter je laten. Er zijn nu eenmaal zaken in dit leven die geen keer nemen, en daar moeten we ons zo goed mogelijk doorheen zien te slaan.'

Ik wist dat hij verstandige woorden sprak, maar kon me toch niet onttrekken aan de herinnering aan mijn verkoolde dorp. Ik moest ook voortdurend denken aan de paniek die in het dorp uitgebroken moest zijn, en aan de mensen die geprobeerd hadden zich op de akkers in veiligheid te brengen, totdat ook die in vlammen opgingen. Ik zag beelden voor me die te afschuwelijk en gruwelijk voor woorden waren. Ik ging weer met mijn hoofd op mijn armen zitten en voelde dat Tybalt een hand op mijn schouder legde.

'Blijf er niet steeds aan zitten denken, jongen,' zei hij. 'Zo gauw je denkt dat je het aankunt, is het beter dat je gaat werken. Daar help je ons mee, en jezelf ook.'

Die avond dronk ik meer bier dan goed voor me was en moest midden in de nacht mijn bed uit om in de rivier te gaan overgeven. Toen ik me omdraaide om terug te lopen stond er een man voor me. Hij had zijn boog in de aanslag, gereed om een pijl af te schieten. Hoewel het een heldere nacht was, kon ik zijn gezicht niet zien, want we stonden in de donkere schaduw van de bomen. Ik dacht aan struikrovers, en moest van schrik bijna weer overgeven; maar toen de man sprak, drong het tot me door dat het Richard was.

'Ben jij het?' zei hij. 'Sta jij hier mijn vaders bier te verspillen?'

'Het spijt me,' zei ik.

'Terecht,' mompelde hij. We stonden dicht bij elkaar. Ik kon nu de verbitterde trek om zijn mond en zijn half dichtgeknepen ogen zien. Hij was lang en goed gebouwd, net als zijn vader. 'Mijn vader heeft je gered,' zei hij, 'omdat hij dacht dat je dapper was en goed met een boog kon omgaan, zodat je mij bij de jacht zou kunnen helpen om te zorgen dat we allemaal te eten krijgen. Maar je bent een grote teleurstelling, Jude uit Doran.'

Zijn mening over mij interesseerde me geen zier, maar dat durfde ik hem niet te vertellen. Ik vroeg hem langs mijn neus weg: 'Ben je vannacht aan het jagen?'

'Nee, ik sta op wacht.' Terwijl hij sprak, keek hij naar de hemel boven de rivier. Ik volgde zijn blik, maar zag alleen maar de sterren en de dunne sikkel van de wassende maan.

'Waar kijk je naar uit?' vroeg ik. 'Plunderende Schotten?'

'Het gevleugelde monster,' antwoordde hij op gedempte toon. Hij hield zijn blik nog steeds op de sterren gericht. 'Ze zeggen dat de draken, ondanks hun dodelijke kracht, een uitzonderlijke schoonheid bezitten.'

'Ze zeggen ook dat er geen draken meer zijn. Je eigen vader zegt het zelf.'

'Hij heeft ongelijk. Ik weet dat er nog één draak in leven is. Ik zou er de helft van mijn leven voor willen geven om dat beest te zien te krijgen.'

'Als je een draak ziet, kan je dat de helft van je leven kosten,' zei ik. 'Misschien wel je hele leven.'

Hij keek me aan met een blik die, als het de blik van een heks was geweest, me ter plekke in een pad zou hebben doen veranderen. 'Je bent niet goed wijs, Jude uit Doran,' zei hij. 'Je vergeet van wie ik afstam. Er bestaat geen enkel beest dat mij angst kan inboezemen, of het nu vleugels heeft en vuur spuwt of niet. Maar jij – jij wordt al bang als je je eigen naam hoort. Jij verknoeit je dagen door als een zwakke deerne weg te zitten kwijnen. Jij bent niemand tot nut. Als ik als enige uit een heel dorp ontkomen was, zou ik proberen erachter te komen waarom dat zo was, en daar blij om zijn. Je bent je eigen geluk niet waard.'

'Geluk?' schreeuwde ik. Ik riep zo hard dat hij een hand op mijn mond legde, want overal om ons heen lagen mensen te slapen. *'Noem je dat geluk?'*

'Ja,' zei hij op zachte, verbitterde toon. 'Dat noem ik geluk.'

Hij spuugde op de grond en liep weg. Zijn voetstappen waren, zoals bij alle echte jagers, niet hoorbaar.

Ik lag het grootste deel van die nacht wakker. Zijn woorden spookten door mijn brein. Maar, ofschoon ik nadacht tot mijn hoofd pijn deed, kon ik geen reden bedenken waarom ik de enige overlevende was. 's Anderendaags begaf ik mij wederom naar de rivier en ging daar, nog steeds in diepe droefheid verzonken, in de schaduw van een boom aan de oever zitten. Het was die dag moordend heet – een voorbode van de vreselijke hitte die de hele zomer zou duren. Later hebben sommige mensen wel beweerd dat de verschrikkelijke manier waarop de branden zich verspreidden en de volledige verwoesting van de getroffen dorpen een gevolg was van de hitte en van het feit dat de vijvers en waterputten droog waren komen te liggen.

Later die ochtend kwam Richard van achteren op me afgeslopen en sloeg me met vier dode hazen op mijn hoofd. Terwijl ik op de grond lag te spartelen, zei hij: 'Je moet hier de kost verdienen. Ga de dieren voederen.'

Ik deed wat hij me opdroeg en gaf de beer en de boskat elk twee kadavers. De kat at de zijne meteen op, maar de beer lag te hijgen in de hitte en tilde niet eens zijn kop op. Rond zijn bek zat opgedroogd schuim en hij staarde met doffe ogen voor zich uit. Geen van de beide beesten had water om te drinken. Terwijl ik daar bezig was, zag ik dat het zeildoek waarmee de kooi van het gedrocht altijd werd afgedekt, voor een deel was weggeslagen. Het gedrocht zelf zat in een hoek van de kooi heen en weer te wiegen. Ze zat op haar hurken, met haar hoofd voorover en haar armen om haar knieën geslagen. De vloer van haar kooi was bedekt met rottend gras, en het rode gewaad dat ze bij de voorstelling op de kermis had gedragen, lag op een hoopje in de andere hoek van haar kooi. Ze droeg nu een vies hemd, dat vol vlekken zat. Ze had geen schoenen aan, maar haar voeten zaten stevig in doeken gewikkeld. In een andere hoek van de kooi stond een emmer die bijna overliep. Dat was haar privaat. Bij de deur stond een kom waaruit ze vermoedelijk at. Er kropen maden in rond. Er stond ook nog een schonere kom, waaruit ze volgens mij water dronk, maar die was op dat moment leeg. Overal zaten vleesvliegjes, zelfs in haar haar, maar ze probeerde niet om ze te verjagen. Haar kooi stonk bijna net zo erg als die van de beer.

Mijn nieuwsgierigheid was geprikkeld en ik liep naar de kooi, waar ik voor de opening in het tentzeil bleef staan. Eerst had ze me niet in de gaten. Ze bleef heen en weer zitten wiegen, steeds maar heen en weer. Opeens keek ze op. Ik zag dat ze huilde. Ik wilde wegrennen, omdat ik er geen behoefte aan had in haar verdriet te delen, want mijn eigen verdriet rustte al zwaar op me. Maar ik bleef staan, wellicht omdat ze ooit naar me had geglimlacht en gezegd had dat ik dapper was.

Plotseling kwam er een verontrustende gedachte bij me op. Richard had gezegd dat ik de beesten moest voederen. Betekende dat soms dat ik Lizzie-met-de-kleine-voeten ook te eten moest geven?

'Wat krijg je te eten?' vroeg ik.

Ze wendde haar gezicht af en staarde zonder iets te zeggen naar de bomen. Haar huid zat volgekoekt met aarde, zweet, tranen en snot. Ik keek weer naar haar kom vol maden en naar de smerige vloer van haar kooi. Ik moest bijna kokhalzen. Ik wilde dat ik haar stem nooit had gehoord. Het was veel eenvoudiger om haar als een redeloos wezen zonder gevoelens te beschouwen.

Ik herhaalde mijn vraag en deze keer kreeg ik antwoord, hoewel ze me nog steeds niet aankeek. 'Niets,' zei ze. 'Ik heb sinds de kermis niets te eten gehad.' Haar stem klonk laag en gebarsten. Volgens mij had ze vreselijke dorst.

'Ik zal Tybalt vragen of hij wat te eten voor je heeft,' zei ik.

Tybalt zat vlak bij het trapje van zijn huifkar. Hij was bezig een vuur te ontsteken, waarop straks het noenmaal bereid zou worden. Richard was bezig een haas te villen. Tybalts jongste zoon, een knaap van elf zomers, stond een eekhoorn te villen. De karkassen van twee wilde zwijnen lagen vlak in de buurt. Beide beesten waren gevild en aan een spit geregen, klaar om boven het vuur te worden geroosterd. Ik vroeg me af of

Richard toestemming had van de landheer die deze landerijen bezat, of dat hij had lopen stropen.

'Kan ik wat brood voor Lizzie krijgen?' vroeg ik.

Tybalt keek op van het opgerakelde vuur en grijnsde. Het zweet liep tappelings langs zijn gezicht. 'Het doet me goed dat je je verdriet achter je hebt gelaten,' zei hij. 'Ik zal je dankbaar zijn als je het gedrocht te eten wilt geven. Geef haar dan ook water en maak meteen haar kooi schoon. Dat is eigenlijk de taak van Richard, maar die heeft het sinds we onderweg zijn te druk met jagen om ons allemaal van vlees te kunnen voorzien.' Hij pakte een sleutel van een bos die hij aan zijn riem droeg en gaf die aan mij. 'Doe haar kooi goed op slot als je klaar bent. Ik ben de tel kwijt van het aantal keren dat ze heeft geprobeerd te ontsnappen, al is het haar nooit gelukt om ver weg te rennen met die kreupele voeten van haar. Vraag maar aan mijn vrouw of je brood en kaas voor haar kunt krijgen, en kijk of er nog wat vis over is van gisteren.'

De vrouw van Tybalt heette Kitty. Kitty was een onvriendelijk, mager vrouwtje. Maar ze gaf me toch wat brood en kaas voor Lizzie, waar ik onderweg terug naar de kooi de schimmel af moest schrapen. Ik stak het tussen de tralies door en probeerde niet te kijken hoe ze het in haar mond propte. Ik opende het hek van de kooi en pakte haar kommen. Ik deed de kooi achter me weer op slot en liep met de kommen naar de rivier, waar ik ze met zand schoon schuurde. Ik vulde beide kommen met water, want ze had volgens mij erg veel dorst. Ik moest het hek weer van het slot doen om haar de kommen aan te reiken. Ze griste me een van de kommen zowat uit mijn hand en goot het water zo snel in haar keel dat ze meer water over haar hemd goot dan dat ze opdronk. 'Bewaar die andere kom voor later,' zei ik, 'anders word je misselijk.'

Toen ik haar optilde en haar voorzichtig op de grond voor de kooi liet zakken, vroeg ze hoe ik heette. Ik noemde mijn naam en ze zei met een flauwe glimlach: 'Jude de Dappere, en Jude de Goede.'

'Jude de Nutteloze,' zei ik. Ze moest er zowaar om glimlachen. Toen draaide ze zich om en ging met haar gezicht voorover in het gras liggen. Ze lag te snuffelen en schraapte met haar lange nagels in de aarde. Ik dacht eerst dat ze van haar zinnen was beroofd, maar toen drong het tot me door dat ze het aangenaam vond dat ze even op de aarde kon liggen in plaats van op de harde houten vloer van de kooi. Met een tak veegde ik haar kooi schoon. Ik hield haar voortdurend in de gaten, omdat ik min of meer verwachtte dat ze op zou staan en ervandoor zou hobbelen, maar ze bleef in de buurt van de kooien en duwde gras en bloemen door de tralies van de beer en de boskat naar binnen. Ondertussen praatte ze in haar eigen taal tegen de beesten. Ik gooide haar privaatemmer leeg in de rivier en probeerde hem zo goed mogelijk schoon te spoelen. Ik moest weer denken aan de tijd dat ik mijn vaders zwijnen hoedde. Ik vond het eigenlijk best grappig, bedacht ik hoofdschuddend, dat ik na al die tijd nog steeds veroordeeld was tot het uitmesten van stallen. Of, in dit geval, kooien. Ik maakte de vloer schoon en ging bij haar op het warme gras zitten terwijl de vloer droogde.

Achter ons waren mensen bezig met het bereiden van hun noenmaal. Rondom het vuur hadden ze stenen uit de rivier gestapeld, omdat ze bang waren dat het vuur zich anders over de droge bodem van het woud zou verspreiden. Ik keek naar de huifkarren; ze stonden in een grote kring opgesteld. De kooi van Lizzie stond naast die van de boskat en de beer. De vuren waarop het eten werd bereid bevonden zich allemaal op het vlakke stuk terrein in het midden van de kring. Hier en daar praatten de mensen vriendelijk met elkaar. Er zaten kinderen op de grond te spelen en er renden blaffende honden rond. We stonden niet op een open stuk terrein, maar op een plek waar minder bomen stonden. Het gebladerte gaf voldoende schaduw, en we konden ook het gekabbel van de rivier horen, die vlak langs het terrein liep. Het geluid van het water klonk in die moordende hitte erg verleidelijk. Ik keek naar Lizzie. Ze probeerde de vliegen van haar gezicht en haar polsen weg te jagen. Haar huid glom van het zweet. Haar neus zag nog zwart van toen ze daarnet aan de aarde had liggen ruiken.

'Het is zonde om zo'n smerig schepsel terug in een schone kooi te stoppen,' zei ik. 'Wil je je niet eerst wassen?'

'Ik gebruik het water liever om te drinken,' antwoordde ze.

'Ik bedoelde niet dat je je in je kom moet wassen. Ik bedoel een bad nemen, in de rivier.'

Ze begon langzaam te glimlachen. Haar blik verried zowel verbazing als ondeugendheid en blijdschap. Vroeger kon Addy ook zo naar me glimlachen, zoals ik me herinnerde van de paar keer dat ik erin had toegestemd om een spelletje met haar te doen. Haar glimlach deed mijn hart breken, maar toch was het ook of op dat moment al mijn verdriet verdween. Ik tilde Lizzie op in mijn armen en liep snel met haar tussen de vuren door naar de oever van de rivier. De mensen, die bij de vuren met hun eten bezig waren, keken geschrokken op. We kraaiden allebei als een paar dolgelukkige hanen. Ik drukte haar stevig tegen me aan en bewoog haar lichaam heen en weer, en op en neer, in het water.

Op dat moment hoorde ik achter ons een bulderende kreet, en toen ik omkeek zag ik Tybalt op de oever staan. Achter hem stond een groep mensen. Het grootste deel van het kermisvolk was achter hem aan komen lopen.

'In Jezusnaam, knaap!' brulde hij. Zijn gezicht zag rood van woede. 'Haal haar uit het water – nu!'

Ik tilde haar op en voelde hoe ze haar armen weer stevig om mijn hals sloeg. Ik voelde ook haar hart tegen mijn borstkas bonken. Mijn eigen hart, zo moet ik toegeven, ging ook als een razende tekeer. Ik had nog nooit iemand gezien die zo buiten zinnen was; zelfs de molenaar uit Doran viel hierbij in het niet. Ik voelde me schuldig, maar ik wist zelf niet waarom. Het water droop uit mijn kleren toen ik de oever op klom. Ik ging naast Tybalt staan. 'Ze liep geen enkel gevaar,' zei ik. 'Ze nam een bad in de rivier.'

'Ze had wel kunnen verdrinken,' brieste Tybalt. 'De mensen komen naar de kermis om haar te zien. Haar, en mijn zwaard. Breng haar terug naar de kooi en let op dat je hem goed afsluit. En geef mij de sleutel terug, dwaas die je bent.'

Terwijl iedereen toekeek, bracht ik Lizzie terug naar haar kooi. Mijn voeten sopten in mijn laarzen, want ik had ze niet eerst uitgetrokken, en mijn kleren waren zwaar van het water. Ze stonden me allemaal, zowel volwassenen als kinderen, aan te staren of ik een tweekoppig beest met een staart was. Godsakkerloot, dacht ik, als dat zo doorgaat zit ik straks ook in een kooi – en dan kunnen de mensen niet alleen een gedrocht, maar ook nog een waanzinnige komen bekijken! Ik liep te trillen op mijn benen, want ik was bang van Tybalt en op mijn hoede voor zijn mensen, maar toen ik hoorde dat Lizzie in mijn armen lag te gniffelen, drong het tot mij door dat zij de grootste pret scheen te hebben.

'Hè, Jude, dat was fantastisch!' verzuchtte ze toen ik haar in de deuropening van haar kooi neerzette. 'Nog beter dan die keer dat de beer ontsnapte.'

Ik trok handen vol zoetgeurend gras uit de grond en spreidde dat uit op de vloer van haar kooi. Daarna wikkelde ik de druipende doeken van haar voeten los en hing de stroken stof over een van de hoogste tralies te drogen. Ik stond met haar verminkte voeten in mijn handen en voelde een groot gevoel van medelijden in me opkomen. Iemand moest, lang geleden, haar voeten kapotgeslagen hebben, want het leek of alle botten erin waren gebroken, zodat ze geen enkele vorm meer bezaten. Haar tenen hadden zo lang kromgebogen gezeten dat de teennagels in haar voetzolen waren gegroeid en haar huid hadden beschadigd. Lopen moest haar de vreselijkste pijn bezorgd hebben. 'Is het waar wat Tybalt over je voeten zei?' vroeg ik. 'Hebben ze je voeten krom laten groeien om te voorkomen dat je ervandoor gaat?'

'Nee,' zei ze. 'Dat hebben ze gedaan omdat ze wilden dat ik mooie voeten kreeg. Alleen kleine voeten zijn mooi.'

'Wie heeft dat gezegd?'

'Een keizer van mijn land, vele generaties geleden. Hij hield van kleine voeten en beval dat alle vrouwen uit de hogere klassen kleine voeten moesten hebben. In mijn land kun je geen goed huwelijk sluiten als je voeten lelijk zijn. Alleen de boeren daar hebben grote voeten, omdat die iedere dag naar de akkers moeten lopen om daar te werken.'

'Kom jij uit een hogere klasse?'

'Ja.' Ze fronste haar wenkbrauwen en keek haar kooi rond. 'Het is voor mij meer een vloek dan een zegen.'

'Wie heeft dit gedaan, Lizzie? Wie heeft je voeten kapotgemaakt?'

Ze keek weer de andere kant uit. Haar ogen glinsterden. 'Mijn moeder en haar moeder,' fluisterde ze. 'Die hebben met z'n tweeën mijn voeten ingezwachteld en ze daarna in kleine schoentjes geduwd.'

Ik stond tegen de deur van de kooi geleund en was verbijsterd door het verhaal van haar lijden. Op dat moment viel het me pas op dat ze, ondanks haar kleine postuur en haar slanke, haast kinderlijke vormen, het gezicht van een volwassen vrouw had, met ogen waaruit ook het verdriet van een volwassene sprak. Ik vroeg me af hoe oud ze was en keek omlaag naar haar bovenlichaam. Haar dunne, natte hemd zat tegen haar lichaam geplakt. Ik zag dat ze kleine borsten had.

Ik zie dat u zit te blozen, broeder Benedict; u bent oud, bijna dertig naar ik aanneem. Het zal u tijdens uw lange leven toch niet ontgaan zijn dat vrouwen boezems hebben? Ik moet de waarheid vertellen, zei de abt. En de waarheid is dat Lizzie geen kind meer was. Ze weet zelf niet hoe oud ze is, maar ze heeft me verteld dat haar maandelijkse bloedingen meer dan twee zomers geleden zijn begonnen.

En met deze verontrustende en schokkende woorden verlaat ik u, zodat u kunt gaan uitrusten. Ik ga weer naar de tuinen om daar voor het avondgebed nog een wandeling te maken. Gisteravond trof ik broeder Tobit niet in de wijngaard, maar liep daar de abt tegen het lijf. Hij vroeg me hoe het met ons verhaal ging, en ik heb hem verteld dat het goed ging. Ik hóóp tenminste dat het goed gaat. Hij heeft me verteld over de droom die hij heeft, dat ooit iedereen in ons land, – mannen, vrouwen en kinderen –, letters zal leren en zelf zal kunnen lezen. Daarvoor, zo zei hij, zijn heel veel boeken nodig. Welnu, u en ik zijn samen een boek aan het maken. Ik vraag me af of er, behalve uw achtenswaardig persoon, iemand is die het ooit zal lezen. Maar wellicht is het toch beter dat ik het verhaal betamelijk houd, voor het geval dat het inderdaad ooit gelezen wordt.

6

 OEDEMORGEN, BROEDER! IK hoop niet dat ik wederom te laat ben. Ik heb een hele tijd met Jing-wei gepraat. Ze zorgt voor broeder Matthew in het ziekenverblijf. Hij is bijna negentig, en nogal nurks van aard. Hij bevuilt zijn bed ieder uur. Ze moet van hem voortdurend gebeden opzeggen, maar dat kan ze natuurlijk niet en dus zingt ze liedjes voor hem in het Chinees. Dat vindt hij ook erg mooi, en hij zegt dat haar Latijn uitstekend is. Ik hoop dat u mijn verhaal ook uitstekend vindt. Laat ik dus verder geen woorden verspillen en meteen verdergaan!

De volgende morgen zat ik gehurkt bij het vuur waarop het noenmaal werd bereid. Ik hielp juist Kitty met het omdraaien van een hertenbout aan het spit toen Tybalt aan kwam lopen en me de sleutel van Lizzie's kooi gaf. 'Als je belooft dat je haar niet zult verdrinken, knaap,' zei hij met een scheve grijns, 'kun je een tijdje haar oppasser zijn. Ik wil niet dat ze verwaarloosd wordt, of honger lijdt en ziek wordt.'

'Ik zal haar niet verwaarlozen,' zei ik.

Ik pakte een leren riempje en bond de sleutel aan mijn riem, naast de schede van mijn mes. Voor het eerst sinds de verwoesting van Doran had ik het gevoel dat ik weer meetelde, en dat mijn leven een doel had. Lizzie-met-de-kleine-

voeten mocht dan wel een vreemd schepsel zijn, maar ik vond
haar erg aardig. Ze accepteerde me zoals ik was, en dat kon
van de rest van Tybalts mensen niet gezegd worden. Door haar
voelde ik me minder eenzaam, en door de ongedwongen
manier waarop we met elkaar omgingen, voelde ik me bij haar
meer op mijn gemak dan bij de andere deernen die ik vroeger
gekend had. Als ik bij haar was liep ik veel minder te stuntelen
dan vroeger; misschien kwam dat ook wel doordat ze zo klein
was, waardoor ze meer weg had van een kind dan van een
bijna volwassen deerne. Misschien kwam het ook doordat ze
daar zo hulpeloos in haar kooi zat, of door de manier waarop
haar gezicht opklaarde als ik aan kwam lopen. Op die momenten deed haar blik me aan die van de kleine Addy denken.
En om u de waarheid te zeggen, was het haar gelijkenis met
Addy die, meer dan wat ook, mijn pijn verlichtte. Ik gaf mijzelf de schuld van het feit dat Addy was omgekomen, omdat
ze me op die noodlottige dag had gevraagd of ze met me mee
naar Rokeby mocht, en op een of andere vreemde manier had
ik het gevoel dat ik dankzij Lizzie een nieuwe kans kreeg om
mijn fouten uit het verleden goed te maken. Hoe het ook zij,
ik deed veel langer over het schoonmaken van Lizzie's kooi
dan eigenlijk nodig was. Soms at ik samen met haar en zaten
we gezellig met elkaar te kletsen. Op de derde dag dat ik haar
oppasser was, vroeg ze me of ik haar scharlakenrode jurk voor
haar wilde wassen. Dat was de jurk die ze droeg bij haar optreden op de kermis. Dat deed ik, ook al stonden de kinderen me
aan te gapen en te giechelen. De Wasvrouw, noemden ze me.
Toen ik het prachtige gewaad over een tak te drogen hing, viel
mijn oog op een merkwaardig teken dat op de zoom geborduurd was. Het was nachtblauw van kleur, en vertoonde een

aantal sierlijke bogen en lijnen, die op eenvoudige maar elegante manier met elkaar verbonden waren. Het was het enige blauwe borduursel op de jurk. De andere versiersels waren goudkleurig, roze en wit.

'Wat is dit?' vroeg ik aan Lizzie, die vanuit haar kooi naar me zat te kijken. 'Staat hier een woord?'

'Dat is mijn naam,' antwoordde ze.

'Staat hier "Lizzie"?' vroeg ik.

Ze glimlachte, waardoor ik weer aan Addy moest denken.

'Nee, domoor. Zo schrijf je mijn naam in het Chinees. "Jing-wei" staat er. Mijn moeder heeft mijn naam met zijde op mijn jurk geborduurd, zodat ik hem niet zou vergeten.'

'Kun je lezen?'

'Dat heb ik samen met mijn broer geleerd, aan boord van het schip waarmee we uit China vertrokken.'

'Als je vader geld had voor een dergelijke reis, was hij zeker erg rijk?'

'Ja. Mijn vader was een edelman.'

'Waarom ben je naar Engeland gekomen, Lizzie? En hoe ben je hier bij Tybalt terechtgekomen, opgesloten in een kooi? Als je vader rijk was, hoe heeft dit dan kunnen gebeuren?'

'Dat zijn drie vragen, Jude, en elk antwoord is een verhaal op zich! Wat wil je horen – mijn levensverhaal?'

'Ja, als je dat tenminste wilt vertellen,' zei ik glimlachend. Door de manier waarop haar ogen twinkelden, kreeg ik het helemaal warm van binnen. Prue had dezelfde twinkeling in haar ogen gehad, maar als Prue lachte, was dat alleen maar om de spot met me te drijven.

Lizzie glimlachte weer en leunde tegen de tralies van haar kooi. Ze zat met haar armen om haar knieën geslagen. 'Dan zal ik je het verhaal van mijn leven vertellen,' zei ze. 'Dat is mijn geschenk, om je te danken voor al het goede dat je voor me doet.'

En zodoende vernam ik dus het verhaal van haar leven. Ik heb het tot nu toe aan niemand doorverteld, omdat het een geschenk was dat alleen voor mij was bestemd. Maar ik denk dat ik er goed aan doe het aan u te vertellen, waarde broeder, omdat mijn eigen verhaal anders niet volledig zou zijn. Gisteravond zei ze dat ik het aan u mocht vertellen, en ze vertelde me haar hele verhaal opnieuw, en daarna nog een keer, tot in de kleinste details. Ik moest ook bepaalde delen uit haar verhaal herhalen, omdat ze er zeker van wilde zijn dat ik alles goed had onthouden. Ik zal mijn best doen om u haar verhaal in haar eigen woorden en op haar manier te vertellen.

Wat nu volgt is het verhaal van de deerne en hoe zij naar Engeland kwam, waar ze hier woonde en hoe het kon gebeuren dat zij als gedrocht bij een rondtrekkende kermis moest optreden.

Tot haar zesde jaar woonde Lizzie in China, in een stad die Hangzhou heet. De stad strekt zich uit over talloze eilandjes in de lagunes voor de kust. Er zijn talrijke grote havens en overal zijn waterwegen. De verbinding tussen de eilandjes wordt gevormd door twaalfduizend stenen bruggen, waarvan enkele zo hoog zijn dat de koopvaardijschepen met hun hoge masten eronderdoor kunnen varen. De stad heeft een omtrek van honderd mijl en biedt onderdak aan vele duizenden inwoners. Er zijn twaalf grote poorten, en paleizen, tempels en tuinen, die alle mooier en rijker zijn dan wat we hier hebben.

De mensen in Hangzhou gaan gekleed in zijden gewaden en tooien zich met kostbare juwelen. Men drinkt er wijnen die van rijst en specerijen worden gemaakt. Men zegt dat de vrouwen in Hangzhou de mooiste ter wereld zijn. Ze verplaatsen zich in rijk versierde draagkoetsen en dragen haarspelden van jade en prachtige, met juwelen versierde hoofdtooien.

Lizzie woonde in een huis dat aan een kanaal lag, zodat haar vader zijn jade kon verkopen aan de kooplieden aan boord van de schepen die Hangzhou aandeden. En die schepen kwamen uit alle delen van de wereld. Haar huis had verschillende tuinen en een stuk bos. Er waren zijden paviljoens die als tenten aan zilveren koorden hingen. Ook waren er stallen met een heleboel witte paarden, want haar vader was een groot liefhebber van de jacht. Ze vertelde me dat ze zich beelden kon herinneren van pijnbomen in de sneeuw, en dat er bij de jacht een havik werd gebruikt. Ze weet ook nog dat ze bij haar vader op zijn paard zat en dat haar moeder bij een raam met een papieren scherm zat en bloemen op zijde schilderde.

Toen brak er op een dag een ziekte uit, die vele slachtoffers eiste. Ook de familie van Lizzie bleef niet gespaard: twee van haar broers en haar zus kwamen om. Er ging geen dag voorbij zonder sterfgevallen. De ziekte liet zich niet bedwingen en verspreidde zich doordat mensen elkaar besmetten als ze stonden te praten of elkaar aanraakten. De ziekte verspreidde zich via de lucht en het voedsel.

Ten slotte waren er nog maar vijf leden van haar familie in leven: haar vader en moeder, haar grootmoeder, één broer en Lizzie zelf. Haar vader had al jarenlang gezegd dat hij een schip wilde kopen om daarmee naar verre landen te reizen en daar zijn jade te verkopen. Ook was hij, tijdens één van zijn vele gesprekken met kooplieden, bevriend geraakt met een koopman uit Engeland, die hem voor een bezoek had uitgenodigd als hij ooit met zijn schip dat verre land mocht aandoen. Lizzie's vader had besloten dat nu het moment was aangebroken om zijn plannen ten uitvoer te brengen. Hij kocht een schip en nam een bemanning in dienst om ermee naar Engeland te varen. Lizzie, haar grootmoeder, haar moeder en haar broer gingen mee aan boord. Er reisden ook een groot aantal vrienden – hele gezinnen – en familieleden mee.

Toen ze de Engelse kust naderden, brak er een storm los en liep hun schip op de rotsen. Lizzie en haar moeder kwamen in het water terecht. Ze wisten zich drijvende te houden door zich aan een grote houten kist vast te klampen. Die kist bevatte al hun bezittingen. Van de schipbreuk kan ze zich alleen nog de kou en het duister herinneren. Overal om hen heen was water. Toen ze wakker werd, lag ze op het zand. Het regende onophoudelijk. Haar moeder had haar armen om haar heen geslagen. Er waren ook nog een paar andere mensen in de buurt, maar van de andere leden van hun gezin ontbrak elk spoor. Toen het licht begon te worden, zag Lizzie het wrak van het schip op de rotsen. Tot in de verre omtrek lag het zandstrand bezaaid met stukken hout, kisten, schoenen en kledingstukken. Ook lag er een lange rij mensen op het strand. Geen van hen had de schipbreuk overleefd.

Later kwamen er mensen die zichzelf zigeuners noemden. Ze woonden in kleine huizen, die op wielen stonden en door paarden werden voortgetrokken. Ze waren heel vriendelijk en zorgden voor Lizzie en haar moeder en de anderen die de schipbreuk hadden overleefd. Na verloop van tijd trokken de andere Chinezen verder. Ze gingen proberen om ergens anders een nieuw leven te beginnen. Maar Lizzie's moeder was erg ziek en verzwakt, zodat zij en Lizzie bij de zigeuners achterbleven. Lizzie weet niet meer hoeveel zomers ze bij de zigeuners gebleven zijn – drie, misschien vier – maar wel dat ze niet steeds op dezelfde plek bleven, omdat de zigeuners voortdurend van het ene dorp naar het andere trokken.

Lizzie zegt dat ze toen erg gelukkig was. Van de zigeuners leerde ze Engelse woorden. Ze gaven haar ook een nieuwe naam, Lizzie, en trokken haar op een karretje met wielen achter zich aan. Haar moeder wilde naar hun eigen landgenoten op zoek gaan, maar ze was niet in staat om ver te lopen. Overal waar ze met de zigeuners kwamen, vroeg ze of iemand Chinezen had gezien. Haar moeder hield niet van de leefwijze van de zigeuners. Ze zei dat de zigeuners domme boeren waren en weigerde hun taal te leren, hoewel ze haar toch met de grootste voorkomendheid behandelden. Lizzie's moeder vertelde haar vaak verhalen over China. Ze gebruikte een donkergekleurde zijden draad om Lizzie's Chinese naam op de rode bruidsjurk te borduren, zodat Lizzie haar naam niet zou vergeten. Die jurk was het kostbaarste wat ze bezat. Het was het enige wat ze nog hadden dat uit China afkomstig was: haar jurk, en Lizzie's kleine schoenen. Al het andere in de kist was door het zeewater beschadigd en verloren gegaan.

In de loop van een van de volgende winters begon de toestand van haar moeder te verslechteren. Ze hoestte voortdurend bloed op. Een oude zigeunervrouw gaf haar medicijnen, maar die hielpen niet en ze stierf.

Lizzie bleef nog een paar zomers en winters bij de zigeuners. Op een goede dag trokken ze naar een dorpskermis om daar de medicijnen en de sieraden die de zigeuners hadden gemaakt, te verkopen. Daar zag Tybalt Lizzie voor het eerst. Hij wilde haar kopen, maar Lizzie's nieuwe zigeunermoeder ging niet op zijn voorstel in. In de loop van de nacht bracht een van de mannen haar bij Tybalt en verkocht haar voor heel veel geld.

Tybalt verstopte haar in een langwerpige houten kist, waarin in dierenhuiden gewikkelde zwaarden werden bewaard. Hij waarschuwde haar dat de zwaarden haar tong uit haar mond zouden snijden als ze zou schreeuwen of zich zou verroeren. Ze bleef dus doodstil liggen, maar de volgende dag hoorde ze mannen en vrouwen roepen. Er liepen mensen te schreeuwen. Ze hoorde dat de huifkarren werden ingespannen. Even later vertrokken ze. Het was een lange reis, waarbij niet één keer gestopt werd. Lizzie was doodsbang.

In het begin woonde ze bij het gezin van Tybalt. Ze verafschuwde hen: Math, Tybalts op een na oudste zoon, zat haar voortdurend te treiteren. En als hij haar niet treiterde, moest zij allerlei karweitjes voor hem opknappen. Zijn ouders probeerden hem daarmee te laten ophouden, maar daar maakten ze het alleen maar erger mee: hij begon haar nu achter hun rug om te pesten en sloeg haar op plekken waar je de schrammen niet kon zien. Soms probeerde ze er 's nachts vandoor te gaan, maar Tybalt kwam haar steeds weer op het spoor. Op een keer kwam hij met honden achter haar aan. Ten slotte sloot hij haar op in een kooi. Hij zei dat het was om haar te beschermen. Hij zei ook dat een gedrocht in een kooi meer publiek trok, omdat de mensen nu zouden denken dat ze half mens en haf dier was, waardoor haar optreden nog meer indruk zou maken.

Ze woonde een zomer en een winter lang in die kooi, totdat ik kwam. Daarna werd haar hele leven anders, zei ze.

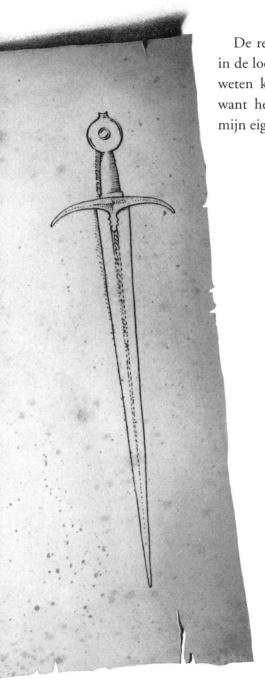

De rest van haar verhaal zult u in de loop van de komende tijd te weten komen, broeder Benedict, want het is nauw verweven met mijn eigen verhaal.

7

OEDENDAG, BROEDER! Ik merk tot mijn genoegen dat het verhaal van Jing-wei u gisteren de nodige inspiratie heeft geschonken, en dat u aan het eind van het verhaal een tekening van Tybalts zwaard heeft gemaakt! Als u zo doorgaat met het vervaardigen van prachtige afbeeldingen om het verhaal te verluchten, wordt ons verhaal een prachtig boekwerk – bijna net zo fraai als de boeken in uw mooie librije.

Mijn verhaal gaat nu weer verder:

Die zomer bij Tybalt kroop traag voorbij. Door de hitte waren de mensen nergens toe in staat. Vele lusteloze uren werden doorgebracht in luiheid en verveling. Zelfs de rivier stroomde traag. Het water was warm en de kinderen die erin doken om te spelen werden er nauwelijks door opgefrist. De honden lagen te hijgen in de schaduw en volgens mij waren zelfs de vogels als gevolg van de hitte in zwijm gevallen, want we hoorden hun gekwinkeleer nog slechts zelden. In de vroege uren van de ochtend, als het nog enigszins koel was, ging Richard op hertenjacht en doken wij de rivier in om vis te vangen. We moesten erg voorzichtig zijn met het stoken van vuur, en ervoor zorgen dat de vlammen zich niet in de uitgedroogde bossen konden verspreiden. In de avonduren aten we brood met koud vlees en probeerden we de kinderen rustig te houden. Meer dan eens vermaakte Richard hen met het zwaard van zijn vader. Hij zwaaide ermee zoals Tybalt dat placht te doen; hij liet het pijlsnel ronddraaien en haalde dan uit om er de uiteinden van takjes die de kinderen omhoog hielden mee af te hakken. Ik moet toegeven dat ik afgunst voelde; hij was zoals ik zelf wilde zijn, elegant en sterk. Hij kon meisjesogen laten glinsteren. Op een keer gaf hij het zwaard aan mij en zei dat ik een paar kunstjes moest laten zien. Zoals altijd, dreef hij ook nu weer de spot met me, want hij wist heel goed dat ik het zwaard amper op kon tillen, maar het lukte me toch om er een beetje mee te zwaaien. Terwijl ik dat deed, moest ik weer denken aan de momenten van geluk, toen ik in Tybalts tent het zwaard had moeten vasthouden om de inwoners van Rokeby te vermaken. Toen ik het zwaard aan hem teruggaf, zei Richard: 'Met dit zwaard zal ooit nog een draak worden verslagen.'

'Ben je nu ook al een helderziende?' vroeg ik.

'Nee, dat ben ik niet,' zei hij. 'Maar ik heb ooit een oude waarzegster ontmoet. Sindsdien zijn vijf zomers voorbijgegaan, maar ik herinner me die ontmoeting nog goed. Zij voorspelde dat de komst van een nieuwe draak voorafgegaan zou worden door grote branden, en dat die draak de laatste zou zijn. En ze zei ook dat het beest met dit zwaard zou worden gedood. En één van haar voorspellingen is al uitgekomen!'

Zijn ogen vertoonden een vreemde gloed, en ik maakte dat ik zo snel mogelijk wegkwam, omdat ik dacht dat de waanzin hem in zijn greep had.

Op een dag kort daarna hing er rook in de lucht en veranderde de kleur van de hemel van strakblauw in wazig brons.

Tybalt reed er met een aantal anderen op uit om te kijken wat de oorzaak van de brand was. Toen hij terugkwam, zei hij dat de brand een heel eind weg woedde, aan de overkant van de rivier, en dat de vlammen vanuit één bepaalde plek leken te komen. 'Deze keer is het geen dorpje,' zei hij. 'Er staat nu een grote stad in brand.'

'Dan kan het geen strooptocht van de Schotten zijn geweest, want die laten de steden doorgaans met rust,' sprak een vrouw.

Tybalt schudde zijn hoofd. Hij keek ernstig, maar zei verder niets. We bleven met de huifkarren in het bos staan. Er werd weinig gesproken en we ontstaken alleen nog een vuur als het beslist noodzakelijk was.

Op een middag arriveerde er een eenzame ruiter. We waren allemaal bang dat het de eigenaar was van het land waarop we stonden en dat Richard wegens stroperij zou worden opgehangen. Maar het bleek een rondreizende minstreel te zijn, die de avond bij ons doorbracht en ons met zijn opwindende liederen de sleur van ons bestaan even deed vergeten. Hij vertelde ook verhalen die enige onrust veroorzaakten: verhalen over hoe steden, dorpen en oogstvelden volkomen in de as gelegd waren. Hij had dit met eigen ogen gezien. De mensen vluchtten naar de heuvels om daar een goed heenkomen te zoeken, vertelde hij. Anderen groeven zich in in holen in de grond of bouwden drijvende woningen in het moerasland, waar het vuur niet kon doordringen.

'We weten nu wat de oorzaak is,' zei hij. Ik hield mijn adem in. 'Er zijn meerdere meldingen geweest waarin sprake is van een gevleugeld monster. Twintig zeelieden hebben verklaard dat ze allemaal op hetzelfde moment het beest hebben gezien, en ieder van hen heeft met de hand op de Heilige Schrift gezworen dat zijn verhaal op waarheid berustte. Ik weet het, want ik was er zelf bij toen ze in de haven hun verhaal tegen de priesters vertelden. Ze hadden het over een strand aan de westkust met woeste rotsen en grauw zand, dat de kleur van as had. Toen ze er langsvoeren, ging de zon net onder en zagen ze een gevleugeld beest laag langs de kust vliegen. Terwijl ze stonden te kijken, vloog het beest omhoog en verdween in een grot in de rotswand. Die grot wordt de grot van St.-Alfric genoemd, zeiden ze, omdat de heilige Alfric, nadat hij schipbreuk had geleden, meer dan vijftig winters lang als kluizenaar in een hutje aan de voet van die grot heeft geleefd. Hij bouwde het op de plek waar hij door zeehonden aan land was gebracht. Het staat er nog steeds, en wordt nu gebruikt als bidkapel. Zijn enige voedsel bestond uit vis, dat hem door de zeehonden gebracht werd.'

'Dan moet er bij de zoektocht een drakenei over het hoofd gezien zijn,' zei Tybalt. Zijn gezicht stond ernstig. We zaten rond het enige vuur dat nog brandde. De kinderen waren al naar bed en wij zaten de laatste botten af te kluiven en bier te drinken. 'Mijn vader zei dat het vijftig jaar duurt voordat een drakenei uitkomt en dat het meer dan twaalf jaar duurt tot de jonge draken volwassen zijn en over grotere afstanden kunnen vliegen. Er moet dus minstens één ei zijn dat onopgemerkt is gebleven. Misschien zijn het er wel meer.'

'Er is maar één draak,' zei de minstreel. 'Alle verhalen luiden hetzelfde en gaan over een gevleugeld beest met een staart die halverwege gebogen is, die wellicht in het ei niet helemaal goed gevormd is. Er wordt steeds melding gemaakt van een reusachtig monster dat een roodgouden kleur heeft en een hals zo hoog als een toren, en vleugels zo groot als de zeilen van een schip en tanden als ploegscharen. Zelf twijfel ik aan die beschrijving, want de draken uit de oude verhalen waren voor het merendeel juist klein, maar daarom niet minder dodelijk.'

Ik keek naar Richard. Hij zat met zijn hoofd voorovergebogen in het vuur te staren, maar ik kon toch de glinstering in zijn ogen zien. Ik hoefde me niet af te vragen waar hij aan zat te denken.

'Kan één enkel monster een heel dorp in de as leggen?' vroeg een vrouw.

De minstreel pakte een handvol stof en liet het in het schijnsel van het vuur als goudkleurig zand door zijn vingers glijden. 'In de hitte die ons nu al tijdenlang teistert,' antwoordde hij, 'kan één brandend strootje een hele stad in lichterlaaie zetten. Het land is helemaal uitgedroogd. Als dat de hele zomer zo doorgaat, kan een rondvliegende draak het halve koninkrijk in de as leggen.'

'Maar zal onze goede koning niet zijn beste soldaten sturen om de draak te doden?' vroeg een ander. 'Wellicht zijn ze op dit moment al onderweg.'

'Van een dergelijk plan is helaas geen sprake,' zei de minstreel. 'De koning heeft zijn handen vol aan de oorlogen met de Fransen en de Schotten. Hij heeft al meer dan genoeg zorgen aan zijn hoofd. De draak zal pas verslagen kunnen worden als de oorlogen voorbij zijn. Tenzij zich onder ons – eenvoudige lieden – een uitstekende jager bevindt die over de moed en het vernuft beschikt om het monster te doden.'

Een neerslachtige stemming maakte zich van ons meester, maar ik zag in het licht van de vlammen dat het bewegingloze gezicht van Richard stráálde, alsof hij zojuist een oproep had gehoord die hem gebood ten strijde te trekken.

'Waar is de grot van St.-Alfric?' vroeg Richard. 'Bij welke stad?'

'De grot ligt voorbij de stad Twells,' zei de minstreel. 'Daarvandaan is het ongeveer twee dagen lopen. Je komt eerst door de dorpen Crick en Seagrief. Seagrief zelf ligt op de rand van de rotsen rond de baai van St.-Alfric. De mensen daar stoken iedere nacht een groot vuur om schepen te waarschuwen als ze te dicht bij de rotsen komen. Het is een afgelegen oord, waar niet vaak reizigers komen.'

Hierna namen de gesprekken een andere wending. Ik ging even later naar bed. Ik ging onder de huifkar van Tybalt liggen en was blij dat Richard weer op de uitkijk ging staan. Die nacht had ik vreselijke dromen.

De dag daarop werd het nog warmer. Het was volkomen windstil. De bladeren aan de bomen bewogen niet, en er dwarrelde geen stof door de lucht. In die verzengende hitte was de sfeer zo gespannen als de pees van een boog op het moment vlak voor de pijl wordt afgeschoten. Tybalt zei dat hij kon ruiken dat er een storm aankwam, en dus klom een van de jongens in een boom om te kijken wat er voorbij de rand van het bos te zien viel. Boven de plek waar de wereld ophield, zag hij dat zich zwarte wolken samenpakten.

Het begon nu nog heter te worden. Alleen al van mijn ademhaling werd mijn keel zo droog als perkament. De sfeer was nu nog meer gespannen, want er werd hier en daar gevochten, moeders deden kortaangebonden tegen hun kinderen en zelfs de honden begonnen naar alles en iedereen te bijten. Het leek of de hele omgeving gloeide; de vloer van Lizzie's kooi was te warm om aan te raken. Ik bracht haar emmers vol water, die ze traag over haar lichaam goot. Na verloop van tijd was ze schoner dan ze ooit geweest was en had ze het ook even iets minder warm. Ik vroeg aan een van de vrouwen of ze misschien een jurk over had, en zo ruilde Lizzie haar grauwe vodden voor een kastanjebruin gewaad dat haar heel goed stond, ook al was het haar vele malen te groot. Toen Lizzie zelf tevreden was, vroeg ze of ik ook voor de beer en de boskat wilde zorgen. Het was de taak van een van de jongere knapen om voor ze te zorgen, maar die jongen was nogal lui van aard, zodat ik bang was dat de beesten het in de moordende hitte niet gemakkelijk zouden hebben. Toen ik ging kijken, zag ik dat de beer er het slechtst aan toe was. Hij wilde niet drinken, zelfs niet toen ik, omwille van Lizzie, mijn leven op het spel zette, een kom pakte en mijn hand door de tralies van zijn kooi stak om wat water op zijn half uit zijn bek hangende tong te gieten. De beer bewoog niet. Zijn ogen en lippen zaten onder de maden en zijn schurftige pels zat vol met luizen.

'Ik denk dat hij doodgaat,' zei ik tegen Tybalt.

'Ja,' beaamde Tybalt nadat hij zelf was gaan kijken. 'Het is beter dat we hem afmaken en opeten.'

Lizzie was erg van streek toen ik haar dat vertelde. 'Het is beter dat hij vandaag wordt afgemaakt, Lizzie,' zei ik tegen haar, 'want hij heeft veel te lijden in deze ondraaglijke hitte, en anders gaat hij langzaam dood van honger en dorst.'

De jongens juichten toen Tybalt zei dat ze die avond berenvlees te eten zouden krijgen. Ze waren allemaal erg opgewonden en hadden behoefte aan een verzetje. Richard nam de leiding, en onder luid gekraai en gelach bonden ze touwen om de hals van de beer en sleepten hem de kooi uit. Hij was zo vreselijk uitgeput dat hij amper tegenstribbelde. Ze bonden hem tussen twee bomen vast en lieten de honden op hem los. Ik heb wel vaker een berenbijt gezien; het is geen prettig schouwspel. Maar deze beer kon zich helemaal niet verweren en bovendien was hij ziek. Het viel me niet mee om ernaar te kijken, en ik begreep niet dat Tybalt toestond dat dit gebeurde.

Toen ze de beer zo zag lijden, raakte Lizzie helemaal buiten zinnen. Ze jankte nog harder dan de beer en bonkte tegen de wand van haar kooi, alsof ze zichzelf wilde bevrijden om de beer te redden. Toen ik haar deur openmaakte en haar van de tralies lostrok, zaten haar voorhoofd en armen onder de schrammen. Ze ging als een wilde tekeer en vloekte en tierde in haar eigen taal. Maar opeens werd ze helemaal slap; ze viel tegen me aan en snikte van verdriet. Ten slotte was de beer dood en begon ze weer een beetje te kalmeren. Ik zat naast haar op de vloer van de kooi en hield haar in mijn armen. Ze huilde nog steeds. Ik streelde haar haar en probeerde haar te troosten, zoals ik dat vroeger bij Addy of de tweeling had gedaan als ze verdrietig waren.

Terwijl we daar zo zaten, trok er een schaduw langs de hemel en verdween de zon achter donkere wolken. Het werd minder heet en in de verte rolde de donder. Ik keek op en zag dat Richard naar ons stond te kijken. De laatste tijd was het me opgevallen dat zijn gelaat een koortsachtige blik vertoonde, alsof hij verteerd werd door een of ander groot geheim dat hem tot waanzin leek te drijven. Behalve die waanzin zag ik nu ook kwaadaardigheid en minachting in zijn blik. Ik voelde me niet op mijn gemak.

Toen ik, korte tijd later, alleen bij de rivier zat en bezig was om Lizzie's etenskom schoon te spoelen, kwam hij naast me staan en zei heel zachtjes: 'Als ze een beetje schoongeboend is, is het een knappe deerne.'

Ik zei niets, want ik voelde dat er onheil op komst was.

'Volgens mij verlang je naar haar, Jude,' ging hij verder.

'En volgens mij ben jij niet goed wijs,' zei ik.

'Helemaal niet. Ik heb wel gezien hoe je met haar omgaat. Het is niets waarvoor je je hoeft te schamen. Je hebt toch wel eens eerder een deerne gehad?'

'Ja.' Ik boog me over de kom en schuurde hem nogmaals met zand, hoewel hij al helemaal schoon was.

Hij ging op zijn hurken naast me zitten. Ik voelde dat hij me aankeek. Hij lachte. 'Jude uit Doran, je bent een leugenaar. Maar Lizzie... Lizzie zal een man van je weten te maken! Ze is ongelukkig, en hulpeloos. En ze is je ook erg dankbaar. Je zult geen moeite hoeven te doen om haar zover te krijgen.'

Ik stond op en wilde weglopen, maar hij pakte mijn mouw beet. Hij glimlachte, maar zijn gezicht voorspelde weinig goeds. 'Als jij haar niet neemt, Jude, zou ik zelf weleens in de verleiding kunnen komen. Ik zou graag een deerne bezitten voordat ik me in het gevaar stort.'

Ik begreep niet goed wat voor gevaar hij bedoelde, maar de rest van wat hij zei was me volkomen duidelijk. Blinde woede kwam in me op. Ik greep Lizzie's kom en sloeg Richard er met grote kracht mee op zijn hoofd. Hij viel niet, maar keek alleen maar erg verbaasd en gaf me toen een klap in mijn maagstreek. Ik sloeg dubbel en kwam op de grond terecht. Hij trapte me voortdurend. Er kwamen mensen kijken. Een paar zeiden dat hij op moest houden, maar er stonden ook mensen te lachen. Ik hoorde iemand zeggen dat Jude uit Doran misschien wel een grote jongen was, maar toch eigenlijk niet meer dan een melkmuil. Ten slotte pakte iemand Richard beet en werd ik aan mijn lot overgelaten om weer een beetje bij te komen. Ik bloedde en moest een beetje overgeven. Ik spoelde me af in de rivier, pakte Lizzie's kom en strompelde terug naar haar kooi. Ze zei aanvankelijk niets, maar toen ik haar de kom gaf, zag ze dat er een deuk in zat. Met een gezicht dat zo uitgestreken was als dat van een non zei ze: 'Jammer dat je niet mijn privaatemmer was gaan leeggooien, Jude. Die had je mooi over zijn hoofd kunnen kieperen, zonder dat er een deuk in was gekomen.'

'Dat is Richard niet waard,' zei ik. Ze schoot in de lach. Ik begon ook te lachen. Die vrolijkheid deed ons goed, omdat we zo onze pijn even konden vergeten. Terwijl we zaten te lachen, brak de storm los en begon het hard te regenen. Ik deed de deur van haar kooi op slot – iets wat ik met steeds meer tegenzin deed – en trok het zeildoek eroverheen. Ik sloeg een hoek van het zeil terug, zodat ze naar de kinderen kon kijken die in de stromende regen stonden te dansen.

Het leek of het onweer iedereen tot waanzin dreef. Corpus Domini, wat was dat een welkome verademing! Ik ging in de stromende regen staan en hield mijn hoofd omhoog. Ik voelde hoe het stof uit mijn kleren gespoeld werd. Koel water liep langs mijn tong en in mijn keel. Het was of mijn hele lichaam door de regen werd gelouterd.

Het bleef de hele avond regenen. Het terrein was in één grote modderpoel veranderd en dus sliep ik, samen met Tybalts familie, in diens huifkar. Richard zei dat hij die nacht op de uitkijk ging staan, hoewel zijn vader vond dat dat niet nodig was. 'In een storm als deze kan een draak niet verder kijken dan de rook uit zijn eigen bek,' zei Tybalt, maar toch pakte Richard zijn mes en boog. Hij hulde zich in een dikke mantel in liep naar buiten, de stromende regen in.

Op een gegeven moment werd ik die nacht wakker, en meende even dat ik weer thuis was en om me heen de ademhaling van mijn familieleden hoorde. Maar de regen daalde niet zachtjes neer op ons rieten dak. Toen ik het gekletter op het houten dak van de huifkar hoorde, wist ik weer waar ik was en voelde de pijn weer in me opkomen. Ik viel weer in slaap en droomde dat Richard de huifkar binnenkwam en over me heen gebogen stond om me te wurgen. Toen ik wakker werd, lag ik te baden in het zweet. Ik moest naar buiten om een deel van het bier dat ik die avond had gedronken, te lozen. Stilletjes trok ik mijn laarzen aan en ging naar buiten.

Het was doodstil, want het regende niet meer. De volle maan leek op het zeil van een schip dat tussen de voortrazende wolken voer. Ik liep naar de rivier en keek op de terugweg in de richting van Lizzie's kooi. Iemand had het zeildoek er afgehaald, maar in de schaduwen onder de bomen kon ik verder niets zien. Ik wilde haar sleutel van mijn broekriem halen, maar de sleutel was verdwenen. Iemand had met een mes het leren riempje doorgesneden. Het was dus geen droom geweest! Richard was wel degelijk de huifkar binnengekomen, maar in plaats van me te wurgen, had hij me bestolen!

Ik rende naar de kooi. Onderweg gleed ik een paar keer uit in de modder. De kooi was leeg. De deur stond open. Ik wilde haar roepen, maar ik durfde mijn mond niet open te doen. Wat zou er gebeuren als bleek dat ze uit vrije wil met hem was meegegaan? Misschien gingen ze er wel vaker samen stilletjes vandoor en als ik hen achtervolgde, zou ik mezelf alleen maar belachelijk maken. Ik stond in hevige tweestrijd en luisterde. Maar het enige geluid dat ik hoorde, was het bonzen van mijn eigen hart. Toen hoorde ik iemand roepen. Een schelle kreet, van iemand die in angst verkeerde. De stem van een deerne.

Dat was voor mij genoeg. Ik liep tussen de bomen door in de richting van het geluid. Het was aardedonker in de schaduwen onder de bomen, hoewel hier en daar het maanlicht tussen de takken scheen. Op die plaatsen was het bijna net zo helder als overdag. Overal om me heen vielen druppels van de takken, en het geluid van mijn voeten die zich steeds in de modder vastzogen moet mijlenver in de omtrek te horen zijn geweest. Godallemachtig, wat was ik bang! Ik was bang dat ik hen zou vinden, maar ook dat ik hen niet op het spoor zou komen. En als ik hen vond, wat moest ik dan doen? Het zou me nooit lukken om Richard in een gevecht te verslaan. Ik bleef staan. Ik dacht eraan om terug te lopen om Tybalt te halen. Maar zou hij me uitlachen en zeggen dat ik zijn zoon niet moest storen bij diens hofmakerij? Hij had zich ook niets aangetrokken van het lijden van de beer, dus waarom zou hij zich iets van Lizzie aantrekken?

Ik kon amper ademhalen van angst. Had ik mijn boog maar meegenomen! Ik liep dieper het bos in. Even later struikelde ik over een boomwortel en viel. Ik gleed een eind door de modder en gilde harder dan een varken dat in paniek raakt. Toen ik weer overeind krabbelde, nam ik me voor om toch maar terug te gaan, in de veronderstelling dat Lizzie uit vrije wil met hem was meegegaan. Maar op dat moment hoorde ik het lage, gedempte geluid van een menselijke stem. De toon ervan was dreigend. Ik herkende de stem van Richard, maar de stem van Lizzie hoorde ik niet. Ik kroop zonder geluid te maken in de richting van het geluid. Ik kon niets zien in de schaduw, maar ik hoorde weer de stem van Richard. Plotseling zag ik in het maanlicht een scharlaken stuk stof op de modderige grond liggen. Ik raapte het op. Het was de zijden jurk van Lizzie, de jurk die ik gewassen had. Ik keek om me heen en tuurde in het duister. Daar waren ze! Ik zag twee gedaantes, die donker afstaken tegen een boom. Lizzie stond tegen de stam en hij stond tegen haar aangedrukt. Ik voelde me weer onzeker. Als ze dit niet wilde, waarom riep ze dan niet om hulp? Ik liet de jurk vallen en stond op het punt om weg te kruipen toen ik vlak bij haar keel een stuk staal zag flitsen. Zonder erbij na te denken rende ik op Richard af om hem bij haar weg te trekken. Toen hij me hoorde, draaide hij zich om. Hij had het mes nog steeds in zijn hand. Ik zag zijn tanden glinsteren. Het leek of hij lachte. Hij sprong zo snel naar voren dat ik het mes kon horen suizen. Maar op een of andere manier werd ik niet geraakt. Ik deed een stap achteruit en viel. Een ogenblik later lag hij boven op me. Ik hield zijn arm met het mes beet. De scherpe punt kwam gevaarlijk dicht in de buurt van mijn gezicht. Met zijn andere arm drukte hij mijn keel dicht, zo hard dat ik geen adem kon halen, en een hele tijd voelde ik alleen maar een verstikkende pijn. Ik was doodsbang. Ik zag sterren voor mijn ogen, en een groot vuur. Even dacht ik dat de draak was gekomen om dood en verderf te zaaien.

Maar plotseling was de druk van zijn arm op mijn keel verdwenen en voelde ik dat er iets zwaars boven op me viel. Het lukte me weer om adem te halen. Richard lag boven op me.

Zijn lichaam was zo slap als een meelbaal. Ik duwde hem van me af en kwam overeind. Lizzie stond vlakbij, met een stuk hout in haar handen. In het maanlicht kon ik haar doodsbleke gezicht zien. Uit haar betraande, glinsterende ogen sprak vrees. Ze liet het stuk hout vallen en deed een stap achteruit. Ze veegde haar handen aan haar rok af alsof ze ze schoon wilde maken.

'Here Jezus – ik heb hem vermoord!' zei ze.

Ik boog me voorover en legde mijn hand op Richards borst. Ik voelde geen hartslag. Boven zijn rechteroor zat zijn haar onder het bloed. Er liep ook bloed uit zijn neus. Ik durfde mijn hand niet voor zijn openstaande mond te houden om te zien of hij nog ademhaalde. Ik ging rechtop staan en vroeg Lizzie of ze gewond was. Ze schudde haar hoofd. Toen ze haar zijden jurk zag liggen, strompelde ze over de modderige grond om hem op te rapen.

'Hij zei dat hij me kwam bevrijden,' zei ze. 'Daarom had ik ook de jurk van mijn moeder meegenomen en mijn schoenen aangetrokken. Hij zei dat jij hem de sleutel van mijn kooi had gegeven en dat je op me stond te wachten om er samen vandoor te gaan. Hij zei dat ik nooit meer in de kooi zou moeten wonen. Zijn woorden waren een en al vriendelijkheid, en hij deed erg aardig tegen me. Daarom ben ik stilletjes met hem meegegaan. Maar toen we hier kwamen, uit de buurt van het kamp tussen de bomen...'

'Ik had niets met hem beraamd,' zei ik. 'Hij heeft het riempje waaraan je sleutel zat, doorgesneden terwijl ik sliep. Maar ik werd even later wakker, en toen ik zag dat je kooi openstond, ben ik naar je op zoek gegaan.'

Op dat moment hoorden we geroep en het geblaf van honden. Ik keek in de richting van ons kamp, maar kon niets zien. Had Tybalt ontdekt dat haar kooi openstond? Dacht hij dat ze ontsnapt was? Ze zouden nu zeker de achtervolging inzetten, en iemand de schuld geven van haar ontsnapping! En wat Richard betrof, die daar als een lijk in de modder lag...

Lizzie keek naar hem. 'Ze zullen me ophangen omdat ik hem heb vermoord!' fluisterde ze. Op dat moment kreunde Richard. Hij bewoog even. Het geblaf en gejank van de honden kwam steeds dichterbij.

Zonder verder na te denken, pakte ik Lizzie in mijn armen en zette het op een lopen. Terwijl ik liep, verdween de maan weer achter de wolken en begon het te regenen. Ik weet nog dat ik God dankte, want de regen zou mijn voetsporen uitwissen, zodat ze ons niet zouden kunnen achtervolgen.

Die vlucht uit het kamp was als een nachtmerrie. In het duister en de regen kon ik niets zien. Ook al was Lizzie klein van postuur, nadat ik haar urenlang had gedragen, was ze loodzwaar. En doordat onze kleren doorweekt waren, kwamen we maar moeizaam vooruit. Soms stond ik tot over mijn enkels in de modder. Ik durf te zweren dat ik een paar keer wolvenogen in het donker naar ons heb zien kijken, en één keer hoorden we vlakbij in de bossen een hevig gekraak – misschien was het wel een beer die daar liep. We liepen tegen bomen aan en rolden een paar keer langs een glooiing naar beneden. Ik moet wel honderd keer gestruikeld en gevallen zijn, waarbij we ons allebei bezeerden, en de hele tijd zaten de honden achter ons aan. Ze jankten als monsters uit de hel.

En met deze helse beelden wil ik vandaag besluiten, broeder Benedict. Ik hoor de klokken luiden voor het gebed – een vredig geluid, na de gruwelen van mijn verhaal. Wat? Wilt u dat ik verder ga? Het is verleidelijk, en een dergelijke toewijding aan uw taak als scribent strekt u tot eer; maar ik heb de abt plechtig moeten beloven dat ik u nooit van uw gebeden zou afhouden. Ga nu maar! Ik wens u Gods zegen! Ik beloof dat ik pas verder ga met mijn verhaal als u weer terug bent.

8

EGROET, WAARDE BROEDER! Ik zie dat u vandaag al vroeg gereed zit, met uw ganzenveer keurig gepunt en de kaarsen ontstoken. Het haardvuur brandt, het regent buiten en er waait een gure herfstwind. Vandaag is dus een goede dag om binnen te zitten en te schrijven! Een aangename taak, dunkt me; zojuist zag ik dat broeder Nicholas buiten op het erf bezig was de ganzen bijeen te drijven. Hij probeerde ze de schuur in te jagen, want de abt wil dat hun veren mooi blijven, omdat de ganzen de enige zijn die hem van schrijfgerei kunnen voorzien. Hij is vastbesloten om een groot aantal boeken te laten kopiëren, zodat zijn droom om iedereen te leren lezen verwezenlijkt kan worden. Ik betwijfel of de ganzen er zelf erg blij mee zijn, want ze hebben al niet veel staartveren meer over.

Goed, goed, ik ga al verder! Godallemachtig, jullie monniken kunnen iemand duidelijk laten merken wat ze willen, en dat ondanks jullie gelofte van stilte!

Die nacht liep ik aan één stuk door. Ik volgde de rivierbedding in stroomopwaartse richting, omdat ik wist dat we op die manier uit het bos zouden raken en in de richting van de stad liepen. Even na het eerste hanengekraai lieten we de bossen achter ons. Het beloofde een zonnige dag te worden. Ik was doodop, maar durfde niet blijven staan. Ik wist dat Tybalt veel

86

waarde hechtte aan Lizzie en waarschijnlijk te paard naar haar op zoek was. Maar ik droeg Lizzie nu op een andere manier: ik nam haar op mijn rug, net zoals ik vroeger kleine Addy vaak droeg. Dat was voor mij veel gemakkelijker, en Lizzie kon zich vasthouden door haar armen om mijn hals te slaan. We liepen in noordwestelijke richting, waarbij we de stad links lieten liggen en dicht langs de randen van de akkers en weilanden liepen. Toen we uit de buurt van de stad waren, volgden we de karrensporen die door het heidelandschap liepen. We kwamen langs dorpen en boerderijen, en zagen onderweg mensen die bezig waren schapen te scheren, terwijl anderen bezig waren de vachten in de stroom schoon te spoelen. Ik dacht aan mijn moeder en hoe ze altijd met haar spinrok in de weer was om wollen draden te maken; mijn hart deed pijn. Mijn hele lichaam deed pijn, trouwens, van alle herinneringen en van vermoeidheid, en ook van het pak slaag dat ik de dag daarvoor van Richard had gekregen.

Tegen het middaguur stopte ik om uit te rusten. We hadden een hele tijd langs een beekje gelopen, dat door het met stenen bezaaide heideland liep. Ik nam aan dat de beek bij een dorp zou uitkomen, waar we misschien eten en onderdak zouden kunnen vinden. We bleven bij een oude eikenboom staan. Ik liet Lizzie van mijn schouders glijden en zette haar in de schaduw van de boom op de grond. 'Ik wil gaan slapen,' zei ik. 'Ik kan niet dag en nacht lopen zonder te rusten.'

We liepen naar het water en gingen op onze hurken zitten. Ik leste mijn dorst door met volle teugen van het brakke water te drinken. Het bracht ook enige verkoeling. Lizzie zat een eindje verderop en dronk ook.

'Wil je gaan zwemmen?' vroeg ik. Ik dacht weer aan de dag

dat ik met haar in de rivier had gedanst, waardoor ik Tybalts woede had opgewekt.

'Nee,' zei ze. Jammer, want ik had haar graag weer het water in gedragen.

Toen we gedronken hadden, raapte ze de zijden jurk van haar moeder op en begon hem in het ondiepe water te wassen. Ze spoelde het vuil dat er de vorige nacht in het bos aan was gekomen af. Ik bood aan haar te helpen, maar ze schudde haar hoofd en ging door met het wassen van de jurk. Ze doopte de scharlakenrode plooien in de stroom en wreef de vlekken er voorzichtig af. Ik vond het vreemd dat ze zo aan die jurk was gehecht, maar bedacht toen dat die jurk het enige was wat haar uit haar vorige leven restte; verder had ze niets meer dat haar aan haar familie herinnerde. En ik bedacht dat het mij ook heel wat waard geweest zou zijn als ik nog iets bezat dat van mijn ouders geweest was, iets dat aan hen had toebehoord, iets dat ik kon aanraken.

Toen ze ermee klaar was, strompelde ze naar de boom en hing de jurk aan een tak te drogen. Ze ging aan de rand van de schaduw staan en keek uit over de glooiende vlakte die we waren overgestoken. Ze stond doodstil. Haar ogen leken net gepolijst ebbenhout en het leek of haar goudbruine huid eenzelfde gloed verspreidde als het zonlicht. Ik had haar niet vaak overeind zien staan, omdat ze altijd in haar kooi op de grond had gezeten of anders in het gras lag terwijl ik hem schoonmaakte. Het was een vreemd gezicht om haar daar zo te zien staan, te midden van het wilde heidelandschap. Toen ik naar haar keek, bekroop me een vreemd gevoel: haar rokken waren nat en zaten tegen haar lichaam geplakt; ze was zo slank als een den. Haar hele verschijning had iets sierlijks, kortom: ze was een lust voor het oog.

Ze kwam weer moeizaam teruggelopen en ging aan mijn voeten zitten. Ze had haar armen om haar knieën geslagen en staarde nog steeds uit over de vlakte. 'Denk je dat Tybalt ons hier kan vinden?' vroeg ze.

'Dat zal hem nu niet meer lukken,' zei ik. 'Onze sporen zijn door de regen uitgewist en zijn honden kunnen onze geur ook niet meer oppikken.'

'Wat gebeurt er als Richard doodgaat? Gaan ze ons dan weer zoeken, en kom ik dan aan de galg?'

'Nee, Richard gaat niet dood. Om hem te doden is meer nodig dan een stuk hout. Daar is minstens een hele boom voor nodig.'

Ze lachte even. 'Wat moeten we doen, Jude?'

'Op zoek gaan naar een dorp en daar vragen of iemand ons iets te eten wil geven en ons voor vannacht onderdak kan bieden. Dan gaan we morgen op zoek naar een plek waar je wat langer kunt blijven. Misschien een nonnenklooster, waar ze je kunnen verzorgen.'

Ze fronste haar voorhoofd en vroeg: 'En wat ga jij doen?'

'Werk zoeken op een boerderij. De landheren betalen tegenwoordig goed voor het werk op hun land, omdat er tijdens de Zwarte Dood veel arbeiders zijn omgekomen. Ik heb gehoord dat er grote landerijen in verval zijn geraakt omdat er geen mannen meer zijn om op de akkers te werken.'

'Ik kan ook op een boerderij werken.'

'Dat denk ik niet, Lizzie. Deernen worden geacht te huwen, of anders non te worden. Tenzij ze van hoge komaf zijn, en ze in een van de grote landhuizen kunnen wonen om daar de edelvrouwe te dienen.'

'Ik ben van hoge komaf.'

'Dat is niet hetzelfde.'

'Waarom?'

'Onze deernen van hoge komaf worden niet verminkt.'

'Dan is hier in dit land geen plaats voor mij.'

'Dat zei ik niet. Volgens mij is het het beste als je naar een nonnenklooster gaat. Dat betekent niet dat je zelf non moet worden; de nonnen kunnen voor je zorgen tot je iets anders hebt gevonden. En, trouwens, het leven in een klooster is helemaal niet onaangenaam.'

'Hoe weet jij dat? Heb jij zelf in een nonnenklooster gewoond?'

'Nee. Maar ik weet zeker dat het er beter is dan in een kooi.'

'Het is alleen maar een ander soort kooi. Ik wil niet naar een nonnenklooster.'

'In godsnaam, Lizzie, laat me nu eens even met rust! Ik wil hier nu niet over praten! Ik heb de hele nacht en de halve dag gelopen en ik ben doodop. Ik heb geen zin om me zorgen te maken over mijn eigen toekomst, laat staan over die van jou. Laat me nu even slapen, dan kunnen we daar later over praten.'

Ik ging in de schaduw op de grond liggen. Lizzie bleef zitten, maar ik hoorde dat ze geluiden maakte alsof ze zat te huilen. Ik had er spijt van dat ik zo hardvochtig tegen haar was geweest, maar ik was te moe om haar mijn verontschuldigingen aan te bieden. Ik sloeg mijn arm voor mijn ogen en probeerde te slapen. Maar, hoewel het daar bij de beek heel aangenaam was en ik me doodmoe voelde, lukte het me niet om tot rust te komen. Mijn zenuwen konden niet tot bedaren komen en er knaagde iets aan mijn geweten. Ik maakte me zorgen om Richard, en over het feit dat ik er met een deerne vandoor was gegaan voor wie haar heer en meester een grote som had neergeteld. En toen ik bedacht wat voor gevolgen mijn daden nog meer zouden kunnen hebben, maakte ik me nog meer zorgen.

Ik had tot nu toe weinig ervaring in de omgang met deernen, behalve dan met mijn zussen en de mij aldoor beschimpende Prue. Hoe zou het tussen Lizzie en mij gaan, nu we allebei vluchtelingen en zwervers waren? Wat zouden de mensen van ons denken? Het was duidelijk dat wij geen familiebanden hadden en dat ik ook niet met haar gehuwd was. Hoe moesten we samen in de open lucht de nacht doorbrengen? Dicht tegen elkaar aan, omdat dat veiliger was, of juist apart, vanwege het fatsoen? En al die kleine, gewone dingen die ik altijd deed als ik alleen was – in mijn tanden of in mijn neus peuteren, aan mijn achterwerk krabben, een scheet laten of me ontlasten? U kunt daar wel om lachen, broeder Benedict, maar op dat moment maakte ik me daar de grootste zorgen over. Ik voelde me zelfs niet op mijn gemak toen ik daar lag en probeerde te slapen, omdat ik wist dat Lizzie vlak bij me zat en me wellicht zat te begluren. Voor een deerne in gevangenschap zorgen en haar voedsel brengen is één ding, broeder Benedict, maar samen met haar in vrijheid leven is iets heel anders.

Ten slotte viel ik in slaap. Toen ik wakker werd, begon de zon al onder te gaan. Lizzie was nergens te bekennen. Ook haar rode jurk was verdwenen. Ik schrok en sprong overeind, want ik dacht dat Tybalt gekomen was en haar mee had genomen. Maar toen zag ik haar een eindje verderop langs de beek. Ze strompelde en hinkte langs het water.

Ik vloekte en liep haar achterna. Toen ik eindelijk bij haar was, pakte ik haar bij haar arm. Haar gezicht was nat van tranen en zweet, en het was duidelijk dat dat hele eind lopen haar verschrikkelijk pijn had gedaan.

'Waar ga je heen, domoor?' vroeg ik.

'Ik ga alleen verder,' zei ze. Ze probeerde vooruit te komen. Bij iedere stap snikte ze. Haar schoenen en het verband om haar voeten waren rood van het bloed.

'Waarom ga je alleen?' vroeg ik.

'Omdat ik geen non wil worden. En omdat ik ook geen blok aan je been wil zijn. Het is niet je plicht om me te helpen.'

'Maar Lizzie, ik doe dit niet omdat het mijn plicht is!' zei ik.

'Waarom dan wel? Wil je met mij hetzelfde doen wat Richard heeft gedaan?'

'Nee! Dat nooit!' Ik greep haar schouders beet en dwong haar te blijven staan. Ze droeg de jurk van haar moeder en stond met haar armen over elkaar. Ze keek naar de grond. Ze leek zo klein, zo hopeloos verloren, dat ik uit medelijden haast zelf begon te huilen.

'Om je de waarheid te zeggen, Lizzie,' zei ik, 'doe je me aan mijn zusje Addy denken. Daar komt nog bij dat ik geen thuis heb, en ook geen familie meer. En ik voel me... ik voel me ook een beetje met jou verwant. Als ik jou help, help ik ook mezelf; het geeft zin aan mijn leven. Ik zal je niet naar een klooster sturen, en ook niets met je doen wat jij niet wilt, dat beloof ik je. Kunnen we dan nu weer samen verder, zonder ruzie te maken?'

Ze glimlachte even en klom weer op mijn rug. We liepen verder. We volgden de stroom, wat heel verstandig was, want op die manier hadden we steeds te drinken en kwamen we weer langs akkers waar het gele koren rijp was voor de oogst. Na verloop van tijd kwamen we bij een dorp. Bij een raam lagen versgebakken haverkoeken af te koelen en tot mijn schande moet ik bekennen dat ik die gestolen heb, want we hadden allebei vreselijke honger.

Nadat we gegeten hadden, voelde ik me een stuk beter, zodat ik ook veel sneller kon lopen. We volgden het karrenspoor dat het dorp uit leidde. We liepen nog steeds in westelijke richting. Ik keek voortdurend omlaag om de felle stralen van de ondergaande zon te vermijden. Ik had geen idee waar ik was en ik wist ook niet hoe de dorpen heetten waar we langskwamen, omdat ik niet kon lezen wat er op de mijlstenen langs de kant van de weg stond. Het enige waar ik aan dacht, was dat we zo ver mogelijk bij Tybalt vandaan moesten zien te komen. Soms kwamen we op de paadjes tussen de dorpen andere reizigers tegen. Ze waren allemaal te voet: pelgrims die na een bezoek aan een heiligengraf huiswaarts keerden, bedelmonniken in zwarte pijen, ketellappers met hun potten en pannen, handelaars, marskramers en leprozen. Maar tegen zonsondergang waren de paden en de karrensporen verlaten en bekropen mij schrikbeelden van duivels en geesten. En ik herinnerde me dat de mensen zeiden dat de draak bij zonsopgang en zonsondergang rondvloog: het was dus vreselijk gevaarlijk om nu buiten rond te lopen. Ik wilde dat ik eerder naar een huis had gezocht waar we onderdak konden vinden.

Er moest een dorp in de buurt zijn, want ik zag een kerktoren boven de bomen uitsteken. Ik liep dwars door een akker met rogge en bereikte het gehucht op het moment dat de zon onderging. Het was net zo'n dorp als Doran vroeger: te klein voor een herberg, met alleen een Normandische kerk met een vierkante toren en enkele huisjes met aarden muren en rieten daken aan weerszijden van een karrenspoor. Achter de huizen kon ik in het vallende duister nog net de ommuurde akkertjes met bijna volgroeide zomergroenten onderscheiden. Ik zag ook kleine boerderijen met karren en een paar ploegen. Ik zette Lizzie op de grond. Het werd steeds donkerder. Ze bleef op het pad staan wachten terwijl ik naar een van de huizen toe liep.

Binnen verspreidde het haardvuur een zachte gloed en er kwam rook uit de ramen. Ik rook de geur van bonen en groentesoep. Uit de woning klonk het geluid van rennende voeten. Ik hoorde kinderen die gilden van de lach, jongens die ruzieden en een blaffende hond. Daarbovenuit krijste een zuigeling en riep een vrouwenstem dat het stil moest zijn. Toen ik op de deur klopte, werd het meteen stil.

'Doe jij maar open, Edwin,' zei de stem van de vrouw. 'Opschieten! Jij bent nu de heer des huizes.'

Ik hoorde het geluid van een grendel die voorzichtig werd teruggeschoven. De deur ging op een kier open. Voordat hij weer werd dichtgeslagen, zag ik een glimp van een gezicht en een achterdochtig oog. ''t Benne een knaap en een deern, moe,' hoorde ik een jongensstem zeggen.

'Sta daar niet zo suf te kijken. Laat ze binnen.'

De deur ging nu helemaal open en ik liep terug om Lizzie te halen. Ze leunde op me en we betraden het huis. De knaap die ons binnen had gelaten bleef even op de drempel staan en keek omhoog naar de avondhemel. Toen smeet hij de deur dicht en schoof de grendel weer op zijn plaats.

Het bleef een hele tijd doodstil. Het enige geluid was het keffen van een hondje dat voortdurend om Lizzie en mij heen sprong. Vanwege de rook kon ik amper iets zien, maar toen de jongen een stapel hout op het vuur gooide, zag ik in het licht van de flakkerende vlammen drie kleine kinderen die naar hun moeder renden en zich aan haar rokken vastklampten. Ze keken met grote ronde ogen naar het gezicht van Lizzie. Twee andere kinderen gingen dichter bij een jongen van naar schatting tien zomers oud staan, die op de aarden vloer bij de haard in een grote ketel met soep stond te roeren. In een ander deel van de ruimte was de aarden vloer bedekt met riet en zag ik varkens en kippen rondscharrelen. In een hoek lag een koe met grote, kromme horens. Ik zag dat het beest met een touw om zijn nek lag vastgebonden. Al die geuren, en de huiselijkheid deden een diep verlangen in mij ontwaken.

'Je hebt het gedrocht hierheen gebracht,' zei de vrouw. Ze drukte de zuigeling steviger tegen haar borst en maakte met haar andere hand een kruisteken. 'Het gedrocht van de kermis. Net zo een als Oude Lan. Here God, ontferm U over ons.'

'Ze heet Lizzie,' zei ik. 'Ik smeek u, goede vrouw, laat ons blijven. En geef ons, zo u wilt, allebei wat te eten. Zo gauw het ochtend is, trekken we verder. We hebben geen enkel kwaad in de zin. We zullen u niet beroven, dat zweer ik u bij het heilige houten kruis van onze Verlosser.'

'Ik ben niet bang dat jullie me zullen beroven,' zei ze, terwijl ze de zuigeling heen en weer wiegde om hem rustig te houden. 'Het gedrocht is een kwaadaardig wezen, een heidense. Ik wil haar niet in mijn huis hebben. En jou ook niet. Het is niet goed dat je alleen met haar op pad bent. Ik wil dat jullie zo snel mogelijk vertrekken.'

Ik begon haar te smeken om te mogen blijven, maar de

oudste jongen liep langs ons heen en deed de deur weer open. Hij begon me naar buiten te duwen. Lizzie hield zich aan mijn mouw vast, en ik stond nog steeds om onderdak te smeken toen de vrouw begon te gillen.

'Eruit! Eruit!' krijste ze. 'Eruit, voordat ik de pastoor roep om jullie en jullie duivelse geesten weg te jagen! Eruit!'

Ik tilde Lizzie op en liep naar buiten, terug het duister in. De vrouw gilde nog steeds. Er begonnen nu ook mensen uit de andere huizen naar buiten te komen. Ze hadden de vrouw horen roepen en dachten ongetwijfeld dat we dieven waren. Ze begonnen naar ons te roepen. Een paar mensen gooiden met stenen. Lizzie werd geraakt en ze gilde het uit van de pijn. Er kwam een man naar buiten die zijn hond op ons losliet. Ik begon te rennen, waardoor er in de schaduwen op het pad stofwolken opdwarrelden. Ondertussen hoorde ik de mensen vloeken en tieren. Overal om me heen daalden stenen neer. De hond gromde en haalde uit naar mijn hielen. Ik weet niet meer hoe ver ik gelopen ben om aan dit alles te ontkomen. Ondertussen stikte ik bijna, omdat Lizzie zich met haar armen om mijn hals aan me vasthield. Mijn hele lichaam beefde van angst en vermoeidheid. Ten slotte lukte het ons om uit de buurt van de hond te komen en strompelde ik verder langs de weg, die ondertussen aardedonker was geworden. Aan de hemel was een zilverkleurige maan verschenen, en ik zag aan weerszijden van de weg graanakkers en bomen die zwart tegen de met sterren bezaaide hemel afstaken. Verder kon ik amper iets onderscheiden. In de verte huilde een wolf. Aan mijn linkerhand zag ik de glimp van een paar gele ogen in het duister. Ik wist zeker dat we door een kudde wolven achterna werden gezeten. Ik begon weer te rennen. Plotseling werd de stilte verscheurd door het klapwieken van vleugels. Vanuit de tarwe-akker naast het pad vloog iets omhoog. Ik was bijna buiten zinnen van de schrik. Ik begon weer te rennen, struikelde en viel. Ik weet nog dat ik me, terwijl ik viel, probeerde om te draaien zodat ik niet boven op Lizzie terecht zou komen. Ik voelde een pijnscheut in mijn voet en ik moet met mijn hoofd op een steen zijn gevallen, want ik zag alleen nog maar sterren. Daarna werd alles zwart om me heen. Dat is het laatste dat ik me van die nacht herinner.

En dat is, dunkt me, genoeg schrijfwerk voor vandaag. Zo dadelijk gaan de klokken luiden, broeder, en is het tijd voor een beker honingwijn.

9

ANDAAG BEGINNEN WE meteen met ons verhaal, broeder. Niet dralen dus! Toen ik weer bij
kennis kwam, was het al dag geworden. Ik
voelde een brandende pijn in mijn linkervoet en
mijn hoofd klopte alsof er een duivels wezen met een hamer
op beukte. Toen ik mijn ogen opende zag ik een helder licht,
dat de vorm had van een menselijke gedaante. Ik dacht dat het
een engel was. Ik deed mijn ogen weer dicht en droomde dat
ik was gestorven en dat Petrus met zijn vinger op mijn hoofd
stond te tikken alsof hij verwachtte dat daardoor mijn hersens
beter gingen werken. Toen ik mijn ogen weer opendeed, zag ik
dat het geen engel was die voor me stond, maar een zilverkleurig gewaad. En even later zag ik dat ik me in een kamer
bevond waar het zonlicht door de deur naar binnen scheen.
Het licht viel op een harnas dat aan een haak aan de muur
hing. Naast me zag ik een oude vrouw, met een bruin, gerimpeld gezicht en wit piekhaar dat in een knot was samengebonden. Op haar kin groeiden een paar witte baardharen. Door
alle rimpels waren haar donkere ogen amper te zien, maar het
viel me wel op dat haar ogen dezelfde vorm hadden als die van
Lizzie.

'Here Jezus sta me bij,' zei ik. 'Ik ben gestorven en in Lizzie's hemel terechtgekomen.'

De oude vrouw kraaide als een kip. Ik zag dat ze maar twee gele tanden in haar mond had. 'Zowaar ik leef, dit is de hemel niet!' zei ze. Toen keek ze achterom en riep: 'Kom eens hier kijken, kind. De knaap is wakker.'

Ik keek langs de schouder van de vrouw naar de deuropening, waardoor helder zonlicht naar binnen viel. En in dat licht zag ik Lizzie aankomen. Het leek of ze helemaal veranderd was. Ze was gekleed in een karmozijnrood gewaad dat met groen was afgezet, en haar haar was geborsteld en zo mooi gevlochten dat het leek of ze ravenvleugels aan weerszijden van haar hoofd had. Ze zag er heel lieflijk uit. En ik zag ook dat ze liep en gewone schoenen droeg, ook al waren die erg klein.

'Ik ben doodgegaan,' zei ik, en verloor opnieuw het bewustzijn.

Even later merkte ik dat iemand koel water op mijn tong goot en mijn hete gezicht begon te wassen. Na een tijdje werd ik helemaal wakker en begon om me heen te kijken. Ik lag onder een deken op een hoop stro. De oude vrouw zat tussen mijn bed en de geopende deur op haar hurken. Ze was bezig om midden op de vloer een vuur aan te steken. Er stond geen zuchtje wind en het werd al gauw erg heet. De blauwe rook trok omhoog naar de dakspanten, waar zakken graan hingen. Er hingen ook twee geslachte varkens en een stuk of wat vissen aan haken. Het vuur was bedoeld om de varkens en de vissen te roken. Aan de muren hingen bossen kruiden en strengen uien en knoflook. Ik keek verder langs de muren en kon nu ook beter het harnas met de maliënkolder aan de haak zien. In een kleine nis er vlakbij stond een helm, en erboven hing, aan twee haken, een groot glimmend zwaard. Ook zag ik planken langs de muur. Het waren er zoveel dat ik ze niet kon tellen. De planken stonden stampvol met de meest vreemde voorwerpen. De rook van het vuur hing als een sluier in de kamer, maar ik kon toch potten met veren en klauwen en stokjes in de meest grillige vormen onderscheiden. Ik zag ook allerlei houtsnijwerk en een aantal witte voorwerpen, die zo te zien van been waren gemaakt. Er lagen ook verschrompelde wortels, glinsterende stenen en bewerkte doosjes, allemaal dingen die ik nog nooit van mijn leven had gezien. En er lagen nog meer vreemde, geheimzinnige voorwerpen waarvan ik niet wist hoe ze heetten. In het zonlicht aan het voeteneinde van mijn bed zaten twee katten. Ze waren allebei pikzwart.

De oude vrouw liep naar me toe en tilde de deken aan het voeteneinde op. Ik voelde dat ze met iets hards tegen mijn pijnlijke enkel duwde. Ik wilde mijn voet wegtrekken, maar ondanks haar kleine postuur was de vrouw erg sterk. Ze hield mijn voet stevig beet.

'Het is een pijlpunt, knaap,' zei ze. 'Daarmee kan ik proberen de zwelling en de pijn een beetje te verhelpen.' Toen zei ze, half zingend, een toverspreuk: 'Kom naar buiten, worm van pijn, uit het merg en in het bot, uit het bot en in het vlees, uit het vlees en in de huid, en uit de huid in deze pijl.'

Ik fluisterde zachtjes 'amen', om tenminste de zegen van de kerk op haar bezwering te doen rusten, want je kunt nooit weten...

U hoeft daarbij niet zo minachtend te snuiven, broeder, en ook niet zo afkeurend te kijken. Ik weet wat u denkt. Natuurlijk denkt u dat ik door mijn eigen schuld in dat huis terechtkwam en daar bleef. Maar ik had geen andere keus. Toen ik later aan Lizzie vroeg hoe ik daar verzeild ben geraakt, zei ze dat ze, nadat ik op het pad ten val was gekomen, een haardvuur zag branden in een huis langs de weg en dat ze daarheen was gelopen. Ik denk dat ik de flakkerende vlammen voor wolvenogen heb aangezien. Maar hoe dan ook, de oude vrouw liep samen met Lizzie naar het pad en ze hebben me samen naar binnen gesleept. Toen ik eenmaal binnen was, kon ik me niet bewegen omdat ik zo'n pijn in mijn hoofd had. Ik kon ook niet meer lopen omdat mijn enkel vreselijk pijn deed. Ik was dus door het lot gedwongen om, wat er ook zou gebeuren, daar te blijven. En dat is de waarheid, broeder, zo waarlijk helpe mij God almachtig.

De oude vrouw heette Lan. Ze kwam uit China, net als Lizzie, en ze had ook afgebonden voeten, hoewel ze die weer recht had laten zetten, zodat ze bijna gewoon kon lopen. Het feit dat ze kreupel liep, was aan haar ouderdom te wijten. Volgens mij was ze bijna negentig jaar, maar voorzover ik kon nagaan, was er niets mis met haar gehoor of met haar gezichtsvermogen. Ook beschikte ze nog altijd over een vlijmscherpe geest. Ze kon ook als een feeks tekeergaan, zodat ik al gauw had afgeleerd om het te wagen haar tegen te spreken, zelfs niet als ze haar akelige drankjes in mijn keel goot. In het begin gaf ze me een heleboel geneeskrachtige kruiden en ik moet zeggen dat ik me dankzij haar brouwsels een stuk beter begon te voelen. Ze genas mijn enkel, die ik erg had verstuikt, met behulp van de pijl en gebruikte spinnenwebben om de wond aan mijn hoofd beter te maken.

Broeder Benedict, wilt u daar alstublieft mee uitscheiden? Ik heb dit allemaal al aan de abt opgebiecht, en hij heeft me absolutie verleend en een zegen over me uitgesproken. Kunnen we nu weer verder met het verhaal? Ik kan het allemaal nauwkeurig navertellen, precies zoals het gebeurd is, en het is niet nodig dat u daarbij voortdurend zit te fronsen en afkeurende geluiden maakt en met de inkt morst als u een kruisteken maakt.

Dan zal ik u vertellen hoe mijn leven in de dagen dat ik in het huis van Oude Lan verbleef verder verliep. In het begin had ik net zo'n moeite met lopen als Lizzie, omdat mijn enkel nog behoorlijk pijn deed, dus bleef ik meestal in de buurt van het huis. Ik rustte dan wat in de schaduw onder de bomen, terwijl Lizzie korte wandelingen met Lan maakte, of haar in de tuin hielp. Soms ook zaten ze op een paar stenen onder de bomen urenlang te praten, op een toon alsof ze elkaar al jaren kenden. Als Lizzie binnenshuis aan het werk was, zat ze op een krukje om haar voeten rust te gunnen. Het leek of ze zich met haar lot had verzoend en zich bij Lan thuis begon te voelen.

Ik kan niet zeggen dat ik haar gevoelens deelde. Ik was bang voor Oude Lan en was hoogst verontwaardigd dat het lot bepaald had dat ik hier moest blijven. Hoewel Lan had gezegd dat ik in bed moest blijven om te rusten, ging ik, zo gauw ze het huis uit was, op mijn pijnlijke voet staan, in de hoop dat hij dan sneller beter zou zijn, zodat de dag dat Lizzie en ik zouden kunnen vertrekken weer een stuk dichterbij zou komen.

Op een middag, toen Lan en Lizzie buiten in de tuin aan het werk waren, hinkelde ik naar de muur waar het harnas hing om het eens goed te bekijken. Hoewel het onder het stof zat en dof was geworden van de rook, kon ik toch zien dat het met grote zorg was vervaardigd en dat de ringetjes van de maliënkolder vakkundig aan elkaar waren gesmeed. Ik tilde de maliënkolder even op; hij was zwaar, maar tegelijkertijd soepel. Hij leek wel een huid van zilver. Vervolgens pakte ik het zwaard van de muur. Ik haalde het uit de stalen schede. Het was zwaarder dan dat van Tybalt en vernuftig gegraveerd met de meest wonderlijke tekens. Het heft was ingelegd met juwelen en voorzien van een familiewapen in blauw en scharlakenrood. Ik vroeg me af wie de man was die dit zwaard ooit had bezeten en hoe het hier in het huis van Lan terecht was gekomen, samen met het harnas en de helm. Hoe zou hij geheten hebben, en wie zou zijn heer en meester geweest zijn?

'Hij heette Ambrose,' zei Lan, die op dat moment met haar armen vol groenten het huis betrad. 'Hij was een ridder die, toen hij zwaargewond was geraakt, hier een tijd is geweest om weer te genezen. Ik had toch gezegd dat je je voet niet mocht gebruiken, knaap. Ik weet dat je maar al te graag hier weg wilt, maar als je gaat lopen voordat je voet is genezen, duurt het alleen maar langer voor je weer beter bent.'

Ik hing het zwaard terug op zijn plaats. Het feit dat ze schijnbaar mijn gedachten kon lezen, had me danig van mijn stuk gebracht, hoewel ik vermoedde dat Lan, naast die gave van helderziendheid, ook nog over andere vermogens beschikte die me eigenlijk meer zorgen baarden.

Lizzie kwam ook naar binnen. Haar handen zaten onder de modder en er zat ook een modderveeg op haar wang. Ze glimlachte naar me, over Lans gebogen rug heen, en ging toen op de aarden vloer in de schaduw zitten. De katten, die bij de haard lagen, sprongen allebei overeind en nestelden zich bij Lizzie op schoot. Ze waren blijkbaar erg op haar gesteld, hoewel ze tegen mij voortdurend liepen te blazen. Lan ging bij het vuur op haar hurken zitten en begon een kool aan stukken te snijden, die ze vervolgens in de ketel gooide.

'Heeft u die ridder goed gekend, oude moeder?' vroeg Lizzie.

Lan legde het mes neer en staarde door de rookwolken heen naar iets in de verte dat ik niet kon zien. Ik merkte aan haar dat ze een verhaal wilde gaan vertellen en ging op het bed zitten.

'Ja, ik heb hem goed gekend,' antwoordde Lan op zachte, dromerige toon. 'Een grote, stevige kerel. Toen zijn wonden eenmaal waren genezen, was hij weer zo lenig als een jonge knaap. Hij was ook erg knap, mijn schat. Hij was mijn grote liefde. En ik was de zijne.'

Ik kon een glimlach niet onderdrukken, want Lan was zo lelijk als de nacht. 'Ik was niet lang daarvoor weduwe geworden,' vervolgde ze. 'Ik was toen net zo jong en mooi als Jingwei. Op een dag zag ik hem op het pad liggen, net zoals jij daar lag, Jude. Hij zat van top tot teen onder de as, en hij kon van pijn en vermoeidheid amper op zijn benen staan of iets zeggen. Ik heb hem hier naar binnen gebracht en hem geholpen zijn harnas uit te trekken, zodat hij kon gaan liggen en proberen te slapen. Maar onder de maliënkolder was zijn wambuis helemaal verbrand. Het zat op sommige plaatsen zelfs in zijn verbrande huid, want hij had ook vreselijke brandwonden opgelopen. En toen ik het stof en de as van zijn gezicht wilde spoelen, liet zijn huid ook daar los. Hij was helemaal verbrand, en het duurde een hele tijd voor zijn wonden waren genezen.

'Hij had een draak gedood, maar pas nadat het vuurspuwende monster kans had gezien hem aan te vallen. Hij had de gewoontes en de zwakheden van deze monsters uitvoerig bestudeerd. Ambrose beschikte over een scherpe geest. Hij was iemand die altijd het naadje van de kous moest weten. Hij was niet alleen erg moedig, maar ook zachtaardig. Ik heb nog nooit van m'n leven iemand ontmoet die zo teder was, en zo diep dankbaar voor iedere dag die God hem schonk. Hij straalde niets dan vreugde uit, mijn lieve Ambrose. Na verloop van tijd genas hij, al gingen de littekens niet weg, ook die op zijn gezicht niet, en hij had ook een oog dat niet meer helemaal open wilde en ook niet helemaal dicht kon. Hij ging niet meer terug naar zijn heer en meester, en ook niet naar zijn eigen landgoed. Hij bleef bij mij, en we werden minnaars. Maar op een dag werd hij ziek. Er verschenen overal op zijn lichaam rode bulten: in zijn oksels, op zijn onderbuik en in zijn hals. Hij stierf diezelfde dag, en met hem verdween ook alle vreugde uit mijn leven. Ik heb hem begraven onder de appelboom, en ieder voorjaar verzamel ik de bloesems die uit de boom vallen en strooi die uit op mijn bed, zodat ik in mijn slaap de aanraking van zijn tot bloesem geworden huid kan voelen.'

Ik vond dit verhaal nogal morbide. Ik was blij dat de tijd van de bloesems voorbij was, en hoopte dat er op de plek waar ik die nacht moest slapen geen verdorde blaadjes meer zouden liggen. Toen ik naar Lizzie keek, zag ik dat haar gezicht nat was van de tranen. Ze stond op en strompelde naar Lan. De katten sprongen van haar schoot en verdwenen naar buiten. Lizzie sloeg haar arm om Lans schouder. Een grootmoeder en haar kleinkind, dacht ik, bloedverwanten, twee vrouwen met één ziel. Toen ik die twee daar zo samen zag, welde een verlangen naar mijn eigen verwanten in me op, en ik stond op en strompelde naar buiten. Voordat ik het goed en wel besefte, liep ik zelf ook te huilen zonder dat ik wist waarom. Eenzaamheid doorsneed mijn ziel als een zwaard, en ik verlangde met heel mijn ziel naar verwanten, die hun armen om mij heen zouden kunnen slaan. En het was ook mijn eigen schuld. Godallemachtig, wat was ik schuldig! Schuldig, omdat ik die laatste avond de kleine Addy zo onheus had bejegend en gezegd had dat ze niet met me mee mocht naar Rokeby, waardoor ik mede haar dood op mijn geweten had. Schuldig, omdat ik het had overleefd, terwijl ik eigenlijk samen met hen had moeten sterven. Schuldig, omdat het monster dat hen had gedood nog steeds vrij rondzwierf en ik geen stappen had ondernomen om hun dood te wreken. Ik ging in het gras liggen en barstte in snikken uit. Verdriet en pijn maakten zich van me meester. Ik wist niet hoe ik verder moest leven.

Na enige tijd begon mijn verdriet een beetje af te nemen. Ik trok handenvol gras uit de grond en veegde daarmee mijn gezicht en mijn neus schoon en probeerde de moed weer een beetje bij elkaar te rapen. Opeens drong het tot me door dat Lizzie vlak naast me zat. Lan zat aan de andere kant.

'God, wat ben ik toch een dwaas!' zei ik.

'Er zijn hier geen dwazen,' zei Lan. 'Er is hier alleen maar een jongen die gebukt gaat onder verdriet. Mijn Ambrose kon precies zo huilen. En dat deed hij vaak, ook al was hij een grote, sterke kerel. Ik wist dat hij meer dan alleen zijn heer en zijn landerijen had achtergelaten; hij had een vrouw en kinderen. Hij praatte nooit over ze, maar als hij aan ze dacht, werd hij door angst bevangen. Dan krabde hij steeds aan de littekens op zijn gezicht, en huilde. Maar zijn angst was ongegrond, want van alle schepselen Gods was hij het mooist.'

'Zou zijn vrouw nog van hem hebben gehouden als hij terug was gegaan?' vroeg Lizzie.

'Dat heb ik de geesten die ons leiden nooit gevraagd,' sprak Lan. 'Ik was dankbaar voor wat ze me gegeven hadden. Maar ik zag dat zijn geest gekweld werd door hetgeen hij had moeten achterlaten – niet alleen zijn verplichtingen als echtgenoot en vader, maar ook zijn ridderplicht. En ik wist dat hij, ondanks de vreugde die we samen beleefden, nooit werkelijk rust zou vinden.'

Daarna stonden ze allebei op en gingen naar binnen, want de zon neeg ter kimme en het avondeten was bijna gereed.

En ik neem aan dat ons eigen avondeten ook bijna gereed is, broeder. Ik beëindig mijn verhaal voor vandaag en ga samen wat met Jing-wei in de boomgaard wandelen, want de zon schijnt nu. Ik vermoed dat u zelf ook even rust wilt, misschien om broeder Matthew te bezoeken. Jing-wei vertelde me dat hij achteruit gaat, en dat zijn stervensuur nu nabij is. Het doet me leed, broeder, want ik weet dat hij hier abt was voordat zijn zinnen hem in de steek begonnen te laten en dat jullie allemaal erg op hem gesteld zijn. Jing-wei zei ook dat er altijd iemand bij hem is; een van de broeders zit voortdurend aan zijn bed, zodat hij niet alleen is op het moment dat zijn laatste reis een aanvang neemt.

Tot straks, bij het avondmaal. Vast en zeker krijgen we weer de bonensoep die broeder Tom altijd maakt – moge God ons allen genadig zijn!

10

ET SPIJT ME dat ik vandaag wat later ben, broeder; ik was aan het werk in de boomgaard. Ik heb geholpen om de appeloogst binnen te halen en de appels op de rekken in de grote voorraadkamer te leggen. Dat heb ik samen met broeder Tobit gedaan, en hij heeft me met zijn verhalen en schuine grappen kostelijk vermaakt. Ik houd van zijn humor: het was me al opgevallen dat hij 's avonds in de refter, wanneer jullie je mogen ontspannen en met elkaar praten voordat de nachtelijke uren en de Grote Stilte aanbreken, de grootste grappenmaker is. Toen we al het fruit naar binnen hadden gebracht, liet hij me de schuur zien, die zowat uitpuilt van al het stro, hooi en graan dat er ligt opgeslagen. Het verwonderde me dat jullie monniken daar zoveel van konden gebruiken, maar hij legde me uit dat het ook voor de gasten is bedoeld. Hij zei dat er vaak hoog bezoek komt, landheren en dames van adel met hun gevolg, dat soms uit wel honderden bedienden en soldaten bestaat, die bovendien ook allemaal nog paarden en honden bij zich hebben, en dat het jullie plicht is hun gastvrijheid te verlenen, soms wel weken achtereen. Jing-wei en ik helpen tenminste nog bij de arbeid, zodat ik me niet schuldig hoef te voelen omdat ik jullie voedsel eet, zelfs al zijn het die eeuwige bonen die broeder Tom altijd klaarmaakt – zit me niet te porren met uw ganzenveer, broeder! Ik ga al verder met mijn verhaal!

Er gebeurden in het huis van Lan twee dingen waardoor het leven van Lizzie en mij ingrijpend veranderde. Het eerste had te maken met Lizzie's voeten. Ik heb, geloof ik, al verteld dat Lans voeten in het verleden ook ingebonden waren geweest, maar dat zij ze weer recht had laten maken. Toen we pas bij Lan waren en ik op het bed lag om mijn pijnlijke enkel rust te gunnen, zei Lizzie tegen Lan: 'Wilt u mijn voeten genezen, moedertje, en de botten recht aan elkaar laten groeien?'

'Dat zal erg pijnlijk zijn, kind,' antwoordde Lan. 'De botten moeten eerst gebroken worden voordat ik ze recht kan zetten. Dat vergt tijd, en een heleboel geduld.'

'Hoeveel tijd?' vroeg ik van onder de dierenhuiden die mijn legerstede bedekten. Ik vreesde het antwoord dat komen ging, maar het was nog erger dan ik had verwacht.

'Bij elkaar een dag of twintig,' zei Lan. 'Twee dagen voor het breken en opnieuw zetten van de botten, en twintig dagen om te herstellen voordat ze weer kan gaan lopen. Als alles goed gaat, tenminste.'

'Zo lang kunnen we hier niet blijven,' zei ik.

Lizzie zat op een krukje bij de haard en begon haar schoenen uit te trekken. 'Laten we dan maar meteen beginnen,' zei ze tegen Lan.

En zo geschiedde. Lan begon met het baden en masseren van Lizzie's voeten, die werden ingewreven met geneeskrachtige oliën, waardoor ze een beetje soepel werden. Toen begon ze Lizzie's doorgebogen tenen los te maken uit de huid van haar voetzolen. Al haar tenen, op de grote na, waren bij het inbinden van haar voeten omlaag geduwd en lagen nu plat tegen haar voetzolen. Toen Lan haar tenen lostrok, begon Lizzie te kreunen van de pijn. Lan begon de tenen een voor een recht te buigen, waarbij ik de botten hoorde kraken. Ze moest daarbij ook Lizzie's ingegroeide teennagels heel voorzichtig uit haar voetzolen trekken. Zo nu en dan stopte ze even om een warm kompres op Lizzie's samengetrokken spieren aan te brengen, net zo lang tot haar voet zich weer ontspande en Lan weer verder kon gaan. Hoewel Lan haar een drankje had gegeven, lag Lizzie voortdurend te zuchten en te snikken. Zo nu en dan kromp ze ineen van de pijn. Ten slotte kon ik het niet langer aanzien.

'Waarom moet dit?' schreeuwde ik. Ik greep Lans pols beet, zodat ze Lizzie niet nog meer pijn zou doen. In het licht van het haardvuur zag ik dat haar stuiptrekkende, verwrongen voet op Lans schoot terechtkwam. 'Dit is onnodig wreed!' ging ik tekeer. 'Laat haar met rust!'

Lan duwde me opzij, pakte de misvormde voet weer beet, en ging rustig verder.

'Zeg dat ze ophoudt, Lizzie!' riep ik, maar ze schudde haar hoofd. Ze kon geen woord meer uitbrengen.

'Ga naar buiten, jongen,' zei Lan. 'Je bezorgt me alleen maar last, en je brengt Jing-wei van streek.'

'Breng *ik* haar van streek?' riep ik. 'U bent degene die haar pijn doet, niet ik!'

'Jing-wei heeft dit zelf gewild,' zei Lan. 'Ze wil zelf dat de gebroken botten hersteld worden. Bemoei je er dus niet mee, tenzij je mee wil helpen.'

Ik begaf me naar buiten, want ik kon de pijn die Lizzie leed niet langer aanzien.

Na een tijdje kwam Lan naar buiten om in haar tuin te werken. Ik ging naar binnen en zag Lizzie op het bed liggen. Ze kreunde nog steeds. Ik knielde vlakbij haar. 'Je hoeft niet zo'n pijn te lijden, Lizzie,' zei ik, in de hoop dat mijn woorden haar tot rede zouden brengen. 'Laat Lan hier toch mee ophouden. Je hebt je je hele leven met ingebonden voeten weten te redden. Je hebt mij toch ook nog? Als je ergens heen wilt, dan zorg ik dat je er komt.'

'En ga jij me dan de rest van m'n leven dragen?' vroeg ze.

Daar moest ik diep over nadenken. Haar vraag had me nogal in de war gebracht. Ten slotte mompelde ik: 'Ik probeer alleen maar om je te helpen, Lizzie. Ik wil alleen maar zorgen dat je niet onnodig pijn hoeft te lijden.'

Ze hield op met kreunen en staarde me aan. Haar kin stak naar voren, alsof ze daarmee haar koppige houding wilde benadrukken. 'Is het niet nodig dat ik zelf kan lopen?' vroeg ze. 'Is dat de straf die ik van je krijg, Jude uit Doran? Heb ik zelf niets te willen?'

'Het is geen straf!' riep ik. 'Mijn God, wat kun jij tegendraads zijn als je iets in je domme hoofd hebt gehaald! Ik zeg alleen maar wat ik ervan vind. Daar heb ik toch zeker het recht toe, want ik ben degene die je gered heeft. Als ik er niet was geweest, zou je nog steeds als gedrocht op een rondtrekkende kermis staan!'

'En denk je dat dat jou het recht geeft om mij tot je bezit te rekenen?' zei ze. 'En dat jij het recht hebt om mij te zeggen wat ik moet doen en hoe ik verder mijn dagen, en de rest van mijn leven, moet doorbrengen?'

Ik stond op het punt om overeind te komen en ervandoor te gaan toen ze zachtjes en vriendelijk tegen me zei: 'Ik *moet* dit doen, Jude. Ik wil net zo zijn als alle andere deernen.'

'Je bent net als andere deernen,' zei ik. Ik voelde dat mijn woede begon te zakken. 'Je bent beter dan de meesten.'

Ze glimlachte naar me, niet ondeugend of plagerig zoals Addy vroeger, maar op een manier die warmte en genegenheid uitstraalde. Mijn hart ging sneller slaan en ik merkte dat ik begon te blozen. En dat was de laatste keer dat we over dit onderwerp hebben gesproken.

De volgende keer dat Lan aan haar voeten begon, bleef ik bij haar om te helpen. Ik gaf Lizzie haar pijnstillende medicijnen terwijl haar voet in een of ander brouwsel was gedompeld, dat haar huid zachter moest maken. Lan had de tenen van Lizzie's rechtervoet rechtgetrokken en ging nu met haar linkervoet verder. Ze nam weer recht voor Lizzie plaats en spreidde een handdoek over haar schoot. Vervolgens pakte ze Lizzie's misvormde voet stevig beet. Lizzie haalde diep adem. Er verscheen een vastberaden blik in haar ogen, als van een soldaat die op het punt staat ten strijde te trekken. 'Ga nu verder, moedertje,' zei ze.

Er ging een uur voorbij. Ik heb geen idee hoe Lizzie dit heeft kunnen doorstaan. Ze zat daar maar, op dat kleine krukje, en hield de randen ervan beet tot haar handen wit wegtrokken. Ze bewoog voortdurend heen en weer en beet op haar lippen tot het bloed eruit spoot. Het leek of ze zich niet bewust was van onze aanwezigheid; ik denk dat ze zich had teruggetrokken in haar eigen wereld van pijn en dat zich ergens diep in haar binnenste een strijd afspeelde waar wij geen enkele weet van hadden. Lan zei dat ik een stuk leer uit haar kist met geneeskrachtige spullen moest gaan halen. Ik deed wat ze vroeg, en rolde het stuk leer op, zodat het in Lizzie's mond paste en ze erop kon bijten. Ik kon alleen maar machteloos toekijken terwijl Lan verderging. Lizzie kreunde, en raakte een keer bijna buiten bewustzijn. Ik pakte nog een krukje en zette dat achter haar neer. Ik ging zitten en hield haar met haar rug tegen me aan. Ik sloeg mijn armen om haar heen en hield haar stevig beet. Ze pakte mijn handen en hield ze zo stevig vast dat ik het zelf bijna uitgilde, maar het leek of ze daardoor minder pijn leed. En daarna hebben we de hele tijd zo gezeten terwijl Lan met haar voeten bezig was.

Tijdens die lange uren dat ik haar vasthield en zij ondraaglijke pijnen leed, heb ik een heleboel dingen geleerd. Ik besefte nu ook dat Lizzie geen hulpeloze deerne was, die ik uit een kooi had gered: ze was een sterke, vastberaden vrouw, die zich probeerde te bevrijden uit een veel grotere kerker dan de kooi waaruit ik haar had bevrijd. *Ik* was niet haar redder; ze was bezig zichzelf te bevrijden uit de knellende boeien van de beperkingen waaruit haar leven tot nu toe had bestaan, en ze wist ook dat ze de vreselijkste pijnen zou moeten doorstaan om zich van die boeien te ontdoen.

Die uren waarin Lan bezig was met Lizzie's botten te breken om haar te genezen, waren voor mij een geestelijke reis. Na afloop bleven Lizzie en ik steeds dicht bij elkaar zitten. Ze leunde dan achterover en zei dat ik tegen haar moest praten, het maakte niet uit waarover, om haar gedachten af te leiden. En dus vertelde ik haar over mijn jeugd, over de zwijnen die ik had gehoed, over mijn spelletjes met Addy en Lucy en de tweeling, over mijn gestuntel met Prue en de ruzies met haar vader, de molenaar. Soms lachten we en soms moesten we huilen. Oude Lan bemoeide zich nooit met onze gesprekken en ging vaak naar buiten, zodat wij in alle rust samen konden praten. In die dagen stortte ik mijn hele ziel bij Lizzie uit. Niemand heeft ooit het verhaal van mijn leven en mijn diepste zielenroerselen gehoord op de manier waarop ik haar er toen over verteld heb.

Het duurde vier dagen voordat haar misvormde voeten weer hun natuurlijke vorm begonnen te krijgen. Toen Lan ermee klaar was, zagen ze er redelijk normaal uit, al zaten ze nog stevig in het verband om de botten goed op hun plaats te houden. In de avonduren maakte ik leren schoenen voor Lizzie. Ik gebruikte daarvoor een paar stevige stukken leer, die ze later strak om haar voeten zou kunnen trekken, zodat ze voldoende steun boden. Lizzie wilde graag gaan lopen, maar Lan verbood het haar. Ze zei dat het minstens twintig dagen zou duren voor haar botten weer goed aan elkaar waren gegroeid en dat ze tot die tijd rust moest nemen.

Die twintig dagen waren voor mij een moeilijke tijd. Mijn eigen voet was goed hersteld en ik wilde ervandoor, op zoek naar een nieuw doel in mijn leven. Ook al wist ik dat Lan geen kwaad in de zin had, was ik toch steeds bang als zij in de buurt was. Het leek of ze alles van me wist en mijn gedachten kon lezen. De hele tijd dat ik bij haar verbleef, bekroop mij voortdurend de angst dat ze over bovennatuurlijke krachten beschikte. Ik vermoed dat Lizzie daar stiekem om moest lachen, maar ik kon het gewoon niet helpen. Zelfs de mensen uit het dorp die naar Lan toekwamen om medicijnen voor kiespijn en allerlei andere kwalen, waren op hun hoede voor haar. Ze kwamen nooit naar binnen, maar namen hun medicijnen in de deuropening in ontvangst en betaalden ervoor met kippen en zakken graan die heel voorzichtig over de donkere drempel naar binnen werden geschoven. En er was nog iets waar ik me zorgen over maakte: steeds als ik iets zei over vertrekken, zelfs toen de twintig dagen al bijna voorbij waren, zei Lan dat Lizzie nog niet in staat was om te lopen en nog langer bij haar moest blijven om haar voeten rust te gunnen. Ze bedacht ook allerlei karweitjes die in en om het huis gedaan moesten worden. Zo moest er bijvoorbeeld een muur om haar tuin worden gebouwd om de vossen buiten te houden, en moest haar stenen oven, die buiten stond, worden hersteld. Ook moest er een dode boom achter haar huis worden omgehakt voordat hij tijdens een storm omver zou waaien. Ik had er geen bezwaar tegen om dat allemaal te doen, en ik vond het ook niet erg dat ik moest wachten tot Lizzie's voeten beter waren, maar ik begon weer het gevoel te krijgen dat ik gevangen zat en dat mijn verblijf hier door Oude Lan om mij onbekende redenen werd uitgerekt.

Op zoek naar innerlijke rust ging ik op een sabbatdag naar de mis in de dorpskerk. Ik hoopte dat ik na afloop met de pastoor zou kunnen praten, maar niemand zei iets tegen me, omdat ik bij Lan in huis woonde. Maar ik zag toch mensen die niet lang daarvoor blij waren geweest met de medicijnen die ze van Lan hadden gekregen. Volgens mij waren het allemaal huichelaars, en ik liep terug naar het huis van Lan zonder met hun pastoor gesproken te hebben.

Die avond gebeurde er nog iets, en dat betekende het keerpunt van ons verblijf bij Lan. Aanvankelijk leek het een avond als alle andere te worden: Lizzie en ik zaten bij de haard een Chinees spel te spelen, waarbij houten pinnetjes in gaatjes op een houten bord moesten worden gestoken. Lan had een bieskaars aangestoken en zat bij het licht ervan de bruine jurk die ik aan Lizzie had gegeven voor haar op maat te maken. Het was binnen verstikkend. Ik had hoofdpijn en mijn humeur was niet al te best. Lizzie had zojuist het derde spelletje achter elkaar gewonnen en ik veegde de stukjes hout bij elkaar. Ik had geen zin om verder te spelen. Op dat moment viel mijn oog op de naaidoos van Lan, waarin ze haar benen naalden, haken, draad en stukjes stof bewaarde. Ik zag dat er op het deksel een draak stond geschilderd.

'Waarom een draak?' vroeg ik, terwijl ik opstond en de doos bij het licht hield om de afbeelding beter te kunnen zien. De doos was heel oud, en heel anders dan de naaidozen die ik in het verleden had gezien. Ik vermoedde dat hij uit China afkomstig was.

'Waarom géén draak?' zei Lan. 'Ga eens opzij, jongen. Je staat in het licht.'

Ik bleef staan. Mijn schaduw viel over haar heen. 'Omdat draken ongeluk brengen,' zei ik. 'En omdat uw eigen Ambrose door een draak is verwond, neem ik aan dat u die monsters haat. Ik vind het dus vreemd dat u er een als versiering in huis heeft.'

'Het was een draak die Ambrose op mijn pad bracht,' zei Lan. Ze gaf me een por met haar schaar. Ik sprong snel opzij. 'En trouwens, draken zijn net als mensen. Je hebt goede en je hebt slechte.'

'Dat is ketterij,' zei ik. 'De leer van de kerk maakt een duidelijk onderscheid tussen goed en kwaad.'

'In China worden draken als goden beschouwd,' zei Lizzie. 'Het zijn de wachters van het luchtruim. Het zijn stormhoeders.'

'Dan volgen de mensen in China een dwaalleer,' zei ik.

'O ja?' zei Lan, terwijl ze weer een lapje op een gat begon vast te naaien. 'Denk je dat de Chinezen het allemaal bij het verkeerde eind hebben? Dat al hun geleerden en hun geestelijke leiders, waaronder de grote Khan zelf, al honderd dynastieën lang een dwaalleer volgen?'

116

'Een heel land kan zich vergissen,' zei ik. 'Denk maar eens aan de Schotten, die hier binnenvallen om te moorden en te plunderen en ons land te stelen. En daarvoor werden we belaagd door de horden uit Wales, en daarvoor door de noormannen; en de Fransen zijn altijd al...'

'En jullie Engelsen zijn zeker degenen zonder smet op hun blazoen? Degenen die nooit iets verkeerd hebben gedaan?' zei Lan. 'Jullie waren hier zeker vanaf het begin? Jullie hebben nooit dit land geplunderd en het van anderen gestolen?' Ik zweeg, want mijn grootvader had me daar nooit iets over verteld.

'Jullie Engelse manier van leven is niet de enige, en ook niet de alleenzaligmakende,' zei Lan. 'En jullie zijn ook niet zo slim als jullie zelf denken. De meesten van jullie kunnen niet eens lezen of schrijven, en de enigen die bij jullie over kennis beschikken zijn de geestelijken. Maar in mijn land studeren de mensen aan grote universiteiten en maken ze muziek op de meest wonderlijke instrumenten. Ook maken ze er de prachtigste schilderijen op zijde. En waar jullie Engelse soldaten hun vijanden met speren en zwaarden bestoken, heeft mijn volk een manier ontdekt om hun vijanden de lucht in te blazen met vuur dat ontploft. Jullie kijken naar de zon om te zien hoe laat het is, maar in een van onze grote steden hebben we een apparaat dat door waterkracht wordt aangedreven, waarop de tijd wordt aangegeven. Je kunt er ieder uur, en de tijd daartussen, op aflezen. Jullie pletten dierenhuiden om op te schrijven, maar wij maken uit vezels een fijn materiaal dat papier wordt genoemd. En terwijl jullie monniken gepunte ganzenveren gebruiken om langzaam, één voor één, boeken over te schrijven, worden bij ons de boeken in grote blokken hout gekerfd, waarvan snel en gemakkelijk vele afdrukken kunnen worden gemaakt. Vertel me dus niet dat mijn land het bij het verkeerde eind heeft, en dat mijn volk een dwaalleer volgt. Wij beschikken over meer kennis en hebben veel meer bereikt dan jullie je kunnen voorstellen.'

Het spijt me van die opmerking over de ganzenveren, broeder Benedict; ik merk dat u er door in de war wordt gebracht. Naar mijn mening is uw werk zeer vooruitstrevend en van uitstekende kwaliteit, maar ik moet nu eenmaal dit verhaal vertellen zoals het werkelijk is gebeurd. Als u belangstelling heeft voor de Chinese wijze van boeken maken, kunt u daar straks misschien met Jing-wei over praten, want zij weet daar meer van dan ik. Wellicht dat de abt er ook belangstelling voor heeft.

Ik wou dat ik er bij Lan op had aangedrongen om me nog meer over dergelijke zaken te vertellen, want zij was, zo bleek, iemand die over wonderbaarlijke wijsheden beschikte. Maar ik was op dat moment in een slecht humeur en de wanhoop nabij. Om u de waarheid te zeggen, toen ik Lan zo bezig zag terwijl ze met haar kleine naald de draad door de jurk haalde, deed me dat denken aan mijn moeder, en hoe zij voor mij en de vier blagen kleren verstelde. Het veroorzaakte pijn, niet alleen in mijn hoofd, maar ook in mijn hart. En bij het zien van de afbeelding van het monster op Lans naaidoos kwamen ook de vreselijkste beelden in me op, en het lukte me niet om die van me af te zetten. Ik verlangde naar rust, en trok mijn laarzen uit om te gaan slapen. De geit stond van het stro te eten, en toen ik haar wegjoeg, zei Lan: 'Je hoeft niet zo bang voor haar te zijn, Jude.'

'Ik ben alleen maar bang dat zij al het stro opeet,' zei ik.

Lan grinnikte. 'Ik bedoel voor de draak!' zei ze. 'Die is niet zo gevaarlijk als jij je verbeeldt.'

'Het is geen kwestie van verbeelding,' loog ik. En toen kroop ik in het bed en lag te kijken hoe de rook tegen het rieten dak omhoogkringelde. Ik dacht aan het monster en probeerde me voor te stellen hoe het eruitzag. Volgens mij leek het helemaal niet op het wonderlijke, kronkelende schepsel dat op Lans naaidoos was afgebeeld.

'De draken die hier leven, zijn niet zo groot als de mensen denken, en ze zijn ook niet zo slim,' zei Lan.

'Heeft u er weleens een gezien?' vroeg ik.

'Nee, maar Ambrose heeft me er veel over verteld.'

Ik ging overeind zitten, om beter te kunnen horen wat ze zei. Ze zat nog steeds over haar naaiwerk gebogen. Haar dunne witte haar glom als een stralenkrans in het licht van het haardvuur. Onder haar haar stak haar schedel donker af.

'Ambrose zei altijd dat vrees niets anders was dan het geloof in de kracht van je vijand,' vervolgde ze. 'Hij zei dat als je die vijand eenmaal doorhad en je zijn kracht en zijn zwakke plekken kende, en wist waar hij sliep en at, hoe hij eruitzag, wat voor wapens hij gebruikte en hoe hij zich verdedigde, dat die vrees dan vanzelf verdween. Hij zei dat kennis het machtigste wapen van allemaal was en dat, als de strijd losbarstte, je alleen maar op het juiste moment over het juiste wapen diende te beschikken en over de ijzeren wil om te winnen.'

'Aan die kennis heeft hij zelf ook niet veel gehad,' mompelde ik. 'Want de draak heeft hem bijna levend verbrand.'

'Maar hij heeft het wel overleefd, en die kennis aan mij doorgegeven,' zei Lan. 'Niets is ooit helemaal vergeefs, Jude.'

Ik schoot bijna in de lach. Had hij zijn kennis aan *haar*

doorgegeven? Bij Gods Heilige Hart! Had ze soms het onzin-
nige voornemen om zelf te draak te lijf te gaan?

'Ik weet alles over draken en hoe men ze kan verslaan,' zei
Lan. 'En ik weet ook waarom de meeste ridders hun pogingen
hebben zien mislukken. Ik weet wat de beste manier is om ons
tegen dit monster te verdedigen, en wat daarvoor het meest
geschikte wapen is.'

Kille angst maakte zich van mij meester. Ik keek naar Lizzie. Ze keek me aan. Ze had een merkwaardige blik in haar
ogen, net of ze dit allemaal al eens eerder had gehoord en nu
wilde weten hoe ik hierop zou reageren. Ik keek weer naar
Lan. Ze was niet meer bezig met haar naaiwerk, maar zat me
vanaf de overkant van de kamer in het halfduister doordrin-
gend aan te kijken.

'Jude uit Doran, het lot heeft je hierheen gebracht,' zei ze.
'En door het lot is ook Jing-wei met je meegekomen. Want
het wapen dat ik heb is iets wat Jing-wei goed kent, ook al heb
jij er nog nooit van gehoord. En de ijzeren wil om te winnen:
wie koestert een vuriger verlangen om de draak te doden dan
jijzelf, omdat hij alles waar je van hield, verwoest heeft?'

Ik zweeg, maar ik voelde een kilte in mijn hartstreek. Ik
wist zeker dat de duivel ergens in het huis op de loer lag.

Lan ging verder: 'De draak moet verslagen worden, Jude.
Als dat niet gebeurt, gaat hij door met het aanrichten van ver-
nielingen, totdat er alleen nog maar verschroeide, kale akkers
over zijn, alle steden en dorpen zijn verwoest en lichamen en
kadavers door het vuur zijn verteerd. En mochten er mensen
zijn die dit overleven, dan zullen ze niets anders meer hebben
dan verbrande oogsten en verwoeste huizen, en hun verwon-
dingen zullen erger zijn dan woorden kunnen beschrijven.

Hun kwelling zal zo groot zijn dat ze de Almachtige zullen smeken hen de Zwarte Dood te zenden, want zelfs dat zal voor hen een verlossing betekenen.

'Ik weet dit, Jude, zoals ik ook weet dat de zon morgenochtend aan de hemel zal verschijnen. Als draken eenmaal mensenvlees hebben geproefd, raakt hun geest volkomen van slag en moeten ze gedood worden. Er is niemand anders die die taak op zich kan nemen: de koning is in veldslagen verwikkeld, en zelfs al zou een nobele ridder zich tot taak stellen het monster te verslaan, is zijn poging bij voorbaat tot mislukken gedoemd omdat hij niet over de nodige kennis beschikt. Hem zou een vreselijker lot treffen dan mijn eigen Ambrose: hij zou levend verbranden in zijn eigen harnas, waarna de draak nog steeds vrij rondvliegt. Maar wij – wij beschikken over het juiste middel om aan dit onheil een eind te maken, om een land voor de ondergang te behoeden en een groot aantal zielen te redden. Ik spreek de waarheid, Jude, als ik zeg dat je niet bij toeval hier onder mijn dak verblijft.'

Mijn hart bonkte in mijn borstkas. Ik kreeg een droge mond. Plotseling begreep ik wat de oude heks van plan was. Ik wist ook dat ze Lizzie al had weten te overtuigen. Misschien hield ze haar met een toverspreuk in haar macht! Haar waanzinnige plan had alleen nog mijn instemming nodig! Ik schudde mijn hoofd. Ik wilde ontsnappen, rennen voor mijn leven, maar ik ging ten onder in de waanzin in Lans ogen en in de stortvloed van haar woorden, die me beheksten en maakten dat ik me niet meer kon verroeren, ook al probeerde ik me er met mijn hele ziel tegen te verzetten.

'Je vreest je vijand,' zei ze, 'omdat hij in je eigen wilde dromen een ontzagwekkend groot, duivels monster is dat niet verslagen kan worden. Zelfs het idee dat je jacht op hem gaat maken, berust volgens jou op dwaasheid. Maar als je de draak zou zien zoals hij werkelijk is, in het echt, kom je al gauw tot de ontdekking dat het een doodgewoon beest is, met niet meer hersens dan een strijdros en niet groter dan een os, en dat het niet kwaadaardiger is dan een uitgehongerde hond die op jacht is naar voedsel. Ik wil je dit zeggen, knaap: het zou je goed doen als je oog in oog met de draak kwam te staan. Je onredelijke angst zou er meteen door verdwijnen. Het zou je ook de kracht schenken om je ware bestemming te vinden. Die taak rust op jouw schouders, Jude, want dáárvoor heb jij als enige uit je hele dorp de aanval van de draak overleefd. Je zult geen rust vinden voordat je je familie hebt gewroken. Als je die taak weigert, zul je de rest van je leven gekweld worden door wroeging en verdriet. Dat weet ik, want ik heb het gif gezien dat Ambrose verteerde toen hij er niet in slaagde zijn taak tot een goed einde te brengen.'

Ten slotte lukte het me mijn blik af te wenden en weer enigszins normaal te denken. 'Ik ben Ambrose niet, en ik heb ook geen ridderplicht,' zei ik. 'En het is ook geen onredelijke angst die mij een monster doet vrezen dat kans ziet om in één nacht tijd een heel dorp te verwoesten en iedereen te doden. En wat mijn bestemming betreft: alleen God weet wat mijn bestemming is, en die kunt u niet bepalen. Ik wil niets meer te maken hebben met u en met uw heidense praat. U mag dan Lizzie met uw boosaardige toverij in uw macht hebben, maar mij krijgt u niet te pakken.'

'Er is geen sprake van toverij,' zei Lan. 'Er is alleen maar sprake van een draak die verslagen moet worden, en er zijn maar twee mensen die daartoe in staan zijn. De een is dapper en bereid, maar de ander is een lafaard.'

'Ik ben geen lafaard!' schreeuwde ik. Lan lachte. Haar spot tartte me tot het uiterste en ik merkte dat mijn zinnen me weer in de steek begonnen te laten. 'Als jij toch alles weet, heks,' zei ik, 'en als je vindt dat ik oog in oog met mijn vijand moet komen te staan, waarom roep je hem dan niet hierheen, zodat ik hem tenminste kan leren kennen?'

Lan begon nu zo hard te lachen dat de tranen langs haar wangen liepen. 'Je hebt meer moed dan ik dacht, knaap!' grinnikte ze. 'Meer dan ik dacht!'

Maar ik was helemaal niet moedig; ik was alleen maar een domme dwaas die ruzie maakte met een heks. Ja, mors maar met uw inkt, broeder Benedict, en sla maar een kruis, want de volgende dag gebeurde er iets waardoor ik me pas ten volle bewust werd van haar duistere machten en van de vreselijke manier waarop ze me in haar web gevangen hield. Want de volgende dag–

Godallemachtig! Daar luidt de klok voor het avondgebed! Snel ervandoor! Gisteren werd ik door de abt berispt omdat u door mijn toedoen soms te laat komt. Ik zal alles hier opruimen en de kaarsen doven. Ga nu, broeder, en God zij met u!

11

EGROET, BROEDER! WAT een aangename verrassing dat ze me kwamen roepen om mee te helpen met het binnenbrengen van de rest van de oogst. Wat er nog aan fruit en bonen in de kloostertuinen stond, is nu gelukkig allemaal voor het begin van de regentijd geborgen. Voor ons verhaal kwam deze onderbreking op een ongelegen moment, maar het gaf u tenminste de gelegenheid om meer tijd bij broeder Matthew door te brengen en getuige te zijn van zijn strijd tussen twee werelden. En ik kon al die tijd samen met Jing-wei in de boomgaard werken. Zij kwam alleen 's morgens helpen, omdat ze niet de hele dag kan staan. Meestal is ze in het ziekenverblijf aan het werk, en zie ik haar alleen 's avonds in het gastenverblijf, dat altijd vol zit met pelgrims en lawaaiige kinderen, zodat we nooit rustig samen kunnen praten. Ik mis haar gezelschap. En het is helemaal nergens voor nodig dat u daarbij uw wenkbrauwen zo optrekt, broeder; er is niets tussen ons behalve vriendschap. Wat zie ik, zit u al te schrijven? Wat een ijver! Of kan het zijn dat u alleen maar gehoorzaam de opdrachten van de abt uitvoert? Hoe dan ook, het lijkt me beter dat ik verder ga met mijn verhaal.

Na Lans duivelse praat over de jacht op de draak maakte ik een moeilijke nacht door. Ik kon, als gevolg van de hitte en de knagende angst niet in slaap komen. Ik had het gevoel dat ik in problemen verzeild was geraakt die ik niet aankon. En wat erger was: Lizzie was er ook bij betrokken, al scheen zij dat niet erg te vinden. Terwijl ik aan de ene kant van Lan lag te woelen en te draaien, hoorde ik aan de andere kant van het bed haar rustige ademhaling. En toen het me eindelijk lukte de slaap te vatten, werd ik geplaagd door nachtmerries. Ik kwam sterk in de verleiding om op te staan en ervandoor te gaan, maar de verschrikkingen van de nacht en het feit dat ik Lizzie met geen mogelijkheid in de steek kon laten, maakten dat ik naast de heks in dat bed bleef liggen.

De volgende morgen deden Lan en Lizzie of er niets aan de hand was. Lizzie mocht voor het eerst een stukje lopen, en dat deed ze ook, met Lan aan de ene kant en ik aan de andere. Hoewel het lopen haar pijn deed, verscheen er een uitdrukking van blijdschap op haar gelaat. Ze praatte honderduit met Lan, soms in hun eigen taal. Geen van beiden had het over het gesprek van de vorige avond, wat mij behoorlijk in verwarring bracht. Ik had het idee dat ik buitengesloten werd, alsof zij met z'n tweeën een mij onbekend geheim deelden. Ik veronderstelde dat het iets te maken had met tovenarij, waar ze mij buiten wilden houden. En ik moet bekennen dat er nog iets was waardoor ik mij eenzaam voelde: de angst dat Oude Lan wel eens gelijk zou kunnen hebben, en dat het inderdaad mijn lotsbestemming was, en ook mijn plicht, om de draak te verslaan en mijn familie te wreken. Als dat zo was, was het een taak die ik niet kon volbrengen, en in mijn ellende vervloekte ik Lan dat ze mij daarop had gewezen, en mezelf omdat ik in haar ogen een waardeloze lafaard was.

Terwijl Lizzie lag te rusten, maakte ik een wandeling langs

de akkers rondom het dorp. De mensen waren bezig hun tarwe te oogsten. Ze zongen onder het werk. In het heldere zonlicht gingen hun zeisen op de maat van de melodie op en neer. Dit vredige tafereel deed me de verschrikkingen van de afgelopen nacht weer een beetje vergeten, maar het maakte ook een hernieuwd verlangen naar Doran in me wakker. Ik moest weer aan Prue denken, en hoe we vroeger samen hielpen bij het binnenbrengen van onze eigen oogst. En door de flitsende bladen van de zeisen moest ik ook aan iets anders denken: de herinnering aan Tybalts zwaard. Ik herinnerde me weer dat Richard iets gezegd had over een waarzegster en over een voorspelling, waarin sprake was van een draak die zou neerdalen en door Tybalts zwaard zou worden gedood.

O, broeder Benedict, ik kan u niet zeggen wat een opluchting ik voelde toen me dat te binnen schoot! Vreugde maakte zich van mij meester, als bij een gevangene die te horen krijgt dat hij zal worden vrijgelaten en de doodstraf niet zal hoeven te ondergaan. Ik stond, aan de rand van de akkers waar de mensen aan het werk waren, bijna te juichen! Oude Lan had het bij het verkeerde eind! Het was helemaal niet mijn lot, of mijn taak, om op jacht te gaan naar de draak! Ze had het bij het verkeerde eind, haar waanzinnige ideeën waren totaal verkeerd – en ik kon het bewijzen! Ik schoot bijna in de lach en rende terug naar haar huis.

Ze was samen met Lizzie in de tuin bezig kruiden te plukken. Ik riep naar Lan. Ik kon bijna niet wachten om met haar over de voorspelling te praten; maar ik aarzelde toen ik haar daar tussen de kruiden zag staan. In het heldere zonlicht leek haar gerimpelde gezicht net een walnoot, en haar amandelvormige ogen vertoonden een schrandere, geheimzinnige blik.

'Wat is er, knaap?' zei ze. 'Waarom ben je zo opgewonden?'
'Een zwaard,' zei ik. 'Het zwaard van Tybalt. Ik herinner me
dat iemand daar iets over gezegd heeft.'

Lan had van Tybalt gehoord, want Lizzie had haar over haar
leven voor we bij Lan kwamen, verteld. Ik was me van Lizzie's
aanwezigheid bewust. Ze zat, half verborgen tussen de laven-
delstruiken en smeerwortelplanten, doodstil te luisteren naar
wat ik zei.

'Richard heeft me verteld over een voorspelling die hij van
een waarzegster had gehoord,' ging ik verder. Ondertussen
keek Lan me aan met een blik of ik een pad was die op het
punt stond in een kokende ketel met heksendrank te verdwijnen. 'De waarzegster heeft voorspeld dat met het zwaard van
Tybalt, waarmee zijn voorvaderen de laatste draken hebben
gedood, opnieuw een draak verslagen zal worden. Met Tybalts
zwaard zal de allerlaatste draak worden gedood!'

'En denk je dat die onbekende waarzegster het bij het
rechte eind had?' vroeg Lan.

'Ja,' mompelde ik, mijn blik afwendend. 'Ze heeft verstandig gesproken.'

'En wat ik zeg, is alleen maar onzin?' vroeg Lan.

Ik keek naar de grond. Het leek of mijn tong aan mijn ver-
hemelte gekleefd zat.

'Als ik jou was, jongeman, zou ik maar heel goed oppassen,'
zei Lan. Hoewel ze zachtjes sprak, hoorde ik toch de woede in
haar stem. 'Ik heb de tongen uitgesneden van degenen die aan
mijn woorden twijfelden, en die op hete stenen gebakken om
als avondmaal te dienen. Samen met stukjes pad en een saus
van slangenkruid is dat een heerlijk gerecht.'

Aan de overkant van de tuin hoorde ik een gedempt geluid,

en toen ik keek, zag ik dat Lizzie met een hand voor haar mond zat te lachen. Ze keek me met twinkelende ogen aan.

Lan schoot ook in de lach en boog zich weer over haar kruiden. 'Help eens een handje, knaap!' zei ze grinnikend. 'Maar let goed op, want mijn kruiden moeten met de grootste zorg worden behandeld!'

De vrolijkheid waarmee we in de gezellige tuin aan het werk togen, de geur van de kruiden en het eenvoudige handwerk deden me mijn angst enigszins vergeten. Ik begon zelfs te twijfelen aan de ernst van de situatie waarin ik me bevond. Terwijl ik Lizzie en Lan in de vredige omgeving van de tuin terzijde stond, begon het me te dagen dat de onbezonnen praat van de vorige avond niets dan scherts was geweest. Misschien hadden ze het hele plan om een drakenjacht op touw te zetten samen verzonnen – alleen maar om mij voor de gek te houden en me op stang te jagen. Wat een dwaas was ik, dat ik daarin was getrapt! Ze hadden me beduveld, en dat had me ook nog mijn nachtrust gekost! Ik schoot bijna in de lach, daar in die tuin, en koesterde zelfs een zekere bewondering voor hun gewiekstheid en de slimme manier waarop ze me voor aap hadden gezet.

Ja, lacht u ook maar om hun bedrog en hun listen, broeder Benedict, maar laat ik daar meteen aan toevoegen dat ik op dat moment alleen maar *dacht* dat het om grappenmakerij ging. En dat eigenlijk ook hoopte! Hoe dan ook, ik geloofde op dat moment dat ze me voor de gek hadden willen houden, en daarom besloot ik dat het tijd werd om hun spel niet langer mee te spelen en serieuze plannen te gaan maken. Ik besefte dat ik sinds de tijd dat ik in Doran alles was kwijtgeraakt, zonder duidelijk doel voor ogen van hot naar haar was getrokken.

Het werd nu tijd dat ik een duidelijk plan maakte en serieus nadacht over mijn eigen leven en hoe het verder moest. Ik moest ook aan Lizzie denken en wat voor haar wellicht het beste was, omdat ze zelf niet genegen scheen te zijn om daarbij stil te staan. En terwijl ik Lizzie hielp met het plukken van de kruiden dacht ik na over wat mij te doen stond.

Ze legde me uit welke planten ik moest plukken. We deelden samen de mand om ze in te verzamelen. Het was een aangenaam karweitje, en ook niet moeilijk, ook al schold Lan me een paar keer uit omdat ik te veel van een plant had afgeplukt of de dode bladeren niet meteen had weggegooid. 'Je luistert niet, Jude!' zei ze een keer op bestraffende toon, waarbij ze me een tik met haar schoen op mijn hoofd gaf.

Toen ze zich omdraaide en zich weer over haar struiken boog, stak ik mijn rechterhand in de lucht en stak twee vingers omhoog in de richting van haar rug. 'Ik heb mijn boogvingers nog, ouwe heks!' fluisterde ik.

'Boogvingers?' zei Lizzie verbaasd.

'Jawel,' antwoordde ik zachtjes, zodat Lan me niet kon horen. 'Mijn boogvingers, als uitdagend teken van minachting. Ik heb het soldaten vaak in herbergen zien doen. Als iemand tijdens een veldslag gevangen wordt genomen, hakken zijn vijanden hem zijn boogvingers af en laten hem dan weer gaan. Zonder die twee vingers kan hij geen pijlen afschieten en vormt hij dus geen bedreiging meer. Ik heb ooit gezien hoe een knaap de spot dreef met een oude oorlogsveteraan; hij zei dat zijn roemruchte dagen voorbij waren en dat hij nu niet eens meer zijn eigen eten kon kauwen. De oude vechtjas maakte toen ook dit teken, en zei: "Ik heb mijn boogvingers nog, dus pas op!" Ik vond het wel een aardig gebaar. Het maakt de bedoeling duidelijk, vind je niet? En het getuigt van moed.'

'Dat zeker,' zei ze met een flauwe glimlach. 'Alleen heb je mij ooit verteld dat het je nooit gelukt is om behoorlijk met een boog te schieten. Die vingers van jou vormen dus amper een bedreiging, Jude.'

'Wat ben je toch een slim wicht,' mompelde ik.

Ze giechelde. We gingen weer verder met ons karwei, en ondertussen smeedde ik een plan om Lans huis te verlaten. Het was een heel verstandig plan, vond ik zelf; het bood, zowel voor Lizzie als voor mij, de beste oplossing. Maar ik moet toegeven dat het mij ook enigszins verdrietig stemde, want het hield in dat ik binnenkort van Lizzie, aan wier gezelschap ik inmiddels zo gewend was geraakt, afscheid zou moeten nemen.

Toen Lizzie en ik later die dag alleen in de tuin bezig waren met het stenen oventje waarin Lan haar brood bakte, zei ik: 'Lizzie, ik heb vandaag lang nagedacht over mijn leven en over hoe het verder moet. Ik wil hier niet langer blijven. Om je de waarheid te zeggen, kan ik dat oude wijf niet uitstaan. Je weet met haar nooit waar je aan toe bent, of ze nou meent wat ze zegt of dat ze je voor de gek houdt, en ik vermoed dat ze me alleen maar zit te kwellen omdat ze dat zelf leuk vindt. Ik voel me hier niet op m'n gemak. Maar jij kunt goed met Lan opschieten, en zij houdt van jou alsof je haar dochter bent, dat merk ik aan alles. Jullie komen uit hetzelfde land, en jullie kunnen elkaar misschien helpen. Waarom vraag je niet aan haar of je bij haar mag blijven – niet alleen om je voeten te laten genezen, maar ook nog daarna?'

Lizzie zweeg en duwde nog meer takken in het vuur van de

oven. Ze keek me niet aan, maar zat op haar knieën voor het vuur. De rook kringelde om haar hoofd. De rode en groene kleuren van haar jurk glinsterden in de late namiddagzon. Het leek of ze zich van de buitenwereld had afgesloten, waardoor ik het gevoel kreeg dat ik haar op een of andere manier had beledigd.

'Ik laat je niet in de steek, Lizzie,' zei ik. 'Ik zal je nooit vergeten. Ik kom zo vaak als ik kan bij je op bezoek, dat beloof ik. Maar ik moet ook aan mijn eigen leven denken. Wat heb je daarop te zeggen? Wil je hier bij Lan blijven?'

Ze fronste haar voorhoofd. Het leek of ze zich aan mijn woorden had geërgerd. Ze keek me op een eigenaardige manier aan. 'Denk je dat we je gisteravond alleen maar voor de gek zaten te houden?' vroeg ze.

'Ja, daar twijfel ik niet aan. Daarom heb ik ook geprobeerd een goed plan te bedenken, en nagedacht over hoe ons leven verder moet. Het wordt tijd dat we ons gezond verstand gaan gebruiken, Lizzie.'

Ze zweeg en boog zich weer over de oven om het vuur op te rakelen.

'Lan hield me de hele tijd voor de gek,' zei ik. 'Daarom ging ze ook niet serieus in op mijn opmerking over de waarzegster en haar voorspelling over Richards zwaard. Lan maakte een grapje toen ze zei dat ze mijn tong zou roosteren met stukjes pad en saus van slangenkruid. Weet je nog dat we daar allemaal om moesten lachen? Al die kletspraat over de jacht op de draak was niet meer dan een grap, Lizzie! Een wrede grap, dat wel, en ze ging er ook veel te lang mee door, maar het was een grap en meer niet.'

Lizzie bleef zwijgen. Ik ging wanhopig verder: 'Die waarzegster waar Richard het over had, was geen dwaas. Ze heeft twee voorspellingen gedaan, waarvan er al één is uitgekomen. Ze heeft voorspeld dat ons land door vuur geteisterd zou worden, en dat dat vuur de komst van een nieuwe draak zou aankondigen. En de tweede voorspelling, die nog niet is uitgekomen, was dat het monster door Tybalts zwaard zou worden gedood. Lan zit er met haar praatjes dus helemaal naast.'

'Een voorspelling kan er ook wel eens naast zitten,' zei Lizzie. 'Er is niet veel inzicht voor nodig om te voorspellen dat zich 's zomers soms bosbranden kunnen voordoen, en oudere mensen zullen zich nog van vroeger kunnen herinneren dat die branden wellicht door een draak werden veroorzaakt. Richard klampt zich aan die voorspelling vast omdat hij verzot is op de verhalen over zijn voorvaderen, die immers de draken hebben gedood. Hij heeft vaak gezegd dat hij wilde dat hij in die tijd had geleefd, en zelf zo'n vuurspuwend monster zou hebben kunnen verslaan. De waarzegster heeft zijn hoop dat dat ooit zal gebeuren alleen maar aangewakkerd; het is helemaal geen voorspelling, maar een fantasie uit Richards eigen droomwereld.'

Ik vermoedde dat ze daarin gelijk had en ging over op een ander onderwerp. 'Of die voorspelling juist is of niet, we moeten hoe dan ook verder met ons eigen leven,' zei ik. 'We moeten een plek voor je vinden waar je kunt wonen. Je wilde zelf niet in een klooster, en je kunt ook niet samen met mij op een boerderij werken. Gisteravond heeft Lan een heleboel dwaasheden verkondigd, maar ze heeft ook iets gezegd wat geen onzin was. Misschien is het wel zo dat het lot ons hier heeft doen belanden, maar enkel en alleen om ervoor te zorgen dat jij weer gewoon kunt lopen en een plek vindt om te wonen.

Misschien is die plek wel hier, Lizzie. Denk daar eens goed over na.'

Lizzie perste haar lippen samen en stak haar kin vooruit – een teken van koppigheid dat ik later maar al te goed zou leren kennen. 'Nog maar een paar dagen geleden zei je dat je je met mij verwant voelde, dat ik je aan je zusje Addy deed denken, en dat je daardoor in staat was me te helpen,' zei ze. 'Je zei dat je me niet zou dwingen om dingen te doen die ik zelf niet wilde.'

'Dat is nog steeds zo, Lizzie. Ik dacht dat je hier wilde blijven omdat je je hier gelukkig voelde.' Ze zei nog steeds niets en ik raaskalde maar door, in de hoop dat ze misschien zelf met een goed idee op de proppen zou komen. 'Ik weet dat Lan je verteld heeft over een stad in het zuiden, waar een aantal Chinese families woont. Misschien zijn daar wel mensen bij die afkomstig zijn van het schip waarmee je hiernaartoe bent gekomen. Als je daar naartoe wilt, kom ik je, zodra je voeten goed genezen zijn, halen en dan breng ik je erheen. Maar ik wil hier zelf niet langer blijven. Ik vertrek morgen. En deze keer meen ik het echt.'

Lizzie leek uiterlijk onbewogen. Ze stond op en struikelde. Ik stak een arm uit om haar overeind te houden, maar ze maakte een afwerend gebaar. 'Lan had gelijk,' zei ze op ijskoude toon. 'Jude uit Doran, je bent een lafaard.' Toen draaide ze zich om en strompelde terug naar het huis.

'En *jij* bent zo wispelturig als wat!' riep ik haar na. 'Je bent helemaal veranderd! Toen je nog in je kooi zat, was je veel aardiger!'

Tot mijn stomme verbazing draaide ze zich om, stak haar boogvingers naar me omhoog en liep toen naar binnen.

Ik vloekte en legde nog meer takken op het vuur. Ik nam me voor om de volgende morgen bij Lan te vertrekken, of Lizzie dat nu leuk vond of niet. Broeder Benedict, ik kan u zeggen dat vrouwen soms heel moeilijk te doorgronden zijn, en dat u dankbaar mag zijn dat u niets met hen te maken heeft. Lizzie brengt me nu en dan nog steeds in verwarring. Soms ook erger ik me aan haar, maar vergeleken met Oude Lan is ze zo mak als een lammetje.

Ik weet nog dat het die avond erg rustig was. De enige geluiden waren het sjirpen van de krekels en het gekwinkeleer van de vogels. Het is eigenaardig dat je je juist zulke kleinigheden blijft herinneren. Vlak bij de oven zag ik een kleine ringslang, die ongetwijfeld werd aangelokt door de zoete geur van het versgebakken brood. Toen ik over de droge weilanden die het huis van Lan omringden, uitkeek, zag ik in de verte de goudkleurige akkers, waar bijna alle tarwe al gemaaid was. Achter de akkers verrees de kerktoren. En vanaf dat moment was het gedaan met mijn rust, of wat daarvoor moest doorgaan.

Plotseling werd alles doodstil. Ik lette niet meer op de oven, maar keek omhoog naar de paarsblauwe hemel. Hoog in de lucht zag ik een reusachtige vogel. Ik dacht onwillekeurig aan de adelaars waarover mijn grootvader me had verteld. Tijdens zijn reizen naar het noorden had hij die meer dan eens gezien. Ik bleef vol vervoering staan kijken. Langzaam maar zeker ging de vogel steeds lager vliegen, en ik zag nu dat het geen vogel was, maar een grote gevleugelde hagedis, die in het licht van de ondergaande zon een koperkleurige gloed leek te verspreiden. Mijn hart bonkte in mijn keel en ontzetting maakte zich van me meester.

'Here Jezus, red ons!' bad ik. Ik kwam overeind en strompelde achteruit terug naar het huis. Ik hield mijn blik geen moment afgewend van het monster in de lucht. Voordat ik bij de deur was, merkte ik dat Lizzie naast me stond. Ze was samen met Lan naar buiten gekomen.

'Wees stil en beweeg je niet,' fluisterde Lan. 'Hij wil alleen maar van mijn brood eten. Hij heeft al meer dan genoeg gegeten, want zijn buik is vol en rond. Als we geluk hebben, gaat hij nu dalen. Dan kun je hem goed zien.'

Corpus Domini! Was zij dan nergens bang voor? Ik wilde gillen, brullen, wegrennen, maar Lan greep mijn arm en hield me stevig vast.

De draak kwam steeds verder naar beneden. Hij liet zich langzaam op de luchtstroom voortdrijven en klapwiekte een paar keer met zijn brede vleugels. Hij vloog nu recht boven ons hoofd en ik kon zien dat er rookpluimen uit zijn brede neusgaten kwamen. Zijn vleugels hadden de kleur van barnsteen en leken volkomen glad en dun als perkament. Het licht scheen tussen de donkere lijnen van de pezen en botten in zijn vleugels. De rest van zijn lijf was bedekt met veelkleurige glinsterende schubben, van koperkleurig tot donkergoud, waartussen zich paarse, turkooizen en oranje stukken aftekenden. Ondanks al mijn haat en angst vond ik het een prachtig beest.

De draak vloog verder en verdween achter de takken van de bomen achter Lans huis. We bleven doodstil staan en wachtten tot hij weer tevoorschijn zou komen. Maar dat gebeurde niet. Hij vloog nog ergens boven ons rond, maar we konden hem niet zien omdat de bomen en het dak van Lans huis hem aan het oog onttrokken. Overal om ons heen was het angstaanjagend stil. Op een gegeven moment zag ik dat er achter ons een schaduw over de grond kwam glijden. De schaduw werd steeds groter en tekende zich paarsblauw af op het felgroene gras. Er weerklonk geen enkel geluid; er was alleen maar die vreselijke schaduw, die ergens achter het huis vandaan kwam en steeds dichterbij kwam en alsmaar groter werd. Toen hoorden we een geluid. Het klonk heel zacht, alsof iemand diep uitademde. Vlak daarop hoorden we het fluitende geluid van de wind die over een paar vleugels streek. Op dat moment verscheen de draak op minder dan een steenworp afstand boven ons hoofd. Hij vloog over de tuin en het grasveld, en draaide zich vlak voor het begin van de dorpsakkers om en kwam weer terugvliegen. Nu bevond hij zich zowat op manshoogte boven de grond. Door de kracht en de hitte van zijn adem werd het gras vóór hem platgedrukt en vatte vlam. We zagen overal om ons heen kleine vlammen in de lucht; het waren insecten die nog een paar tellen met brandende vleugels rondvlogen, voordat ze levend verbrandden en dood in het gras vielen. De rookwolken die de draak uitblies, stonken naar zwavel.

Toen sloeg de draak zijn vleugels uit om vaart te minderen en kwam neer op het gras. Hij bleef aan de overkant van Lans grasveld staan.

Mijn hart ging tekeer alsof het elk moment uit mijn borstkas kon springen. Ik hoorde Oude Lan iets mompelen; ik hoopte dat ze voor ons zielenheil bad, of anders bezig was met het uitspreken van de krachtigste toverspreuk die ooit door een heks was gebezigd. Op zulke momenten doet het er niet veel toe door wie je geholpen wordt, broeder Benedict. Het maakt niet uit of het God is, of de duivel.

De draak kwam nu dichterbij. Zijn kop bewoog vlak boven

de grond heen en weer en hij snoof. Elke keer dat hij uit-ademde, werd de grond door een vlammenzee verschroeid. De draak had een lange, sierlijke hals, die glinsterde als goud. Zijn vleugels lagen nu dicht langs zijn glimmende lijf, de verschillende segmenten van zijn vleugels glinsterden en vertoonden net zulke ribbels als de vinnen van een vis. Aan het uiteinde van de botten van de vleugels bevonden zich scherpe haken. De lange staart, waarop zich een heleboel stekels bevonden, was krom. Het leek of sommige van de staartwervels scheef-gegroeid waren, maar het lukte hem toch om zijn staart net zo soepel te laten kronkelen als een slangenlijf. Elke beweging van de draak was soepel, vloeiend en sierlijk, en in al zijn dodelijke schoonheid haast ook betoverend. Zijn kop en zijn lijf waren ongeveer zo groot als die van een uit de kluiten gewassen paard, maar zijn lange hals, zijn grote staart en de spanwijdte van zijn vleugels gaven hem het aanzien van een reusachtig, afschuwelijk monster.

Mijn adem deed pijn in mijn keel, en ik voelde me duizelig en misselijk. Het zweet liep langs mijn hoofd en in mijn hals, en ik stond de hele tijd te beven als een riet. Ik durfde mijn blik niet van de kop van de draak af te wenden. Overal om ons heen was rook, en ik kon weer die afschuwelijke stank ruiken die op die noodlottige dag boven Doran hing. Toen de draak dichterbij kwam, hoorde ik zijn schubben over elkaar schuiven. Het klonk als ritselende zijde; het geluid was zachter en verraderlijker dan een zwaard dat uit een schede wordt getrokken. Ik zag zijn scharlakenrode ogen met daaromheen een ring van schubben, net als bij een hagedis. Ik stond als verlamd en wachtte op wat komen ging. Ik wist zeker dat de draak naar mij keek! Nog even, en dan zou hij met één stoot van zijn vuurspuwende adem Lizzie, Lan en mij doden en het huis in de as leggen.

Maar de draak draaide zich om en liep, nog steeds met zijn kop vlak boven de grond, snuivend en met zijn gespleten tong aan het gras likkend en de lucht proevend in de richting van de oven. Daar vermengde de stank van de zwavel zich met de geur van het brood. Toen hij de oven eenmaal had ontdekt, schoof hij met zijn klauwen de stenen opzij en kreeg hij het brood te pakken. Hij at alles op: verbrand hout, deeg en zelfs de as van het vuur en een paar kleine stenen. Ik zag dat zijn kaken op en neer gingen en ik hoorde het geluid van versplinterend hout en knarsende tanden. Terwijl de draak at, kwam er as en blauwe rook uit zijn neusgaten. In de stilte klonk het geluid van zijn trage ademhaling hard en dreigend. De lucht stonk naar drakenvuur.

Toen de draak gegeten had, sprong hij de lucht in en vloog weg.

Lan rende het huis in om een deken te halen, waarmee ze de brandjes die overal in het gras waren ontstaan, begon te doven. Ik zakte tegen de muur van haar huis in elkaar en sloeg mijn handen voor mijn gezicht. Ik probeerde het tafereel, de herinneringen aan Doran en de gedachten die me kwelden van me af te zetten. En tussen alle gruwel en verdriet voelde ik een vreselijke haat in me opwellen, die sterker was dan woorden kunnen weergeven.

Toen ik mijn ogen weer opendeed, zag ik dat Lizzie bezig was Lan te helpen de brandjes te blussen. Ze strompelde met emmers water heen en weer tussen Lan en de waterput. Toen dat gebeurd was, liep Lan weer terug naar binnen. Ze kwam vlak langs de plek waar ik zat.

'Ik had vergif in mijn brood moeten doen, Jude!' grinnikte ze. 'Dan hadden we tot de kerst genoeg drakenvlees gehad!'

Er knapte iets in me. Ik riep: 'Heks! Jij hebt die draak hierheen geroepen! Jij hebt hem geroepen, met je toverspreuken en je duivelse machten! Waarom heb je hem niet gedood toen je de kans had? Je hebt hier met een ridder gewoond die je precies heeft geleerd hoe je dat moet aanpakken! Je zei dat je wist hoe je het monster moet doden! Waarom heb je dat dan in godsnaam niet gedaan? Waarom heb je hem laten ontsnappen, zodat hij weer een dorp in de as kan leggen en nog meer mensen vermoordt? Waarom heb je hem laten ontsnappen en maak je er dan nog een grapje over op de koop toe? Hoe kun je daar grapjes over maken?' Ik raaskalde als een kip zonder kop. Ik was half buiten zinnen van angst en haat en woede.

Lan ging helemaal rechtop staan. Ze kwam amper tot aan mijn borst. 'Ik heb hem niet gedood, Jude,' zei ze doodkalm, 'omdat ik er nog niet klaar voor ben. Er is een zekere mate van voorbereiding nodig voordat mijn wapen kan worden gebruikt. Maar als jij dat wilt, ga ik met die voorbereidingen beginnen. Jing-wei kent de kracht van het materiaal dat ik moet gebruiken, en zij weet ook hoe het het best kan worden toegepast. Ze wil naar de plaats waar het moet gebeuren, maar jij moet haar dragen.'

Ik was met stomheid geslagen. 'Welke plaats? Waar heb je het over?'

'Over de plek aan de kust waar de draak leeft. Ik ben een beetje te oud voor zo'n reis. Maar jij kunt het. Jij, samen met Jing-wei. Jullie kunnen de draak doden!'

'Dat zal wel!' zei ik. Ik probeerde te lachen. 'Ik zie het al voor me – een vuurspuwend monster dat gedood wordt door

139

een onnozele hals, die op twintig passen afstand met zijn pijl nog geen schuur kan raken, en een kreupele deerne! En wat zullen we daarna gaan doen? De Schotten verslaan?'

'Je praat als een dwaas,' zei ze. 'En Jing-wei is geen kreupele deerne. Als er hier iemand kreupel is, ben jij het wel.'

Lan liep naar binnen en ik rende naar...

Hola, broeder, daar hoor ik de klokken weer! Laat uw ganzenveer rusten en verdwijn! Maak voort! Ik beloof u dat ik morgen meteen met het verhaal begin, en dat we niet eerst over van alles en nog wat gaan zitten keuvelen!

12

ZOALS IK AL had beloofd, beginnen we vandaag meteen met het verhaal!

Ik was sterk in de verleiding om onmiddellijk bij Lan te vertrekken, want ik had meer dan genoeg van de streken van die oude toverkol; maar ik kon Lizzie hier niet achterlaten. Ik was doodsbang dat Oude Lan haar inderdaad had behekst en haar van haar zinnen had beroofd. En als Lan meende wat ze zei over de jacht op de draak, was ze waanzinnig, of van de duivel bezeten, en levensgevaarlijk. Als ik Lizzie niet meenam, zou ze reddeloos verloren zijn.

Ze stond buiten bij het trapje voor de deur. Hoewel het op dat moment al bijna donker was, kon ik in het schijnsel van de sterren zien dat haar gelaat een kalme, serene uitdrukking vertoonde. Ze had haar handen in de wijde mouwen van haar jurk gestoken, net als toen ik haar voor het eerst op het podium in Tybalts tent had zien staan. Het leek wel duizend jaar geleden.

'Lan is gevaarlijk,' zei ik op gedempte toon. 'Ze heeft je behekst, net zoals ze met haar toverkrachten die draak hierheen heeft laten komen en hem weer weg heeft laten vliegen zonder schade aan te richten. Lan is een toverkol, Lizzie. Begrijp je dat dan niet? We moeten maken dat we hier wegkomen voordat ze ons met haar toverkunsten allebei in haar macht krijgt. Het wordt steeds erger met die dwaze streken van haar. Ga je nu met me mee? Ik draag je. En ik zal je iedere dag helpen met een stukje te lopen, zoals Lan je heeft aangeraden. Je voeten worden heus wel beter, ook als je hier weg bent. Je hebt niets te verliezen als je nu samen met mij vertrekt. En je zult verlost zijn van Lans hekserij.'

'Ik blijf hier,' zei ze. 'Lan is geen heks, maar een wijze vrouw die een grote kennis bezit van de wetenschap en de alchemie, en van een heleboel andere dingen die in dit achterlijke land nog niet ontdekt zijn. Ik weet met welk wapen we de draak kunnen doden. Het wordt in China al eeuwenlang gebruikt. En ze heeft die draak niet hierheen geroepen, net zomin als iemand hem naar Doran of een van de andere verwoeste dorpen heeft laten komen. Hij is hier bij toeval verzeild geraakt, aangelokt door de geur van het brood in de oven. Vergeet je angst, Jude. Wij kunnen samen dit monster doden.'

'Dat kun je niet menen,' zei ik.

Maar ze keek zo ernstig als een non.

'Godsakkerloot, je *bent* behekst!' riep ik uit. 'Behekst, of anders krankzinnig. Je bent net zo'n dwaas als Lan! Ik wil hier niet samen met jou gevangen zitten en door Lans hekserij betrokken raken bij een plan dat alleen maar onze dood betekent! Ik ga hier weg.'

'Als je weggaat, zul je nooit rust vinden,' zei ze. 'Dat heeft Lan goed gezien. Je zult het jezelf nooit kunnen vergeven dat je wist hoe je het monster dat je familie heeft gedood, kon verslaan en dat niet gedaan hebt.'

Daar had ze gelijk in. 'Wat kan jou dat schelen?' vroeg ik op scherpe toon.

Ze wachtte zo lang met antwoorden dat ik opkeek. Wat

ging er op dat moment door haar heen? Maar ze keek de andere kant op en beet op haar onderlip. Ik vermoedde dat ze boos op me was.

'Dan neem ik nu afscheid,' zei ik. 'Als je wilt, kom ik je nog wel eens opzoeken.'

'Natuurlijk wil ik dat, Jude,' zei ze zachtjes. 'Waar ga je naartoe?'

'Dat is me om het even,' zei ik. 'Overal, behalve hier. Ik ga werk zoeken. Misschien kan ik wel weer zwijnenhoeder worden.'

Op dat moment verscheen Oude Lan achter Lizzie in de donkere deuropening. Ze snoof verachtelijk. 'Vergeet die knaap, Jing-wei,' zei ze. 'Hij is een lafaard en een dwaas, gefnuikt door zijn eigen angst. Hij durft zijn eigen lot niet onder ogen te zien. Laat hem teruggaan naar zijn varkens. Ik ga met jou op pad. Wij zullen samen het monster verslaan. De geest van de dappere Ambrose zal ons terzijde staan, en zijn met zoveel moeite verworven kennis zal ons leiden. Wij zullen het karwei waarmee hij begonnen is, afmaken. Alleen dat is al genoeg reden om te gaan, dochter.'

'Ik weet nog een goede reden!' schreeuwde ik woedend. 'De draak zal je doden, en daarmee zal de wereld van een heks verlost zijn! Geen geringe prestatie! Alleen jammer dat je een weerloze deerne meesleurt in je ondergang.'

Zonder een woord te zeggen strompelde Lan weer naar binnen. Lizzie liep haar achterna. Ze nam niet eens de tijd om afscheid van me te nemen of me een goede reis te wensen.

Machteloze woede maakte zich van me meester. Ik stond te trillen op mijn benen. Ik begon te lopen, langs het verbrande gras in de tuin en in de richting van de gemaaide akkers, de kerktoren en het dorp. Ik schrok van de heftigheid van de woede die in me oplaaide. Het leek of ik er helemaal door werd verteerd. Mijn woede was een oven waarin mijn vrees en mijn schuldgevoelens tot roodgloeiende haat werden omgesmeed. Ik bleef staan op de zwartgeblakerde aarde waar het monster had rondgelopen en dacht weer aan de noodlottige dag waarop Doran in een zwartgeblakerde ruïne was veranderd. De woorden van Lizzie sneden als messen door mijn ziel.

Ik vloekte en draaide me om. Ik liep terug in de richting van het huis. Ze hadden de deur dichtgedaan. Ik gooide hem met zoveel kracht open dat hij met een klap tegen de muur sloeg. Lan stond met een gevaarlijk uitziend mes groente te hakken en Lizzie zat op een krukje bij het haardvuur. Er stroomden tranen langs haar wangen.

Ik bleef, half buiten zinnen van wanhoop en woede, op de drempel staan en sprak de drie woorden die mijn hele leven zouden veranderen. 'Ik doe het,' zei ik.

Lizzie kwam half overeind. Er verscheen een glimlach op haar gezicht. Haar weer te zien glimlachen gaf me een gevoel dat ik me van vroeger herinnerde, als na een donkere, bange nacht de dag aanbrak: een gevoel dat een mengeling was van hoop en vertrouwen. Ze ging weer zitten en legde haar handen in haar schoot. Ze keek me nog steeds aan. Uit de glimlach op haar gezicht sprak niets dan vreugde. Het was de blik waar een knaap op hoopt als een deerne hem aankijkt. Ik weet nog dat ik me op dat vreemde, beslissende moment afvroeg of elke deerne zo glimlachte naar een knaap die gezworen had voor haar te willen sterven. Het verbaasde me niets dat de ridders tijdens de toernooien waarover ik verhalen had gehoord, zoveel moed toonden en omwille van de liefde van een schone dame bereid waren hun bloed te vergieten.

Lan legde haar mes neer. Ze kwam naar me toe en keek me recht in mijn gezicht. Ze stond zo dicht bij me dat ik haar stinkende adem kon ruiken. Zij glimlachte niet.

'Je hebt een onstandvastig karakter, Jude uit Doran,' zei ze. 'Je onberekenbare buien leiden je langs pieken en dalen, omhoog en omlaag als een aker in een put. Hoe weet ik dat je niet weer van gedachten verandert? En dat je Jing-wei niet halverwege jullie queeste in de steek laat?'

'Ik geef je mijn erewoord,' zei ik. 'Ik heb liever dat ze met mij meegaat, ook al betekent het mijn dood, dan dat ik haar samen met jou laat vertrekken.'

'Zweer het,' zei ze. 'Zweer bij alles waar je in gelooft dat je Jing-wei's trouwe en toegewijde kameraad zult zijn. Zweer dat je met haar naar het hol van de draak zult gaan en haar in alles zult gehoorzamen. Zweer dat je haar nooit ofte nimmer zult tegenspreken.'

'Dat laatste weet ik niet zo zeker,' zei ik.

'Maar ik reken erop, Jude,' zei ze. Ze stond nu heel dicht bij me. 'De zielen van je gestorven naasten rekenen erop, en Jing-wei rekent erop, en alle mensen die dankzij jou van de dood gered worden, rekenen er ook op. Doe dus wat Jing-wei je opdraagt, zodra ze het vraagt en zonder tegenspraak. Beloof je dat?'

Ik zweer bij Gods Heilige Hart dat ik vuur uit haar ogen zag komen! Ik wilde mijn blik afwenden, maar dat lukte me niet. De blik in haar vurige, bloedrode ogen hield me gevangen. Ik stond daar hulpeloos en verlamd, als een vlieg in het web van een spin.

Ten slotte lukte het me om iets te zeggen. 'Ja,' ze ik. 'Ik zal doen wat ze zegt.'

'Zweer het,' zei Lan.

Het duurde een hele tijd voordat ik de juiste woorden had gevonden. 'Dat zweer ik, bij het kruis van Onze Heer en bij mijn verlossing door Zijn genade.'

'Ziezo, dat is dat!' kraaide Lan triomfantelijk.

En inderdaad, broeder Benedict, dat was het dan. Ik had God aangeroepen en op mijn erewoord beloofd dat ik Jingwei zonder meer zou gehoorzamen. Ik zie dat u ernstig zit te knikken, want dergelijke geloften zijn u natuurlijk niet vreemd. U heeft uw geloften tenminste afgelegd aan de abt en aan God zelf. Ik moest de mijne afleggen aan een gerimpeld oud wijf en een kreupele deerne, die zo geheimzinnig deden dat ik het gevoel kreeg dat ik daarmee mijn eigen doodvonnis had getekend.

13

 EGROET, BROEDER. U ziet er vermoeid uit. Jing-wei vertelde me dat u de hele nacht bij broeder Matthew hebt gewaakt, die zich nog steeds aan dit aardse leven vastklampt. Weet u zeker dat u vandaag uw arbeid met mij wilt voortzetten? Ja? Goed dan. Maar geef me een teken als u wilt stoppen, want ik ken de vermoeidheid die verdriet met zich meebrengt maar al te goed.

Ik zie dat u boven aan uw blad weer een tekening heeft gemaakt. Een draak nog wel, en ook bijzonder goed gelijkend! Maar als u het niet erg vindt, wil ik u erop wijzen dat er bij het puntje van de neus nog een hoorn bij moet, precies tussen de neusvleugels. De hoorn is ongeveer even lang als uw ganzenveer. U kunt hem later altijd nog toevoegen, en als dat gebeurd is, vertoont uw tekening een wonderbaarlijke overeenkomst met de werkelijkheid.

Ondertussen zal ik u verslag doen van het plan dat Lan had beraamd om het monster te doden.

Toen we die avond met ons drieën rond het haardvuur zaten, vertelde ze Lizzie en mij over haar plan. Het was een goed doordacht plan, vol listen en lagen, en ik had het idee dat ze het lang geleden van Ambrose had gehoord en het al die tijd ergens in haar hart had gekoesterd. Ze moest er ook de laatste tijd, toen de draak ons land verwoestte, diep over hebben nagedacht. Terwijl ze erover praatte, was ze helemaal opgewonden en vol geestdrift. Ook besteedde ze ruim aandacht aan de kleinste details, zoals een vorst die zich voorbereidt op het voeren van een oorlog.

'Je moet je vijand kennen,' zei ze. 'Ik ga jullie dus alles vertellen wat ik van Ambrose heb gehoord. Ten eerste: zorg dat je de drie sterke kanten van de draak kent. Dat zijn zijn vuurspuwende adem, zijn snelheid en het feit dat hij kan vliegen. Jullie kennen de kracht van zijn vuurspuwende adem al – jullie hebben zelf gezien wat hij daarmee kan aanrichten. Wat jullie daarnet niet hebben gezien was zijn snelheid. Ambrose zei dat een draak zich op één poot kan omdraaien. Als je hem van achteren besluipt, kan hij zich in een oogwenk omkeren en je met zijn vuur bestoken. En hij maakt bijna geen geluid als hij vliegt, want draken zijn niet zwaar. Ook kan hij op zijn vleugels op de luchtstroom meedrijven en grote afstanden afleggen zonder dat je hem hoort. Dat zijn de enige sterke kanten van de draak.

'Luister dus goed, Jude uit Doran, want je krijgt nu te horen wat zijn zwakke kanten zijn, en als je die eenmaal kent, weet je ook hoe je hem kunt verslaan. De draak heeft niet veel hersens en hij is ook niet zo slim als een wolf of een boskat. Hij kan ook niet goed zien. Zijn ogen zitten aan de zijkant van zijn kop, zodat hij niet recht vooruit kan kijken. Hij moet zijn kop voortdurend draaien om iets van zijn omgeving te kunnen zien, en dan nog ziet hij alles vervormd, en alleen van opzij. Hij kan ook geen afstanden schatten en gebruikt zijn vuurspuwende adem om zijn prooi te vangen, ongeveer zoals de spin zijn web spint. Hij kan ook niet goed horen, maar merkt wel dat iemand hem nadert doordat hij de trillingen in de aarde waarneemt die door voetstappen worden veroorzaakt. Het best ontwikkelde zintuig is zijn reukorgaan, en dat gebruikt hij bij de jacht. Daarom ook vliegt hij 's avonds: als hij de etensgeur van de kookplaatsen ruikt, weet hij dat hij in de buurt van een dorp is. De draak die wij gezien hebben is geen ervaren jager. Hij zal dus bij voorkeur een prooi kiezen die hij zonder al te veel moeite te pakken kan krijgen en het dus met name op mensen hebben gemunt, omdat hij nooit van een ouder heeft kunnen leren hoe hij op de wilde dieren van de bergen of op de schepselen van de zee moet jagen. Hij is jong, en nog klein, en de enige manier die hij kent om een prooi te doden is met zijn vuur. Hij is niet wraakzuchtig of kwaadaardig, anders had hij ons vanavond gedood, voor hij wegvloog. Hij was alleen maar op zoek naar eten. En draken zijn, in weerwil van alle verhalen, ook niet erg dapper. In plaats van te vechten, gaan ze er liever vandoor, al kunnen ze woest worden als ze worden bedreigd – wat dat betreft zijn ze net als wij. Men heeft de ware aard van de draak nooit goed begrepen, en ze hadden nooit mogen worden uit-geroeid. Ambrose zei zelf dat het hem speet dat dat ooit was gebeurd.'

'Misschien begrijpen wij ook de aard van deze draak niet goed, en doen we er beter aan om van de jacht af te zien,' zei ik, in de hoop daarmee enige twijfel te zaaien in het brein van het oude mens. 'Misschien zou Ambrose gewild hebben dat we hem met rust lieten, want misschien ontdekt hij later van-zelf hoe hij andere prooien moet vangen en houdt hij op met mensen te doden.'

Lan grinnikte. 'Zo gemakkelijk kom je er niet van af, knaap,' zei ze. 'Die draak heeft mensenvlees geproefd. Hij weet dat mensen een gemakkelijke prooi vormen en zal daar-om altijd op ze blijven jagen. Hij moet gedood worden. En jullie tweeën zijn, met de mogelijkheid die Lizzie's kennis biedt, als enigen daartoe in staat.'

'Laat het me dan maar zien,' zei ik. 'Wat is dat voor een wapen waarmee niets fout kan gaan?'

Lan stond op en strompelde naar de verste hoek van de kamer. Ze pakte het kromme stuk bot dat ze gebruikte om in de tuin te graven en begon daarmee de aarden vloer om te woelen. Vlak onder het platgetreden oppervlak lag een houten plank. Het kostte haar enige moeite om die op te tillen. Ik ver-moedde dat die plank er al jaren lag. Uit een gat eronder trok ze een zak, die stevig in lappen was gewikkeld. Ze hobbelde ermee terug in de richting van de haard, maar ging op veilige afstand van de vlammen zitten. Lizzie boog zich voorover op haar krukje. Ze was een en al aandacht. Ik deed of het me alle-maal niet zoveel kon schelen, maar ik beefde over mijn hele lichaam. Wat was dit voor geheimzinnigs? Wat voor machtig heksenmiddel zou ons nu worden onthuld?

Lan maakte het touw waarmee de zak was dichtgebonden voorzichtig los en haalde een rond pakje tevoorschijn, dat in dikke huiden was gewikkeld. Er zaten verschillende lagen omheen. Aan een paar van de huiden zat nog vacht, van dieren die ik niet kende. Ten slotte kwam er een pakje tevoorschijn, dat in een stuk stevig zwart doek was gewikkeld. Toen ze het openmaakte, kwam er een hoop poeder tevoorschijn. Of misschien was het wel zand, of as, of iets heel anders. Het was in elk geval geen wapentuig.

'Wat is dit?' riep ik. 'Is dit een grap? Is dit om mij te pesten? Godallemachtig, dit gaat nu echt te ver!'

Lizzie legde haar hand op mijn arm. 'Rustig, Jude,' zei ze. 'Het ziet er misschien niet gevaarlijk uit, maar dit poeder is dodelijker dan twintig zwaarden.'

Ik keek naar Lan. Ze glimlachte, alsof ze het allemaal heel grappig vond. Heks! Jij vindt het leuk om anderen voor de gek te houden, dacht ik. Ik bukte en pakte wat van het poeder tussen duim en wijsvinger. Ik rook eraan. De geur kwam me niet bekend voor.

'Is het vergif?' vroeg ik. Ik wreef het spul meteen van mijn vingers, want als het vergif was, kon de geringste aanraking misschien al de dood tot gevolg hebben.

'Nee,' zei Lan. 'Het is iets wat hier nog onbekend is. In mijn land kennen we het al eeuwenlang, en Jing-wei weet ook wat het is. Ze kent ook de kracht van dit poeder. Ieder korreltje zaait dood en verderf. Dit poeder kan branden, Jude. En als het brandt, doet het dat met onvoorstelbaar groot geweld. Het is of er plotseling een krachtige storm opsteekt. En als dit poeder gemengd wordt met scherpe stukjes ijzer of vuursteen, dan worden die met zoveel kracht rondgeslingerd dat ze alles wat zich op hun pad bevindt, aan stukken rijten. Ze kunnen een harnas en een schild doorboren, en gaan dwars door hout heen. Ik heb vijandelijke soldaten gezien die zo waren toegetakeld dat er niet veel meer van ze over was dan wat stukken aan flarden gereten, bloederig vlees. En als het poeder ontploft, wordt er niet één vijand gedood, maar vele. Het is of er duizend dodelijke pijlen tegelijk worden afgeschoten. En er is niets wat een dergelijke klap overleeft, zelfs een draak niet.'

Ik deinsde achteruit, bij het poeder vandaan. Lan grinnikte en deed de doeken en huiden er weer omheen. 'Het kan nu geen kwaad,' zei ze. 'Het moet met vuur tot ontploffing gebracht worden. Daarom is het ook zo goed ingepakt. Er is maar één vonkje voor nodig. Maar het is inderdaad beter dat je uit de buurt van het poeder blijft. Het is van Jing-wei, en zij is vanaf nu de enige die het aan mag raken.'

'Wat gebeurt er als er geen stukjes vuursteen en ijzer in zitten?' vroeg ik. 'Verspreidt het poeder dan alleen maar vuur en wind?'

'Zoiets,' zei Lizzie. 'Als je het vermengt met gekleurd poeder en het 's avonds hoog de lucht in schiet, kun je er prachtige vuurbloemen mee maken, die meer licht verspreiden dan de maan en mijlenver in de omtrek te zien zijn. Mijn vader maakte ze vroeger, op avonden dat er grote feesten werden gehouden of als er iets te vieren viel. Maar als het met scherpe stukjes staal wordt gemengd en vlak in de buurt van vijanden tot ontbranding wordt gebracht, is het een dodelijk wapen. Ik weet hoe dat moet, Jude. Toen ik nog klein was, keek ik altijd als mijn vader vuurbloemen maakte. Hij was altijd erg voorzichtig, want er gebeurden soms ongelukken waarbij mensen

ernstige brandwonden opliepen. Als je er verstandig mee omgaat, is dit poeder een wapen waarmee je elke vijand kunt verslaan.'

'Maar hoe voorkom je dat het ons ook doodt?' zei ik. 'Hoe
kunnen wij ons ertegen beschermen?'

'Door uit de buurt te blijven,' zei Lan. 'Ik hoop dat zelfs jij
niet zo dom zult zijn om er met een brandende fakkel naast te
gaan staan. Je legt het pak met staal en poeder neer bij de
ingang van het hol van de draak, en de draak ontsteekt het
poeder zelf met zijn vuurspuwende adem. En dan is het allemaal in een oogwenk voorbij.'

'Maar als de draak niet in de buurt van het poeder komt?'
vroeg ik. 'Wat gebeurt er als hij geen vuur spuwt?'

'Dan kent Jing-wei nog een andere manier. Misschien moet
je wel wachten tot de draak slaapt, en het poeder naast hem
neerleggen. Ik zal Jing-wei leren hoe je met droge lappen een
lang spoor kunt trekken, dat bij het pak met het poeder uitkomt. Het spoor kan net zo lang zijn als nodig is. Jullie moeten dan op een veilige plek wegkruipen, en daar de lappen
aansteken. De vlam gaat dan via de lappen naar het pak met
poeder en staal, en voordat de draak beseft wat er gebeurt,
wordt hij aan stukken gereten alsof hij met honderd dodelijke
zwaarden tegelijk wordt aangevallen. Het komt erop aan dat je
het juiste moment kiest.'

'Ik raak dat spul liever niet aan,' sputterde ik tegen. 'Volgens mij komt het uit de diepten van de hel.'

'Misschien vind je het nu nog tovenarij, Jude,' zei Lan,
'maar binnen honderd jaar wordt dit poeder op ieder slagveld
in Engeland gebruikt.'

Ze stopte de zak met het dodelijke spul weer terug in het

gat in de grond en kwam toen met iets anders terug, wat ze van een van de planken had gepakt. Het was een pot met vuurstenen en scherpe stukjes staal. Ik had die pot wel eens eerder gezien, toen ik in de kamer rond had gekeken terwijl zij buiten bezig was, en dacht toen dat ze de vuurstenen en de scherven gebruikte om kikvorsen mee te martelen of dat ze ze onder het uitspreken van toverspreuken in beeltenissen van haar vijanden stak.

'Ambrose heeft deze scherven verzameld,' zei Lan. 'Er zitten meer dan tweehonderd scherven in deze pot, en dat is volgens mij meer dan genoeg om die draak van jullie dodelijk te verwonden.'

'Heeft Ambrose die verzameld?' vroeg ik. 'Was hij ook van plan om dat vuurpoeder van jou te gaan gebruiken?'

'Ja, hij speelde met de gedachte,' zei ze. 'Toen hij hier was, waren er nog een paar draken, en eentje – een oud, gewond beest – zorgde hier in de buurt voor problemen. Dat is nu al meer dan zestig jaar geleden. Maar hij stierf voor hij de kans kreeg. Ik heb die scherven altijd bewaard, voor als het ooit nog eens nodig mocht zijn. En dat is nu het geval.'

'Het heeft dus allemaal met Ambrose te maken, of zie ik dat soms verkeerd?' viel ik woedend uit. 'Het gaat jou er niet om dat je me wilt helpen om mijn familie te wreken, of dat je de mensen van de draak wilt bevrijden. Je wil alleen maar een of ander krankzinnig plan van Ambrose uitvoeren! Daar is het je allemaal om te doen! Vanwege *hem*!'

'Het is geen krankzinnig plan!' zei ze op scherpe toon. Ze stond boven me, met de pot met scherven in haar handen. Ik dacht even dat ze de pot op mijn hoofd in stukken wilde slaan. 'Op een dag, Jude,' zei ze, 'zul je dankbaar zijn voor alles wat het lot op je weg heeft gelegd.'

Tot mijn grote opluchting zette ze de pot met de dodelijke inhoud weg, maar kwam meteen weer terug met een kruikje dat naar geneeskrachtige oliën rook. Ze gaf het aan mij en zei tegen Lizzie dat ze moest gaan zitten. 'Ik zal je leren hoe je Jing-wei's voeten moet masseren, zodat ze soepel blijven en minder pijn doen,' zei ze tegen me. 'Dat moet je tweemaal per dag doen, en daarna moet je haar voeten weer stevig inbinden, om te zorgen dat de botten recht blijven zitten. Ga recht voor haar zitten. Goed zo. Doe nu haar schoenen uit en haal het verband van haar voeten.'

Ik vond het maar vreemd dat ik nu moest leren om de voeten van een deerne te masseren. Lan liet me zien waar de spieren lagen, en hoe ik met de loop ervan mee moest wrijven en niet er tegenin. Ze legde me uit welke plekken ik moest vermijden; dat waren de plekken waar ze de botten opnieuw gezet had. Ze liet me ook zien hoe ik Lizzie's tenen zo moest buigen dat ze recht bleven zitten. Ze leerde me ook dat ik de littekens op de plekken waar de huid was beschadigd, goed met olie in moest smeren, omdat de huid daar soepel moest blijven om te voorkomen dat de voeten weer krom zouden trekken. Ik deed mijn uiterste best, want ik wilde het goed doen, maar nu en dan schoot Lizzie in de lach. Maar misschien kwam dat wel omdat ze vond dat mijn handen kietelden. Ik was zelf maar al te blij dat ik haar, na alles wat ze had meegemaakt, een beetje plezier kon bezorgen.

Toen we later bij het bijna gedoofde haardvuur kommen bier zaten te drinken en aanstalten maakten om naar bed te gaan, zei Lan: 'Morgen praten we verder over jullie reis, en hoe je de grot waar de draak woont, kunt vinden.'

'Ik weet al waar hij woont,' zei ik. 'Ik heb een minstreel de plek horen beschrijven. De draak woont in een grot aan de westkust, die de grot van St.-Alfric wordt genoemd. Zeelieden die erlangs voeren, hebben erover verteld.'

'En weet je ook waar die grot is?' vroeg Lan.

'Dat ben ik vergeten,' antwoordde ik, en hoopte heel even dat daarmee een eind aan de hele kwestie van de drakenjacht zou komen.

'De grot ligt aan een baai voorbij de stad Twells,' zei Lizzie. Toen ze mij verbaasd zag kijken, glimlachte ze even en voegde eraan toe: 'Ik heb die avond ook naar de minstreel zitten luisteren. Aan de rand van de rotsen ligt een dorpje, waarvandaan je de baai kunt zien. Er brandt iedere nacht een baken om te voorkomen dat er schepen op de rotsen lopen. Dat is in het verleden al vaak gebeurd.'

'Als je eenmaal weet hoe je in Twells moet komen, moet het niet moeilijk zijn om dat dorpje te vinden,' zei Lan. 'Het lijkt me dat jullie al over alle benodigde kennis beschikken.'

Ik kwam sterk in de verleiding om haar erop te wijzen dat het mij nog aan de benodigde moed ontbrak, en niet aan kennis, maar ik hield mijn mond dicht. Lan keek me met half toegeknepen ogen aan en zei: 'We moeten allemaal op een of andere manier draken verslaan, Jude. Vrees niet, want je bent goed voorbereid. Het staat allemaal in de sterren geschreven.'

En nu we het toch over schrijven hebben, broeder Benedict: volgens mij is het voor vandaag wel genoeg geweest.

Ik kom na het avondeten terug, samen met Jing-wei, die u dan als u dat wilt meer kan vertellen over haar land, en over de manier waarop daar boeken worden gemaakt. Misschien wil de abt ook horen wat ze te zeggen heeft; hij is een en al geestdrift waar het zijn droom betreft dat iedereen ooit zal kunnen lezen, en vastbesloten om het aantal boeken in uw librije hier te verhonderdvoudigen. Het is momenteel erg druk in het scriptorium, omdat er nog eens twintig broeders worden opgeleid tot scribent. Hij zegt dat de voorraad perkament groot genoeg is en dat er ook voldoende inkt is, maar dat er een tekort aan ganzenveren dreigt te ontstaan. De ganzen op jullie kloosterboerderij hebben bijna geen veren meer over, en laten zich ook steeds moeilijker vangen. De abt vraagt nu aan alle gasten om tegen iedereen te zeggen dat hij in plaats van geld een gans als betaalmiddel voor de gastvrijheid hier accepteert. Hij is zo vastberaden dat ik hem er maar niet op heb gewezen dat er straks veel te veel ganzen op de boerderij rondlopen. Ik denk dat hij daar zelf wel achter komt als hij ze overal in de kloostergangen ziet rondlopen en hun gegak de halleluja's verstoort.

Als ik u was, zou ik die besmuikte glimlach maar achterwege laten, broeder. Als wij met ons verhaal klaar zijn, liggen er in het scriptorium nog zestig boeken op u te wachten, die allemaal gekopieerd moeten worden!

14

IK BEGRIJP WAAROM u later bent dan anders, broeder. U hoeft u niet te verontschuldigen. Jing-wei heeft me verteld dat broeder Matthew vannacht is gestorven. Ik leef met u mee, want ik weet dat u erg op hem gesteld was. Ik heb gehoord dat hij morgen wordt begraven. Denkt u dat de abt het goed vindt dat Jing-wei en ik de plechtigheid bijwonen? Zoals u weet, heeft zij hem in het ziekenverblijf steeds verzorgd; wij hebben al zo veel lief en leed met jullie gedeeld dat het jammer zou zijn als we deze belangrijke gelegenheid moesten missen.

Dan gaan we nu verder met de zaken die voor mij belangrijk zijn, want ik zie dat u ondanks alles vandaag verder wilt gaan met schrijven, ook al lijkt de jacht op een draak een onbeduidend iets als je het vergelijkt met een zielenreis naar de hemel.

De volgende dag bereidden Lizzie en ik ons voor op ons vertrek. Het was een dag als alle andere tijdens de nu bijna voorbije zomer. Er stond geen zuchtje wind en het was smoorheet, ook al had ik de hele nacht liggen bidden dat er stormen, aardbevingen en overstromingen zouden losbarsten, en zelfs had gehoopt dat de Schotten zouden binnenvallen.

Met grote zorg pakte Lan alles in wat we nodig hadden; behalve voedsel voor onderweg moesten we ook de zak met vuurpoeder en de scherven staal en vuursteen meenemen, die nu stevig in doeken gewikkeld waren. Ook de kruik met olie waarmee ik Lizzie's voeten moest masseren, ging mee. Ik zei dat *wij* dat allemaal mee moesten nemen, maar in feite was ik degene die alles moest dragen, en ik moest ook nog Lizzie op mijn rug nemen. Het lukte me om kalm te blijven, tot ik zag dat Lizzie bezig was haar rode zijden jurk en de schoentjes die ze nooit meer zou hoeven te dragen, in te pakken en ze in de zak te stoppen waarin onze andere kleren en een paar dekens zaten.

'Ik ben niet van plan om dat ook nog mee te nemen,' zei ik. 'Die zijden jurk heb je niet nodig, en die schoenen hoef je nooit meer aan.'

'Ik laat die dingen hier niet achter,' zei ze. 'Het is het enige wat ik nog van vroeger heb.'

'Maar we kunnen ze toch daarna op komen halen, als we het tenminste overleven.'

'We gaan verder naar het zuiden,' zei ze, 'naar het dorp waarover Lan me verteld heeft. Het heeft geen zin om eerst helemaal terug hierheen te lopen.'

'Daar heeft ze gelijk in,' zei Lan, die met haar houten naai-doos aan kwam lopen. Ze deed het deksel omhoog en haalde een paar bollen fijn draad, een paar grote naalden en haar gevaarlijke grote schaar tevoorschijn. Ze pakte de voorwerpen zorgvuldig in een paar repen stof en stopte ze in de zak met de zijden jurk.

'*Borduurspullen?*' riep ik woedend. 'Je bent niet goed wijs als je denkt dat ik daar mee ga lopen zeulen!' Ik stak mijn hand in de zak en pakte ze eruit.

Lan pakte me zo hard bij mijn pols beet dat ik haar nagels

in mijn huid voelde dringen. 'Jij neemt alles mee waarvan wij zeggen dat je het mee moet nemen,' siste ze. Haar adem stonk naar knoflook en prei. 'Dat borduurdraad zou je wel eens heel goed van pas kunnen komen. En je hebt gezworen dat je Jing-wei gehoorzaam zult zijn, weet je nog?'

Ze liet me los. Ik wreef over mijn pols en zei niets, ook al was ik in mijn binnenste razend. Het lukte me wonder boven wonder om kalm te blijven toen Lan ook nog een kruik met olie en een pot met zalf inpakte. Ze legde uit dat we die moesten gebruiken bij brandwonden, als we die zouden oplopen. Toen alles was ingepakt, waren het twee zakken, die elk zo zwaar waren als een grote zij gepekeld varkensvlees. Ik moest weer aan de reis vanaf het kamp van Tybalt hierheen denken, en aan de vermoeidheid en de pijnlijke voeten die ik had opgelopen omdat ik Lizzie de hele weg had moeten dragen. En Lizzie was niet eens zo zwaar geweest.

'Als ik al die spullen moet dragen, en Lizzie ook nog, ben ik doodop voordat we bij die grot zijn,' zei ik somber.

'Dat doet er niet toe,' zei Lan. 'Als jullie eenmaal bij die grot zijn, is jouw taak volbracht. Jing-wei kan het dan verder alleen af.'

'Heus, daar ben ik echt blij mee!' riep ik. 'Ik ben dus alleen maar haar pakezel, en meer niet!'

'Je kunt meer zijn dan een pakezel, als je maar durft,' zei Lan. Ze bond de beide zakken stevig dicht met touw. 'Maar je wordt gehinderd door een grote innerlijke tweestrijd, Jude uit Doran.'

'Niet ten onrechte, als je het mij vraagt,' zei ik. 'En zeker niet als je bedenkt dat Lizzie en ik op weg gaan om als voer voor de draak te dienen.'

Lizzie schoot in de lach. Ze sloeg een hand voor haar mond, omdat ze niet wilde dat ik het merkte. Wanhoop maakte zich van mij meester. Ik rende naar buiten en probeerde daar mijn twijfels opzij te zetten, toen ik een ezel zag, die over de weg in de richting van Lans huis kwam lopen. Het dier ging gebukt onder de last van een vrouw die haast nog groter was dan de ezel zelf. Er waren ook twee mannen bij, die elk aan een kant liepen en de vrouw overeind hielden. Toen ze de weg verlieten en het pad naar Lans huis insloegen, zag ik dat de vrouw zo bleek was dat ik dacht dat ze elk moment dood kon gaan. Haar been stak vanonder haar met bloed bevlekte rok uit. Ik zag dat het in lappen was gewikkeld, die doordrenkt waren van donkerrood bloed.

Toen hij me zag, riep de oudste van de twee mannen: 'Ga Lan roepen, knaap! Mijn vrouw heeft zich bij het maaien ver-wond met een zeis. Schiet op!'

Ik rende terug naar het huis, maar Lan had het al gehoord en was al bezig om dozen met lappen en potten met zalf uit de kast te halen. Toen ze me zag, zei ze: 'Sta daar niet te gapen, knaap! Ga die mannen helpen om haar naar binnen te bren-gen!'

Ik liep weer naar buiten en hielp de mannen om de vrouw van de rug van de ezel te tillen. Dat was geen eenvoudig kar-wei, want ze was bijna buiten bewustzijn en ook nog eens loodzwaar. Ten slotte viel ze van de ezel, en er waren drie man voor nodig om haar over Lans drempel te slepen en haar bij het haardvuur op de grond te leggen. De oudste man, haar echtgenoot dus, haalde het verband van haar onderbeen. Ik zag een diepe, etterende wonde, die al zwart begon te worden en een vreselijke stank verspreidde.

'Gooi die lappen in het vuur,' beval Lan. De man deed wat hem werd opgedragen en liep vervolgens weer in de richting van de deur. Het leek of hij zich er verder niet mee wilde bemoeien. Hij bleef bij de andere man, die sprekend op hem leek maar veel jonger was, in de deuropening staan.

Lan knielde naast de vrouw. 'Wanneer is dit gebeurd?' vroeg ze.

De man liet beschaamd zijn hoofd hangen. 'Een paar dagen geleden,' mompelde hij.

'Dwaas!' riep Lan. 'Waarom heb je haar niet meteen hierheen gebracht?'

'Om eerlijk te zijn... Het gebeurde op de ochtend nadat de draak was gekomen. Wij hebben hem hier in de buurt zien landen en dachten dat... Moeder Lan, ik was bang dat... dat...'

'Je dacht zeker dat ik hem hierheen had geroepen om mijn emmer leeg te slurpen, zodat ik toverdrank kon maken van zijn speeksel!' krijste Lan woedend. 'Dacht je dat soms, kerel?'

Hij stond met een roodaangelopen gezicht schaapachtig naar de grond te staren. Maar zijn zoon, een pienter uitziende knaap, zei op geestdriftige toon: 'Dat was de reden, Moeder Lan! We waren ervan overtuigd dat de draak een band met u had! We durfden mama pas hierheen te brengen toen haar toestand zo begon te verslechteren dat we bang waren dat ze dood zou gaan. U bent de enige die haar kan helpen.'

'We zullen u goed belonen,' sprak de oudste man. 'We hebben zwijnen, kippen en...'

'De ezel,' zei ik, in een vlaag van scherpzinnigheid. 'Jullie kunnen Lan met de ezel betalen.'

'Niet de ezel,' zei de man. 'Ik wil alles geven wat ik heb, maar niet de ezel.'

162

Lan keek naar me en gaf me een knipoog. Toen zei ze tegen de man: 'Je betaalt me met de ezel, anders help ik je vrouw niet. En als ik haar niet help, gaat ze dood.'

'Alles,' zei de man weer, 'alles, behalve mijn ezel. Ik heb hem al vijf jaar, en hij is als een zoon voor me. Zonder mijn ezel kan ik...'

'Je zult moeten kiezen,' viel Lan hem in de rede. 'Een van de twee, je ezel of je vrouw? Wat wordt het?'

De man was de wanhoop nabij. Hij kreunde en stond handenwringend in de deuropening. Een hele tijd leek het of hij geen beslissing kon nemen.

Maar toen kwam zijn vrouw plotseling overeind. Ik weet niet waar ze de kracht vandaan haalde, want ze leek meer dood dan levend. Maar ze keek hem vernietigend aan en sprak met woede in haar stem: 'Als je nog langer blijft twijfelen, vil ik je levend, Jonah Smollet.' Toen verloor ze het bewustzijn en viel met een dreun achterover op de vloer. Ik voelde de grond onder mijn voeten trillen.

Jonah Smollet slaakte een diepe zucht. 'Neem de ezel dan maar,' zei hij.

En zodoende hadden Lizzie en ik op onze tocht de beschikking over een ezel. Voor mij was het een geschenk uit de hemel, dat niet op een beter moment had kunnen komen. Ik was er diep dankbaar voor, ook al was de eigenaar uiterst misnoegd. Terwijl Lan verderging met het schoonmaken van de wond van de vrouw, pakten Lizzie en ik de laatste spullen bij elkaar. We legden een dubbelgevouwen deken op de rug van de ezel en bonden de zakken met etenswaar met touw aan elkaar. Vervolgens hingen we de zakken over de rug van het dier. Toen we daarmee klaar waren, kwam Lan naar buiten om afscheid van ons te nemen. Zij en Lizzie omhelsden elkaar innig, en Lizzie beloofde haar plechtig dat ze ooit weer terug zou komen om haar te bezoeken.

'Nee, als je de draak eenmaal hebt verslagen, zijn er weer een heleboel andere dingen waar je je mee bezig moet houden,' zei Lan. 'Maar ik weet waar je bent, en hoe het je zal vergaan. Er wacht je grote vreugde, lief kind.'

Ze omhelsden elkaar weer, en als ik niet snel een stap achteruit had gezet, had het oude wijf mij ook nog omhelsd.

Lan wenste me goede reis, en ik zal nooit de laatste woorden vergeten die ze tegen me sprak. Ze zei iets vreemds. Ze zei: 'De ergste draken zitten in je eigen hoofd, Jude. Vergeet dat niet.'

Toen tilde ik Lizzie op en zette haar op de rug van de ezel. Ik pakte het touw dat om zijn hals zat en we vertrokken. Lizzie keek heel vaak achterom en zwaaide naar Lan. Ik keek zelf niet één keer om. Ik richtte mijn blik op de weg die voor ons lag en voelde me als iemand die zich op weg begeeft naar het galgenveld om daar te worden gehangen.

Kijk niet zo somber, broeder: het is duidelijk dat we het allebei hebben overleefd, want anders zat ik hier niet op deze kruk om u het verhaal te vertellen. En onze tocht verliep voorspoedig, als je die kleinigheid met de draak aan het slot tenminste niet meerekent. Onze tocht voerde ons westwaarts, door kleine bossen en langs groene heuvels. In de verte zagen we de kerktorens van afgelegen dorpen. Het was nog ver naar de kust. En bovendien bevond ik mij in het gezelschap van een vrolijke en bekoorlijke deerne.

Nu we het over gezelschap hebben, schiet me nog iets anders te binnen. Er zijn vandaag nieuwe gasten in het klooster aangekomen. Ik heb hen nog niet gezien, maar ze worden ondergebracht in de westelijke vleugel van het gastenverblijf, waar normaal de edellieden verblijven. Het moet dus een voornaam gezelschap zijn. Ik heb gehoord dat ze uit de Oost komen, en dat het kooplieden uit Indië, Perzië en China zijn. Ze reizen samen, omdat dat veiliger is, en ze hebben twintig paarden en vijftig honden bij zich. Er bevinden zich ook meer dan veertig bedienden in hun gezelschap. Ik denk dat de abt liever had gezien dat ze die honden thuis hadden gelaten. Wellicht is hij bang dat ze een gevaar vormen voor zijn kostbare ganzen, die hij veilig in de schuur had ondergebracht. Hij moet ook nog eens de begrafenis van broeder Matthew regelen en heeft dus al genoeg zorgen aan zijn hoofd. Tref ik u morgen bij de plechtigheid? Ik zal ondertussen voor de ziel van broeder Matthew bidden. Ik bid ook voor alle andere broeders, die hem zozeer hebben liefgehad.

15

ROEDER Matthew is nu in de hemel. Zijn afscheid was een indrukwekkende plechtigheid, waaraan door iedereen met zoveel liefde en gezang werd deelgenomen dat je hart ervan zou breken.

De plechtigheden van vandaag betekenden voor mij meer dan je wellicht beseft, Benedict. Want tijdens de dienst besefte ik dat ik nooit afscheid heb genomen van mijn eigen ouders, van mijn grootvader of van de kleine Addy, Lucy en de tweeling. Sinds die laatste dag in Doran liep ik met een vreselijke pijn in mijn binnenste, en dat is altijd zo gebleven – tot vandaag.

Vandaag is het me gelukt die pijn kwijt te raken. Toen ik na de dienst in de tuin bij het graf van broeder Matthew stond, heb ik al mijn herinneringen aan vroeger in gedachten mét hem begraven. Alleen verdwenen mijn herinneringen niet in dat graf: het leek of ze door de herfstwind werden meegevoerd en omhoogstegen, hun vrijheid tegemoet. En het was of ik daardoor zelf ook bevrijd werd.

Ik kan vandaag niet verder vertellen, want mijn gemoed loopt over. We gaan morgen verder met dit verhaal. Morgen is het de feestdag van de Heilige Jude – mijn naamheilige. Misschien kent hij mijn verhaal ook, en wil hij mij nu even rust schenken.

***

166

Wat is er sinds de vorige keer toch veel gebeurd, broeder! Omdat het gisteren de naamdag van St.-Jude was, vroeg de abt of Jing-wei en ik tijdens de avondmaaltijd bij hem aan tafel wilden komen zitten. Zo gezegd, zo gedaan; maar we waren niet de enige gasten. Hij had de oosterlingen ook uitgenodigd, zodat Jing-wei nu kennis heeft gemaakt met de Chinese kooplieden. Het zijn twee broers; de ene is denk ik net zo oud als u, en de andere is niet veel ouder dan ik. De jongste heet Chen. Hij handelt in paarse zijde, sandelhout, muskaatnoten en andere zeldzame specerijen, en ook in nardusolie en ebbenhout. Hij is gekleed in rijk geborduurde zijden gewaden, en hij heeft net zulk lang haar als Jing-wei, dat is samengebonden in een dikke, glanzende vlecht. Hij spreekt redelijk Engels, zij het met een eigenaardige tongval, want hij is nog geen jaar hier, en hij zegt de dingen soms ook op een vreemde manier. Hij vertelde ons dat hij uit Hangzhou komt, dezelfde stad waar Lizzie vroeger woonde, toen ze nog...

Je hoeft daar niet zo bij te zuchten, Benedict! Ik ga heus wel verder met mijn verhaal. Ik dacht alleen maar dat het je misschien wel zou interesseren, want Chen vertelde ons een paar wonderlijke verhalen. Vergeleken met de reizen die Chen heeft gemaakt, is mijn eigen tocht naar de kust niet meer dan een peulenschil. Alleen heeft Chen het nooit tegen een draak op hoeven te nemen; hij heeft er bij mijn weten zelfs nog nooit een gezien. Toen Jing-wei hem in het kort over onze belevenissen had verteld, zat hij met stomheid geslagen. En dat terwijl hij toch niet vaak om woorden verlegen zat! Goed, goed, ik ga al verder.

We trokken dus met onze ezel verder door het platteland. We liepen in westelijke richting, naar de kust. Er gebeurde onderweg weinig bijzonders. We aten tweemaal per dag een karige maaltijd, zodat we zo lang mogelijk met onze etensvoorraad konden doen. We vulden onze waterzakken met water uit beekjes. We kwamen door enkele dorpjes, maar we praatten daar met niemand, behalve om de weg naar Twells te vragen, omdat Lizzie had gezegd dat ik niemand iets over onze queeste mocht vertellen. Dat had Lan ook gezegd, en ik begreep wel waarom. Ik had er geen behoefte aan om voor waanzinnig te worden aangezien en in de boeien te worden geslagen of, erger nog, afgeranseld te worden om de kwade geesten uit mijn lichaam te drijven. 's Nachts sliepen we op onze dekens onder heggenstruiken of bomen. De ezel lag tussen ons in. 's Avonds vertelde Lizzie de meest wonderlijke verhalen over doldwaze voorvallen uit de tijd dat ze nog bij de zigeuners woonde, of merkwaardige legenden die ze in China van haar moeder had gehoord. Ze vertelde ook verhalen die ze zelf had bedacht toen ze in die kooi zat opgesloten, verhalen die ze zelf verzonnen had om haar gevangenschap enigszins draaglijk te maken. Ik hield van haar geestige manier van vertellen; het beurde me helemaal op en ik moest er vaak om lachen. Maar als ik soms iets zei of deed waar ze het niet mee eens was, kon ze woedend tegen me tekeergaan.

Op een avond, toen we tegenover elkaar in het gras zaten en ik bezig was Lizzie's voeten te masseren op de manier die Lan me had geleerd, zagen we de draak hoog boven ons rondvliegen. Hij kwam uit de richting van de kust. Hoewel hij behoorlijk hoog vloog, konden we de gloed van de vlammen in zijn ingewanden zien. De buik van het beest stak duidelijk af tegen de sterrenhemel. Ik was doodsbang, maar Lizzie zat er vol ontzag naar te kijken.

'Wat een prachtig beest,' zuchtte ze. 'Toen ik klein was, hield ik veel van draken. Onze Chinese draken zijn heel anders dan die van jullie. Engelse draken zijn gevaarlijke monsters. Het zijn wezens die de mensen angst aanjagen. Bij ons worden ze als goden vereerd en als zinnebeelden van voorspoed en macht beschouwd.'

'Dan zal het je niet gemakkelijk vallen er een te doden,' zei ik, half schertsend. 'Misschien moeten we deze waanzinnige queeste maar vergeten, dan besparen we onszelf een hoop ellende. Bovendien lopen we dan niet de kans gedood te worden.'

'Je hebt plechtig beloofd dat je deze queeste niet zou opgeven, Jude!' zei ze. 'Dat heb je gezworen! Als je nu op je belofte terugkomt...'

'Bij Gods Heilige Hart, Lizzie! Ik maakte maar een grapje,' sputterde ik tegen.

'Leugenaar,' zei ze, en gaf me met haar met olie ingesmeerde voet een duw tegen mijn borstkas, zodat ik achteroverviel. Toen ik weer overeind krabbelde, zat ze me uit te lachen. Lizzie was een vat vol tegenstrijdigheden: ze was heel lief, maar ook opstandig; het ene moment kon ze blij zijn als een kind, en het volgende moment blijk geven van zo'n onwrikbare zelfbeheersing dat je er bang van zou worden.

Ik weet niet meer hoeveel dagen we onderweg zijn geweest. Negen of tien, schat ik. Hoe dichter we bij de kust kwamen, hoe kaler de wegen en de akkers begonnen te worden. Op zekere dag kwamen we rond het middaguur aan in de stad Twells. Er heerste een griezelige stilte. Op de torens wapperden zwarte banieren. Ik dacht eerst dat de pest er heerste en wilde buiten de poorten blijven. Maar bij een van de poorten trof ik een bedelaar, die zei dat de meeste mensen gevlucht waren uit angst voor het gevleugelde monster. We liepen de stad in, maar alleen om er vers brood en nog wat kaas te kopen, want Lan had ons ook nog wat geld meegegeven. Toen we dat gedaan hadden, vroegen we de weg naar de dorpen Crick en Seagrief, en haastten ons voort. We liepen nu niet meer over de hoofdweg, maar op een karrenspoor dat tussen akkers en langs bossen en beekjes liep. Na enige tijd kwamen we niemand meer tegen. Nu en dan zagen we kleine groepjes mensen die in oostelijke richting vluchtten. We vroegen of ze uit Crick of Seagrief kwamen, maar ze zeiden dat ze daar niet vandaan kwamen en konden ons verder niets vertellen. Ze waarschuwden ons voor de draak en zeiden dat de dag des oordeels nabij was. Ze raadden ons aan terug te keren. Toen we hun raad niet opvolgden en verder liepen, schudden ze hun hoofd en riepen ons na dat we krankzinnigen waren.

Toen ik die avond op zoek was naar een beschutte plek waar we konden slapen, kwamen we bij een platgebrand dorpje. Het leek op Doran, en ik leidde de ezel de weg af en liep langs de randen van de akkers met een grote boog om het dorp heen, zodat we de verwoestingen niet hoefden te zien. De volgende dag kwamen we langs nog twee zulke dorpen, en daarna zagen we alleen nog maar dorpen die platgebrand waren. Een paar dorpen waren niet volledig verwoest; tussen de geblakerde puinhopen zagen we hier en daar muren die hersteld waren en daken die in allerijl opnieuw met riet waren bedekt. In die schamele onderkomens woonden een paar overlevenden, die naar buiten kwamen lopen en tegen ons zeiden dat we terug moesten gaan. Enkele van deze dorpelingen hadden vreselijke brandwonden. De gekwelde blik in hun ogen verried dat ze alle hoop hadden laten varen.

Bij elk dorp waar we langskwamen, nam mijn gevoel van ontzetting toe, en ik was er heilig van overtuigd dat het ons nooit zou lukken om het monster dat dit alles had veroorzaakt te verslaan, ook al hadden we nog zo'n machtig wapen bij ons. Het leek of Lizzie al die tijd volkomen kalm bleef, en ik begon me weer af te vragen of Oude Lan haar toch niet had betoverd, waardoor ze nu op een of andere manier in staat was om aan haar eigen gevoelens van angst en vrees te ontstijgen.

En zo trokken we verder westwaarts. Op een gegeven moment zagen we de zee, die zich glimmend als een stalen blad langs de rand van de wereld uitstrekte. De velden waar we nu langsliepen, waren allemaal verschroeid. Zelfs de woeste heide en het grasland langs de asgrauwe beekjes waren aan de vlammen ten prooi gevallen. De grond was volkomen dor en verdroogd. Bij iedere stap die we zetten, dwarrelde een wolk van stof en as omhoog en bleef achter ons in de lucht hangen. Zover het oog reikte, was al het land verbrand en uitgedroogd. Op sommige plaatsen lag een dikke, grauwe laag as. Er hing een walgelijke stank in de lucht en onze ogen deden pijn. De dorre grond lag bezaaid met dode vogels en insecten. Ik vermoed dat ze van de honger zijn omgekomen, of anders gestikt zijn in de dampen die in de lucht hingen. Er waren geen andere dieren te bekennen, geen konijnen, vossen of egels. In de wijde omtrek was niets dat bewoog. De stilte was angstaanjagend.

Ik voelde me het grootste deel van tijd ziek, en onze ezel, die zich al die tijd behoorlijk meegaand had getoond, werd nu koppig en onhandelbaar. Ik moest de grootste moeite doen om hem vooruit te krijgen, en Lizzie zei dat dieren vaak veel eerder dan mensen onraad konden bespeuren. Ze had zelf gezien hoe de beer en de boskat, en ook de paarden van Tybalt, onhandelbaar werden als er een storm naderde, lang voordat de mensen in de gaten hadden dat er iets aan de hand was. Doordat de ezel minder te eten had, werd het er voor hem ook niet gemakkelijker op. Als we hem lieten grazen, vond hij vaak niet meer dan een paar overgebleven graspollen, die ook nog dik onder de as zaten. Hij vrat alles op, zodat er akelige geluiden uit zijn buik begonnen te komen. Hij voelde zich waarschijnlijk net zo ziek als ik.

Er stonden nergens bomen, en we zochten die laatste avond beschutting achter een muur in een van de verwoeste dorpen, wat bij mij herinneringen wakker riep die me zeer verdrietig stemden. Lizzie scheen zich geen zorgen te maken over wat ons te wachten stond. Ze vertoonde geen teken van angst, al praatte ze wel een stuk minder. Die nacht merkte ik dat er uit de verte een geluid kwam, dat leek op een zacht, ononderbroken gerommel, ongeveer als het geluid van de donder tijdens een onweersbui. Lizzie zei dat het het geluid was van de zee, die op de rotsen dreunde. Ik moest aan de baai van St.-Alfric denken en kon die nacht geen oog dichtdoen. Ik bleef naar de slapende Lizzie liggen kijken en praatte zachtjes tegen de ezel om te zorgen dat hij kalm bleef. Ondertussen lette ik ook goed op of ik de draak ergens zag. Hij kwam die nacht niet opdagen.

De dag brak aan. We aten wat van onze slinkende etensvoorraad, waarna ik Lizzie op de rug van de ezel tilde. Het dier wilde geen stap verzetten. Het gaf niet of ik vriendelijke woorden gebruikte of hem dreigend toesprak, er viel geen beweging in hem te krijgen. Uiteindelijk zette ik Lizzie weer op de grond, haalde de zakken van de rug van het dier en besloot om hem verder aan zijn lot over te laten. Dat deden we met tegenzin, want het betekende dat hij nergens beschutting zou kunnen vinden en zich niet zou kunnen verweren als hij door de draak werd aangevallen, maar we zagen geen andere mogelijkheid. En dus gingen we verder, en hield Lizzie zich vast aan mijn rug, net zoals toen we bij Tybalt vertrokken, en droeg ik de zakken met onze spullen. In de verte zagen we weer een dorp, kleiner dan het vorige, en eveneens zwartgeblakerd en verwoest. Het lag verlaten op de rotsen aan het eind van de wereld, en ik vermoedde dat dit Seagrief moest zijn.

We kwamen er rond het middaguur aan. Het dorp was, net als de andere verwoeste dorpen, verlaten. In de lucht hing de stank van drakenvuur en dood. Ik liep niet het dorp in. Ik keek er zelfs niet naar. Tussen de puinhopen van het dorp en de rotsen liep een paadje, dat in vroeger tijden, vóór de komst van de draak, door de dorpelingen gebruikt moest zijn om naar het strand af te dalen als ze gingen vissen. Ik liep, nog steeds met Lizzie op mijn rug, het paadje af dat naar de rand van de rotsen liep. Daar stond een klein bouwwerk dat de vorm had van een toren, maar een stuk kleiner was. Ik kon er zonder moeite overheen kijken. Aan de onderkant zat een opening, waarachter zich een vuurplaats bevond. In de muren die over de zee uitkeken, waren gaten aangebracht.

'Dit is de plek waar ze het baken lieten branden om de schepen te waarschuwen,' zei Lizzie. Ze liet zich van mijn rug zakken en we liepen samen naar de rotsrand. Ik zette de zakken die ik droeg op de grond en pakte Lizzie's arm beet. We hielden elkaar vast en keken naar beneden.

Onder ons slingerde het pad zich in de meest vreemde bochten langs de duizelingwekkend hoge rotsen naar beneden. Het pad was in de rotsen uitgehakt: hier en daar waren treden te zien, en ook gevaarlijk kronkelende paadjes, waarlangs op sommige plaatsen gammele hekjes stonden die waarschijnlijk ooit bedoeld waren om de mensen tenminste enige beschutting te bieden. Op sommige plaatsen liep het pad door verraderlijke spleten in de rots vrijwel loodrecht naar beneden. Beneden ons in de diepte strekte zich de grote bocht van de baai uit, die zich tussen deze woeste rotsen bevond. In de baai liepen de rotsen nog een heel eind in zee door. Een deel van de rotspunten bevond zich vlak onder het wateroppervlak, en vormden zo een val die voor nietsvermoedende schepen een noodlottig einde kon betekenen. Het strand lag er woest en verlaten bij. Ik kon twee vissersboten zien die op het strand waren achtergebleven en in stukken waren gebroken. Aan de voet van de rotsen zag ik een kapelletje, dat helemaal van steen was opgetrokken. Op het dak ervan stond een kruis. En achter de baai lag de grote zee, die als blauwe zijde in het zonlicht glom. Ik stond ademloos te kijken, Benedict, want ik had nog nooit de zee gezien. Ik was diep onder de indruk van de onvoorstelbare grootte en van de kracht waarmee de golven op de rotsen sloegen. Het leek of de zee zich eindeloos ver uitstrekte, tot ver voorbij de horizon. Toen ik naar Lizzie keek, zag ik de serene, kalme uitdrukking op haar gezicht, en ik vermoedde dat ze daarachter gevoelens verborg die ze sinds haar jeugd had onderdrukt. Ik neem aan dat het schip waarmee ze naar Engeland was gevaren op net zulke rotsen als die beneden ons schipbreuk had geleden.

'We hebben in ieder geval de goede baai te pakken,' zei ik.

Ik probeerde mijn stem zo opgewekt mogelijk te laten klinken.

'Niet hardop praten, Jude,' waarschuwde ze op fluisterende toon. 'Misschien ligt de draak hier wel vlak onder ons te slapen.'

Mijn maag draaide zich plotseling om van angst. 'Zijn hol ligt vast niet vlak bij het pad,' zei ik, 'want anders zouden de dorpelingen het al veel eerder ontdekt hebben en het ei hebben stukgeslagen voordat het uitkwam. De grot moet goed verborgen liggen tussen de rotsen. Misschien lukt het ons niet eens om hem te vinden.'

Vanuit haar ooghoeken wierp ze me een veelbetekenende blik toe. Er speelde een flauwe glimlach om haar lippen. 'Was je soms van plan om het nu al op te geven?' zei ze.

Ik voelde me misselijk, maar probeerde desondanks op mijn beurt naar haar te glimlachen, ook al ging dat niet van harte. 'Ik? Opgeven?' zei ik. 'Je kent me toch wel beter, Lizzie?'

'Ja, Jude, ik begin je onderhand al aardig goed te kennen,' zei ze.

Ik keek weer langs het woeste pad naar beneden en moest alle moeite doen om een opkomend gevoel van duizeligheid te onderdrukken. Het pad was de enige weg naar beneden; overal om ons heen waren de rotsen veel te steil.

'We moeten zorgen dat we zo gauw mogelijk beneden komen,' zei Lizzie. 'We kunnen ons in dat kapelletje op het strand verstoppen en kijken hoe de draak af- en aanvliegt. Op die manier komen we erachter op welke tijden hij uitvliegt en hoe lang hij dan wegblijft. Dan weet ik ook waar en wanneer ik het vuurpoeder in de grot kan leggen.'

'Ik denk niet dat ik je naar beneden kan dragen,' zei ik, in de afgrond kijkend.

'Dat weet ik ook wel, sufferd. Geef mij maar een van die zakken om te dragen. We moeten zorgen dat we allebei een hand vrij houden om overeind te kunnen blijven.'

'Dat zal erg pijnlijk zijn voor je voeten,' zei ik, maar ze had de kleinste zak al opgeraapt en stond al bij het gevaarlijk steile pad. Ik raapte de andere zak op en volgde haar.

Ik heb geen idee hoe het haar gelukt is om dat pad te volgen. Het was steil en glad van al het stof en de as. We moesten bij iedere stap goed opletten dat we niet uitgleden en naar beneden vielen, onze dood tegemoet. Ik was me voortdurend bewust van het monster dat zich daar in de buurt ophield, en na iedere paar passen wierp ik een blik op de baai en de zee met de hemel erboven, doodsbang dat het beest elk moment terug zou komen vliegen. Lizzie moet dat geweten hebben, want na een poosje fluisterde ze over haar schouder: 'Hij vliegt alleen bij zonsopgang en zonsondergang, Jude. Hij ligt nu te slapen.'

'Maar stel dat we hem wakker maken,' fluisterde ik terug. Ik keek naar de rotsen aan de overkant van de baai. Op dat moment verloor ik mijn houvast en probeerde me uit alle macht aan de rotsen vast te grijpen om te voorkomen dat ik tegen Lizzie opbotste. Ik kwam tegen een hoop losse stenen terecht, die stuiterend langs de steile rotswand omlaag kletterden en op de rotsen beneden terechtkwamen.

'Zo maak je hem misschien wel wakker,' zei Lizzie, toen ik mezelf weer in bedwang had. We bleven doodstil staan luisteren en kijken, maar de draak was in geen velden of wegen te bekennen. Met een flauwe glimlach voegde Lizzie eraan toe: 'Maar misschien ook niet, want hij kan niet goed horen.'

Ondanks haar kreupele voeten en het feit dat ze maar langzaam vooruit kon komen, lukte het haar beter dan mij om dat vreselijke pad af te dalen. Misschien had het wel iets te maken met haar van nature sierlijke manier van bewegen of met de voorzichtige en verfijnde wijze waarop ze in alles te werk ging. Of misschien had ze zoveel pijn dat ze bij iedere stap die ze zette goed na moest denken om geen fouten te maken; en misschien had ze wel meer evenwichtsgevoel dan ik. Maar ik kreeg steeds meer het gevoel dat ik als een lompe os achter haar aan sjokte. Ik struikelde vaak en gleed voortdurend uit, zodat er nog meer stenen omrolden. Ik wist zeker dat ik evenveel lawaai maakte als een kudde paarden die de helling af kwam denderen. Het was vreselijk heet, en ik zweette ook van angst, want als de draak nu op zou duiken, was er nergens een plek om weg te kruipen.

Ten slotte bereikten we de voet van de rotsen en keken om ons heen of we ergens een grot konden ontdekken. Er was nergens een grot te zien.

'Daarmee is ons probleem opgelost,' zei ik. Ik wreef mijn bezwete gezicht af met mijn mouw. 'De zeelui hadden het bij het verkeerde eind. Laten we hier wat uitrusten en dan weer teruggaan.'

'We kunnen hier niet uitrusten,' zei ze. Ze trok aan mijn arm. 'We moeten ons in de kapel verstoppen. Misschien is die grot niet meer dan een smalle spleet, die je wel vanaf de zee kunt zien maar hiervandaan niet. En we moeten goed op blijven letten. We weten nog niet wat voor gewoontes de draak eropna houdt; misschien komt hij overdag wel naar buiten om hier beneden te drinken of te baden.'

'Baden?' zei ik.

Ze zuchtte. Het was duidelijk dat ze zich ergerde aan mijn domheid. 'Ja, baden,' zei ze. 'Dat doen vogels nu eenmaal.'

'Het is anders geen musje dat we dood gaan maken.'

'Maar misschien houdt hij zichzelf graag schoon. Net als een mus. Schiet op!'

Ik raapte de zakken op en we liepen over het keienstrand naar de kleine kapel. Ik zag dat de as de keien donker had gekleurd. Alleen op de plaatsen waar de zee eroverheen was gespoeld, waren ze niet verkleurd. Over het hele strand hing een doordringende stank.

Het kapelletje was erg klein, nog niet eens half zo groot als het huisje van Lan. De deur was zo klein dat zelfs Lizzie moest bukken om naar binnen te kunnen. Binnen konden we rechtop staan, al raakte mijn hoofd het dak. De kapel was van steen, op de houten dakspanten na. Het dak zelf was gemaakt van veenplaggen, en de vloer was van gladde keien. In het midden van de vloer was een vuurplaats, de as die erin lag was koud. In een hoek lag een stapel halfvergane dierenhuiden.

'Dat moet ooit het bed van St.-Alfric zijn geweest,' zei ik. Ik zette de zakken neer en bukte me om de huiden te betasten. Misschien, hoopte ik, waren de krachten van de heilige er op een of andere manier in achter gebleven, zodat St.-Alfric me nog een beetje zou kunnen beschermen. Maar toen liet ik de huiden vol verbazing vallen. 'Er zit een deken tussen!' zei ik. 'En zo te voelen is die nieuw. Er moet hier pas nog iemand geweest zijn.'

'Dan moet dat een ridder of een soldaat geweest zijn,' zei Jing-wei. 'Iemand die hierheen is gekomen om het monster te verslaan, en daar niet in is geslaagd.'

Ik keek om me heen of ik nog meer tekenen zag die erop

konden wijzen dat er nog niet lang geleden iemand in de kapel was geweest. Er lag nog een zak met beschimmeld voedsel, maar verder was er niets. Alles lag in het halfduister gehuld, want er was maar één raampje dat uitzicht bood op de zee. Een deel van het dak was ingestort. Door de opening kwamen een paar armzalige zonnestraaltjes naar binnen, die het opdwarrelende stof en de as verlichtten.

'Ik neem aan dat de dorpelingen de heilige van voedsel en brandstof voorzagen,' zei ik. 'Van alleen de vis die de zeehonden hem kwamen brengen, zou hij niet in leven hebben kunnen blijven. En 's winters moet het hier stervenskoud geweest zijn.'

'Het is nu best aangenaam,' merkte Lizzie op. Ze stond bij het raam en keek naar buiten. 'Dit is de beste schuilplaats die er is. We kunnen hier de draak zien komen en gaan, en aan de hand daarvan onze plannen maken.'

Ze liep weer naar buiten en liep een stukje voorbij het kapelletje. Ze keek naar de rotsen. Ik liep achter haar aan en wilde dat ze op me zou steunen om haar voeten te ontzien. Maar ze wachtte niet op me, en ik wilde haar ook niet dwingen. Ik liep dus een paar passen achter haar. Ik liep heel voorzichtig, want de met as bedekte keien waren spekglad. Vanaf de zee kwam een frisse bries opzetten. Ik zou blij geweest zijn met de koelte, als door de wind niet de as zou zijn opgewaaid, die nu pijn deed aan mijn ogen en een bittere smaak in mijn mond veroorzaakte. Ik keek langs de rotsen en zocht naar het hol van de draak. Het beviel me niets dat we hier zo open en bloot rondliepen, want misschien lag de draak ons vanuit zijn hol te beloeren. Maar Lizzie leek zich van geen gevaar bewust. Ze keek langs de omhoogtorenende rotsen naar boven alsof ze naar niets anders op zoek was dan naar het nest van een buizerd.

'Er is daar helemaal geen grot,' zei ik. 'Als er wel een was, denk je dan niet dat St.-Alfric die gebruikt zou hebben, in plaats van al die moeite te doen om die hut hier te bouwen?'

Lizzie zweeg. Ik ging verder: 'Die mannen op dat schip moeten zich vergist hebben, Lizzie. Er is hier geen grot. En ook geen draak.'

Plotseling viel mijn oog op iets wat niet ver bij me vandaan aan de rand van het water op het strand lag, waar de zee de rotsen had schoongespoeld. Het leek op een hoop oude kleren, of een halfvergaan stuk zeil dat van een passerend schip afkomstig zou kunnen zijn. Ik liep ernaartoe. Langzaam begon het tot me door te dringen wat het voorwerp was: het was een menselijk lichaam, een zwartgeblakerd lijk.

Ik moet je bekennen, Benedict, dat mijn hart van pure angst bijna stil bleef staan. En op dat moment sprak Lizzie op gedempte toon mijn naam. Ik wendde mijn blik af van het stoffelijk overschot en zag dat ze naar een plek hoog op de rotsen wees. Ik keek omhoog en zag waar ze naar had staan kijken. Vlak bij de duizelingwekkend hoge top van de rots bevond zich een donkere plek, waar de rotsen verkleurd waren van de as en het roet. Tussen het zwart kon ik een lichtere plek onderscheiden. Het was iets dat half over de rand van de rots hing. Nog een lijk.

Ik maakte een kruisteken en zei een gebed, waarna ik terug begon te strompelen naar het veilige onderkomen dat de kapel ons bood. Ik hield mijn ogen geen moment van die roetplek bij de ingang van het drakenhol afgewend. 'In godsnaam, Lizzie, kom terug!' riep ik.

Maar ze bleef een hele tijd omhoog staan kijken. Toen ze ten slotte terugkwam, zei ze op rustige, kalme toon: 'Het zal ons niet mislukken, Jude.'

Ik keek naar de dode soldaat. Van het vlees aan zijn botten was niets meer over. Het enige waaruit bleek dat het een man was geweest, was een zwaard dat nog steeds door de zwartgeblakerde botten van wat eens een hand was geweest, werd omkneld.

'Het zal ons niet mislukken,' zei ze weer. Ze pakte me bij een arm en leidde me weg van het verschrikkelijke tafereel. We liepen samen terug naar de kapel. Toen we binnen waren, voelde ik me niet veilig. Ik had het gevoel dat we in een val zaten.

'Als de draak ons hier vindt, worden we hier levend gestoofd,' zei ik. 'Als hij ons alleen maar ruikt–'

'Hij ruikt ons niet,' zei ze.

'En die lijken die daar buiten liggen dan? Het lijk op het strand heeft zijn zwaard nog steeds in zijn hand. Het was een goed bewapende soldaat. Ik denk dat hij zich hier in de kapel had verschanst, en dat de draak misschien op hem af is gekomen en hem mee naar buiten heeft gesleurd om hem te doden.'

'Terwijl hij een zwaard had om zich te verdedigen?' zei ze. 'Nee, Jude, die soldaat liep de draak tegemoet. Hij is als een held gestorven.'

'Hij is gestorven als een domoor!' schreeuwde ik, maar ze probeerde me tot bedaren te brengen. 'Lizzie!' smeekte ik zachtjes. Ik was de wanhoop nabij. 'Het lukt ons nooit om die grot te bereiken. Het zou zelfs Lan, met al haar toverkrachten, niet gelukt zijn om boven te komen. Dat vuurpoeder heeft geen enkele zin, tenzij we het vlak bij de draak neer kunnen leggen. Alles is voor niets geweest. Onze queeste is afgelopen, voorbij. We gaan weg.'

'De strijd is amper begonnen,' zei ze. Ze ging zitten en begon de zak met het vuurpoeder en de dodelijke, maar nutteloze scherven uit te pakken.

Ik zat tegen een muur en sloeg mijn handen voor mijn gezicht. Mijn vingers beefden. Mijn huid rook naar as en drakenvuur. Er hing een vreselijke stank in de lucht.

'Zeg dat je het niet meent,' smeekte ik.

'We zijn hierheen gekomen met een opdracht, Jude,' zei ze, 'en ik ga niet weg voordat we die opdracht hebben uitgevoerd.'

Ik durfde haar niet tegen te spreken, Benedict. De moed en de wilskracht die Lizzie tentoonspreidde, gingen mijn verstand te boven. En ik had trouwens gezworen dat ik haar zonder morren in alles zou gehoorzamen. Maar haar doortastendheid stelde me voor een raadsel. Ik herinnerde me niet dat ik had gezworen dat ik geen vragen zou stellen, en er brandde een goede vraag op mijn tong.

'Vertel me dan nog eens iets,' zei ik. 'Ik heb een goede reden om te willen dat deze draak wordt gedood. Lan heeft er ook een aantal redenen voor, die stuk voor stuk met Ambrose te maken hebben. Maar jij: waarom kan het *jou* wat schelen? Waarom kom *jij* hier je leven in de waagschaal stellen?'

'Omdat het voor jou belangrijk is,' antwoordde ze.

'Dat is geen antwoord.'

Ze boog zich voorover over de pakjes met de scherven en begon die met de grootste zorg op te stapelen op de kleine stenen tegen de muur van de kapel. Ik kon haar gezicht niet zien.

'Bij Gods Heilige Hart!' zei ik. 'Je weet het dus zelf niet! Zal ik het je eens vertellen? Lan heeft je betoverd – daarom ben je hier! Is dat zo? Is dat zo, Lizzie? Waarom geef je het niet toe?'

Ze zei nog steeds niets. Ik vloekte en ging met mijn rug naar haar toe in de deuropening staan. 'Het was waanzin van mij om met jou hierheen te gaan,' zei ik woedend. 'Ik doe alles wat je zegt, omdat ik heb gezworen dat ik dat zou doen; maar als deze queeste voorbij is en we allebei nog leven, breng ik je naar een klooster en laat ik de nonnen daar voor je bidden. Misschien kunnen ze je daar ook absolutie verlenen. En misschien laat ik je daarna wel in dat klooster achter.'

We zeiden een hele tijd niets tegen elkaar. In de stilte die heerste, begon mijn geweten aan me te knagen. Je kon van Lizzie zeggen wat je wilde, dat ze behekst of krankzinnig was, of misschien wel allebei, maar ze was in elk geval meer dan trouw. 'Het spijt me,' zei ik. 'Zo bedoelde ik het niet. Ik zei het alleen maar omdat ik doodsbang ben. Ik ben geen held, ik wilde alleen maar doen alsof, meer niet.'

'Je bent wel degelijk een held, Jude,' mompelde ze. 'Alleen weet je het zelf niet.'

'Nog meer raadsels?' zei ik. Ik probeerde geërgerd te klinken, maar ik moet toegeven dat haar woorden me enigszins hadden vertederd. 'Jij drijft me tot waanzin, Lizzie, en dan ben ik niet alleen maar een zwakkeling, maar word ik ook nog eens een idioot! En dat zijn niet de ideale kenmerken voor een ridder die op het punt staat een draak te doden.'

Ze glimlachte even, en ik hoopte dat dat betekende dat ze het me had vergeven. Sinds we bij Lan waren vertrokken, hadden we niet veel geglimlacht en ik denk ook dat de spanning en de ellende van de afgelopen dagen hun tol hadden geëist.

Wat hoor ik daar? Dat zijn de klokken van de abdij! Voor jou is het dus tijd om naar het gebed te gaan en ik moet nog een paar muren herstellen voordat de stormmaand aanbreekt. Morgen gaan we verder. Dan komt het deel van het verhaal waarbij je de haren ten berge zullen rijzen! Als je haar had, tenminste... Foei! Je hoeft niet met inkt naar me te spatten, Benedict! Dat is nergens voor nodig!

16

 OEDEMORGEN, BENEDICT. IK neem tenminste aan dat het een goede morgen is. Ik zou het je niet met zekerheid kunnen zeggen, want we hebben gisteravond weer bij de abt aan tafel gegeten, en ik heb nu het gevoel dat er een man met een hamer in mijn hoofd zit. Ik heb ook vreselijke dorst en ben bang dat mijn buik op het punt staat zich van al die kostelijke wijn van de abt te ontdoen. Dat zou zonde zijn, en een verspilling, want het was dure wijn, die hij uit Frankrijk heeft laten komen. Heb mededogen, broeder – sla niet zo hard op de tafel met die inktpot! En als ik ineens opsta van mijn kruk en wegren, moet je niet proberen om me tegen te houden, want het is een duivels eind lopen naar het lavatorium. En zit me ook niet uit te lachen! Ik zie het wel, ook al doe je alsof je naar een stuk perkament zoekt dat onder je stoel is gevallen: je schouders gaan op en neer. Dit is niet iets om je vrolijk over te maken. Ik had er alle reden voor om bij de maaltijd stevig te drinken. Om te beginnen had Jing-wei een rare bui. Alles wat ik zei was verkeerd. Maar steeds als Chen wat zei, vond ze dat wel leuk. En na afloop zei ze dat ik eruitzag als een vieze boerenpummel – en vergeleken met de keurige Chen had ze daar natuurlijk ook gelijk in: hij draagt zijden gewaden en heeft zijn haar in een vlecht. Zijn nagels zijn geknipt en netjes gelakt. Ik zou *hem* wel eens willen zien als *hij* klei, stro en mest heeft staan mengen of een bouwvallige muur heeft moeten repareren! Ik weet trouwens niet waar ze over zat te zeuren: ik had mijn haar gekamd, mijn handen gewassen en het ergste vuil van mijn kleren gehaald. Het is niet mijn schuld dat ik niet over honderd zijden gewaden beschik om uit te kiezen. Wist je dat hij iedere dag iets anders draagt, ook andere sieraden, en dat ieder gewaad een fortuin waard is? We gaan vanavond weer bij de abt eten, en ongetwijfeld naar nog meer wonderlijke vertellingen uit China luisteren. Wil je voor me bidden, Benedict? Er is iets wat mijn ziel verontrust: het heeft met Jing-wei te maken. Er is iets aan haar dat ik niet begrijp. In godsnaam, broeder – zit je nu werkelijk *alles* op te schrijven? Je bent net zo lastig als Jing-wei, ik zweer het! Ik ben het spuugzat dat je al begint met schrijven voordat ik met mijn verhaal begonnen ben! Gooi dit allemaal maar weg, want het heeft niets met het verhaal te maken. En wat ik je net heb verteld, weet de abt ook allemaal al. Pak alsjeblieft een nieuw stuk perkament en begin maar opnieuw.

Dankjewel. We gaan nu verder met ons verhaal.

De Baai van St.-Alfric was een onheilspellend, godverlaten oord. Er waren nergens dieren te bekennen. Er vlogen ook geen vogels rond. Je hoorde alleen maar de geluiden van de rusteloze zee en van de golven die op de rotsen beukten. En aan alles merkte je de allesoverheersende aanwezigheid van het monster. In de kapel was het zo koud als in een graf. Ik was op van de zenuwen en half gek van angst. Ik had het gevoel dat ik opgesloten zat en voelde me als een ter dood veroordeelde die moet wachten tot het moment van zijn terechtstelling is aangebroken. Op de eerste dag dat we in de kapel zaten, liep ik de hele tijd op en neer en keek voortdurend uit het raam. Ik liep op mijn nagels te bijten en wilde het liefst ergens anders zijn. Het gaf niet waar, als het maar niet in die kapel was. En de hele tijd pijnigde ik mijn hersens om een manier te bedenken om het vuurpoeder bij de draak te brengen. Lizzie was ongewoon stil. Ze zat de hele tijd met haar handen in haar schoot gevouwen en haar ogen half dicht.

'We kunnen proberen om de draak hierheen te lokken,' zei ik op een van de zeldzame momenten dat mijn wanhoop enigszins leek te bedaren. 'We kunnen de zak met vuurpoeder klaarmaken en op het strand leggen. Dan binden we vlakbij een of ander dier vast om de draak naar beneden te lokken. Als hij dan vuurspuwt om het dier te doden, steekt hij het dodelijke poeder in brand en...'

Lizzie besteedde geen aandacht aan mijn woorden. Ik zweeg en besefte dat mijn plan allerlei gaten vertoonde. Ik begon me aan haar kalmte te ergeren.

'Ik hoop dat jij iets kunt bedenken,' zei ik na enige tijd. 'Ik hoop dat jij een of ander geweldig plan zit uit te broeden. Misschien kun je zorgen dat je vleugels krijgt, of een andere manier bedenken om te vliegen. Ik ben er namelijk niet zo dol op dat ik hier moet zitten wachten tot er iets gebeurt.'

Plotseling sloeg ze haar ogen op. Ze zat nu volkomen rechtop. 'Kun je me ook zeggen of het waait?' vroeg ze.

Ik hield op met rondjes lopen en stak mijn hoofd uit het raam. 'Ja,' zei ik. 'Er komt wind vanaf de zee. Toen we op het strand waren, had ik al gemerkt dat er een briesje stond. Maar het waait nu harder, en de wind is heerlijk fris.'

Lizzie kwam langzaam overeind. Ondanks mijn waarschuwing liep ze naar buiten en ging met haar gezicht naar de zee staan. Ik was haar achternagelopen en zag nu dat ze haar armen omhoogstak om de wind te kunnen voelen. De krachtige wind drong door in de mouwen van haar jurk, die bol gingen staat. Haar vlechten wapperden als blauwzwarte banieren.

'Waar ben je mee bezig?' vroeg ik op enigszins geërgerde toon. Ik zorgde ervoor dat ik in de buurt van de deuropening bleef. 'Sta je daar af te koelen, of ben je aan het bidden? Of sta je te wachten tot je op kunt stijgen?'

Ze liet haar armen zakken en draaide zich om. Ze keek me aan. Ik zag dat ze glimlachte, en moeite moest doen om een lachbui te onderdrukken. Haar gezicht glom als een fonkelnieuwe florijn die net door de muntmeester is geslagen. 'Vliegen,' zei ze, waarna ze weer terug naar de kapel kwam.

Ik volgde haar terug naar binnen. Mijn hart zonk in mijn schoenen. Volgens mij was ze waanzinnig geworden.

'Is dit weer iets wat je van Oude Lan hebt geleerd?' vroeg ik. 'Weer een of andere vorm van hekserij?'

'Een vorm van oude wijsheid,' zei ze. 'Net als het vuurpoeder. Ik ga iets maken dat kan vliegen, iets waarmee we de zak met vuurpoeder naar het hol van de draak kunnen brengen.'

'Ga je vleugels maken?'

'Wacht maar af, dan zul je het zien.'

Ik keek uit het raam naar de vredige zee en probeerde mijn wanhoop tot bedaren te brengen. Achter me zat Lizzie in een van de zakken te wroeten. Even later hoorde ik het zachte geritsel van de zijden jurk van haar moeder. Ze kreunde even toen ze over de stenen vloer liep. Ik hoorde nu hoe ze de jurk op de vloer liet glijden en toen het knippende geluid van Lans schaar. Ik draaide me vliegensvlug om. De zijden jurk lag op de vloer gespreid; het prachtige scharlakenrood bedekte bijna de hele vloer. Het naaigerei van Lan lag ernaast. Lizzie was bezig om de jurk langs de zoom aan stukken te knippen.

'Ga je je zijden jurk kapotknippen?' riep ik. 'Ik dacht dat je zo op die jurk gesteld was!'

'Dat ben ik ook,' zei ze. 'Maar ik maak hem niet kapot. Ik ga er iets anders van maken. Hij krijgt alleen maar een nieuwe vorm.'

'Wat voor vorm? Zeg me wat je met die jurk gaat doen, Lizzie, anders word ik helemaal gek!'

Ze ging onverstoorbaar verder met het in stukken knippen van het kostbare zijden gewaad. Zonder ook maar een moment op te kijken, vertelde ze me het volgende: 'In China maken we vierkante dozen van zijde en laten die door de lucht zweven. Ik weet niet hoe zulke dozen in jouw taal heten; ik heb ze hier nog nooit gezien. We houden ze vanaf de grond vast aan een lang touw, waarmee we ze kunnen besturen. Sommige zijn zo groot en stevig dat ze een man in de lucht kunnen tillen als er genoeg wind staat. Boogschutters gebruiken ze om ermee boven vijanden te vliegen die zich in de heuvels schuilhouden. Ze kunnen zo hun vijanden vanuit de lucht neerschieten. Soldaten vliegen om vijandelijk gebied te verkennen. Als de zijden dozen op een bepaalde manier gemaakt zijn, kunnen ze gillen en brullen als duivels, en krijgers laten ze dan 's nachts boven hun slapende vijanden rondvliegen. De vijanden worden wakker en slaan op de vlucht, omdat ze denken dat de duivels uit de hel zijn gekomen om hen te vernietigen. Ze worden, net als het vuurpoeder, vaak gebruikt bij oorlogvoering. Maar ze kunnen natuurlijk ook voor vreedzame doeleinden worden gebruikt. Mijn vader vertelde vroeger dat hij, toen hij nog jong was, er eens hoog in de bergen mee gevlogen heeft, alleen maar om het wonder zelf te kunnen beleven.'

Ik zweeg, want ik moest dit allemaal op me in laten werken. Toen vroeg ik: 'En ga jij nu ook zo'n ding maken om mee naar het hol van de draak te vliegen?'

'Nee. Maar ik kan de zak met vuurpoeder erin vastnaaien, en die omhoog naar de grot laten vliegen.'

'Wie heeft je geleerd hoe je zo'n ding moet maken? En hoe kun je het vuurpoeder in brand steken als het eenmaal daar boven is?'

'Mijn vader heeft er vroeger een voor mij en mijn broers gemaakt. Ik herinner het me nog goed, want ik mocht hem daarbij helpen. Ik heb er ook zelf mee gevlogen. Het was eigenlijk meer speelgoed. Hij was ook niet groot genoeg om er iemand mee in de lucht te laten zweven. We stonden ermee op de stadsmuren en lieten hem boven het dal vliegen. Het was een lange ronde koker, geen vierkante doos. Aan de binnenkant zat een geraamte van bamboe. Als de wind er vat op kreeg en het ding de lucht in ging, leek het op een grote, dikke vis of een draak. Als het me lukt om hem ook zo te maken, ziet de draak hem misschien voor een vijand aan en valt hij hem met zijn vuurspuwende adem aan. Dan vliegt de zijde in brand, waardoor de zak met vuurpoeder en scherven tot ontploffing wordt gebracht.'

'Godallemachtig, Lizzie, wat ben je toch knap!' riep ik verbaasd.

'Dat zal weldra blijken,' zei ze. Haar raadselachtige glimlach deed het bloed in mijn aderen kloppen. 'Maar niet alle eer komt mij toe. Toen ik Lan over mijn jeugd vertelde, heb ik het ook over die vliegende dozen gehad. En toen we bezig waren om het eten voor ons in te pakken, drong ze erop aan dat ik haar naaigerei en de zijden jurk van mijn moeder mee zou nemen. Misschien vermoedde ze toen al dat dit de enige manier zou zijn om het hol van de draak te bereiken en wilde ze dat ik alles meenam wat daarvoor nodig zou zijn. Maar ik heb nog niet alles. Jij moet me helpen. Kun je wat hout voor me bij elkaar zoeken? Het moet dun, buigzaam en licht genoeg zijn om het geraamte van te kunnen maken.'

'Misschien dat ik daar in Seagrief wel aan kan komen,' zei ik. In mijn geestdrift maakte ik meteen aanstalten om te vertrekken.

Maar Lizzie zei, met diezelfde raadselachtige glimlach: 'Nu nog niet, Jude. Het is bijna zonsondergang. Ga morgen maar. Ondertussen moet je de grot in de gaten houden en me roepen als de draak tevoorschijn komt.'

Ik was een en al hoop. Ik ging in de deuropening van de kapel zitten en keek naar de rotswand. Vanaf de plek waar ik zat, kon ik de grot niet zien. Het hol van de draak ging schuil achter een bocht in de rotsen, maar ik wist nog precies waar de grot zich bevond. Ik wendde mijn blik geen moment van die plek af.

De zon daalde steeds verder ter kimme en had al bijna de zee bereikt toen Lizzie ophield met haar werk en naast me kwam zitten. Ze had wat brood en kaas en gedroogde vijgen bij zich en gaf mij er ook wat van. 'Ons eten is bijna op,' zei ze. 'Ik zal morgenochtend kijken of ik hier in de zee wat eetbaars vind. Toen ik nog bij de zigeuners woonde, kwamen we een keer aan de kust en toen hebben ze me geleerd hoe–'

Ze brak haar zin plotseling af. We lieten het eten uit onze handen vallen en pakten elkaars hand beet. Van hoog tussen de rotsen kwam de draak aanvliegen. In het licht van de ondergaande zon stak hij goudkleurig af tegen de rotswand. Hij liet zich langzaam in alle rust op de wind naar beneden drijven. Ik wilde de kapel in vluchten, maar Lizzie greep mijn arm en schudde nauwelijks merkbaar haar hoofd. 'Hij kan niet goed zien,' fluisterde ze, 'maar hij merkt het als we ons bewegen.'

Tot mijn afgrijzen streek de draak niet ver bij ons vandaan op het strand neer. Hij bleef op de keien zitten en begon zijn schubben schoon te maken. Hij leek op een kat die zich zat te wassen, alleen gebruikte het monster vuur in plaats van speeksel om het vuil te verwijderen. Het hart zonk me in de schoenen.

'De vlammen deren hem niet,' zei ik op gedempte toon. 'Dat vuurpoeder zal hem niet kunnen doden.'

'Het vuurpoeder zelf zal geen schade aanrichten,' fluisterde ze terug. 'Maar als het in brand vliegt, worden de stalen scherven en de stukken vuursteen in het rond geslingerd, en die zullen hem dodelijk verwonden.'

De draak ging zorgvuldig te werk bij zijn schoonmaakbeurt. Hij blies met zijn vuurspuwende adem zelfs het vuil tussen zijn klauwen en op zijn staart weg. Hij glom als koper in de laatste stralen van de zon. De draak was eigenlijk een wonderschoon schepsel. Maar nu en dan had de manier waarop hij bewoog iets lomps. Hij besteedde ook veel aandacht aan een bepaalde plek op zijn borst, vlak onder zijn linkervoorpoot. Toen hij zijn kop omhoog stak om de wind op te snuiven, zag ik dat op die plek een gapend gat zat, waaruit donkere vloeistof liep.

'Hij is gewond!' fluisterde ik. 'Maar niet dodelijk, zo te zien.'

'Maar hij bloedt nog steeds,' mompelde Lizzie. 'Zie je dat hij steeds met die ene plek bezig is? Het is geen lichte verwonding, Jude.'

Ze had gelijk. Toen het monster naar de zee liep om te drinken, zag ik dat zijn bewegingen niet zo vloeiend waren als eerst. Hij liep behoorlijk mank, omdat hij de poot die het dichtst bij de wond zat, niet gebruikte. Terwijl hij stond te drinken, stond hij met zijn rug naar ons toe. Lizzie en ik maakten van de gelegenheid gebruik om voorzichtig weer terug naar binnen te kruipen. Haar zijden jurk lag in stukken geknipt langs een van de muren. Ze steunde op me toen we bij het raam gingen staan en voorzichtig naar buiten keken. De draak stond nog steeds half in het water en dronk. Toen hij zijn dorst had gelest, liep hij naar het lichaam op het strand. Wij keken vol afgrijzen toe hoe hij vuur spuwde naar het lijk, alsof hij blijk wilde geven van zijn woede. Het was een vreselijk schouwspel, en Lizzie en ik wendden ons allebei af.

'Volgens mij heeft die soldaat hem verwond,' fluisterde Lizzie. We hoorden keien verschuiven, en een paar keer klonk het geluid van die verschrikkelijke adem, wreed en meedogenloos als het hellevuur. Er hing een brandlucht, die doordrong tot in de kapel. Toen het eindelijk voorbij was, viel er een doodse stilte. Lizzie kwam overeind en keek uit het raam. 'Hij vliegt weg,' zei ze. 'Hij vliegt langs de kust naar het noorden.'

Ze kwam terug en ging weer naast me zitten. Ik zat met mijn armen om mijn knieën te beven als iemand die hoge koorts heeft. Sombere vooruitzichten van wat ons te wachten stond, spookten door mijn hoofd. Na verloop van tijd bedaarde ik enigszins en zei: 'Lizzie, als hij ons hier vindt doet hij hetzelfde met ons.'

'Voordat het zover komt, hebben we hem allang uit zijn lijden verlost,' zei ze. 'Hij moet vreselijk veel pijn hebben.'

'Ja gaat me nu toch niet vertellen dat je medelijden met hem hebt,' zei ik.

Ze glimlachte flauwtjes en zat aan een gescheurde nagel aan een van haar vingers te trekken. Lan had haar nagels kort geknipt. Lizzie's handen waren klein en sierlijk, net zoals alles aan haar. Ik zag dat haar vingers helemaal niet beefden.

'Ben jij dan nergens bang voor?' vroeg ik.

Ze moest lang nadenken voor ze antwoord gaf. Ze staarde door de deuropening naar het vallende duister. Ten slotte slaakte ze een zucht en zei: 'Er zijn een heleboel dingen waar ik bang voor ben, Jude.'

'Ook voor de draak?'

'Ja. Maar ik denk niet aan mijn angst, want daar wordt de draak alleen maar sterker door.'

'Waar denk je dan aan? Toen Lan aan je voeten begon, en je wist dat dat vreselijk pijn zou doen, waar dacht je toen aan?

En als je dat monster daar ziet, en weet dat we het moeten doden, waarom word je dan niet half gek van angst? Waar dacht je aan, toen de draak daarnet naar beneden kwam vliegen?'

'Toen Lan met mijn voeten bezig was, dacht ik aan al het moois dat komen ging. Dat ik zonder pijn zou kunnen lopen. De gedachte daaraan hielp me om de pijn te doorstaan. En jij, jij hebt me meer geholpen dan je zelf beseft. En wat de draak betreft... toen hij daarnet naar beneden kwam, bedacht ik wat een geluk we hadden dat we hier in deze schuilplaats zaten, die ons als een stenen schild beschermt. En ik dacht aan de zak met vuurpoeder en scherven, en hoe we de taak van de soldaat tot een goed einde zullen brengen.'

'Hoe weet je dat zo zeker?'

'Weet je nog wat Lan over vrees heeft gezegd? Ze zei dat vrees het geloof in je vijand is. Als je de hele tijd loopt te denken aan datgene waar je bang voor bent, zuigt die angst alle kracht uit je lichaam weg. De draak is niet bezig om je bang te maken, Jude – hij weet niet eens dat je leeft. Je maakt jezelf bang, doordat je in de kracht van het monster gelooft.'

Ik moest weer denken aan wat Lan tegen me had gezegd over de ergste draken, en dat die in mijn eigen hoofd zaten. Ik zei: 'Het valt niet mee om er niet in te geloven, als ik zie waar het monster toe in staat is.'

'Je moet ook in jezelf geloven,' zei ze. Ze boog zich naar me toe en legde haar handpalm op mijn borst, precies op de plaats waar mijn hart zat. 'Vertrouw op wat je eigen hart je ingeeft, Jude,' zei ze. 'Niemand kan je hart beroeren, tenzij je het zelf toelaat.'

Ik moest denken aan die blik van haar, waardoor het soms

leek of ze zich helemaal van de buitenwereld afsloot en een muur van stilte om zich heen optrok. Ik begreep nu wat ze daarmee wilde zeggen. Door die muur kregen pijn en kwellingen geen kans om tot haar door te dringen; hij diende ook om haar eigen innerlijke kracht te beschermen. Ik voelde me wanhopig toen ik aan mijn eigen verloren wereld vol dromen en geluk dacht, aan een wereld die me voorgoed was ontnomen op de dag dat ik naar Doran terugkeerde en daar alles platgebrand aantrof. Dat had mijn hart beroerd, of ik dat nu wel of niet had toegelaten – beroerd en verscheurd, en ik was ten prooi gevallen aan een groot, immens verdriet.

Volgens mij wist Lizzie waar ik aan zat te denken, want ze zei heel teder: 'Alles kan nieuw gemaakt worden, Jude.'

Ik keek haar aan en zag zoveel begrip in haar blik dat ik me haastig afwendde. Ik wilde niet dat ze mijn tranen zou zien. 'Laten we verdergaan met onze maaltijd,' mompelde ik. Ik tastte op de stenen vloer naar het brood en de vijgen die we hadden laten vallen toen de draak kwam. Ze hielp me met zoeken, en in het halfduister raakten onze handen elkaar. Heel even bleven we zo zitten. Toen gingen we verder met zoeken, en vonden het brood. We aten zonder een woord te zeggen. Het brood was oud en korrelig.

Toen we gegeten hadden, rolden we ons in onze dekens en gingen op de stenen vloer liggen. We luisterden naar het geluid van de zee en keken door het kleine raampje naar de sterren. Lizzie lag op de deken die we in de kapel hadden gevonden, maar ik lag op de stenen vloer. Er woei nog steeds een briesje vanuit zee. De lucht was koel. Het was volle maan en door de spleten in het dak drong het maanlicht naar binnen; door de nachtelijke nevel leek het of onze kleine kapel vol stond met zilveren zwaarden. Er waren hier heilige krachten werkzaam, daar twijfelde ik niet aan: de geest van de heilige die hier ooit had gewoond, waakte nog steeds over ons.

In de loop van de nacht werd ik wakker van de pijn in mijn rug. Het was of ik de striemen van zweepslagen kon voelen. Ik hoorde dat Lizzie ook lag te woelen.

'Ik lig liever op de stromatras van een heks dan op de stenen van een heilige,' zei ik. Lizzie giechelde.

'Ja, het ligt erg ongemakkelijk en het is koud,' zei ze. 'Maar als je hier komt liggen, kunnen we twee dekens gebruiken om op te liggen. Dan hebben we minder last van de harde vloer, en kunnen we de derde deken gebruiken om samen onder te liggen.'

Ik wilde een deerne in nood natuurlijk niet teleurstellen, en stond dus op en deed wat ze had voorgesteld. De rest van de nacht was het een stuk aangenamer, en het feit dat ik Lizzie's warme lichaam naast me kon voelen, woog ruimschoots op tegen de geur van de beschimmelde dierenhuiden. Je hoeft je pen niet zo gretig in de inkt te dopen, broeder, want er gebeurde die nacht niets opwindends, behalve dan dat ik me voor het eerst sinds ik uit Doran was vertrokken tevreden en gelukkig voelde. De nabijheid van een deerne schonk me een wonderbaarlijk gevoel van rust en vrede. Maar ik moet wel bekennen dat ik de volgende ochtend, toen ik haar tegen mijn arm zag liggen, amper de verleiding kon weerstaan om—

Hoor! Het stormt hevig buiten! Zal ik de luiken voor de ramen doen?

Zo – nu tocht het hier binnen ook niet meer zo. Zit je nog steeds te schrijven? Je kunt er net zo goed mee ophouden voor vandaag, want ik ga je verder niet kwellen met verhalen over verleiding. Toen ik daarnet uit het raam keek, zag ik Chen over de binnenplaats naar de schuur rennen. Hij was helemaal nat en glom in het licht van de bliksemflitsen als een van die stralende vuurbloemen waarover Jing-wei me verteld heeft. Hij gaat natuurlijk kijken of zijn paard niet in paniek raakt van het onweer. Zijn paard loopt mank, en hij heeft de abt gevraagd of hij hier kan blijven tot de hoef van het paard weer beter is. De anderen trekken morgen allemaal weer verder; ik vermoed dat hij ook hier wil blijven vanwege Jing-wei. Het lijkt wel of ik voortdurend geplaagd word door moeilijk lopende deernen en paarden. Ik zou willen dat hij vertrok. Zijn aanwezigheid baart me te veel zorgen, al moet ik toegeven dat ik door Chen ben gaan nadenken over dingen waarover ik nog nooit heb nagedacht. Ik heb de laatste tijd vaak aan Oude Lan gedacht, en aan de wijsheid waarover zij beschikte. Misschien, zo denk ik nu, was zij helemaal geen heks, maar gewoon iemand die over meer kennis beschikt dan wij wellicht kunnen verdragen. Misschien is wijsheid als die van haar niet meer dan een aspect van de waarheid, als je de waarheid tenminste ziet als een soort edelsteen, die aan verschillende kanten is geslepen om licht door te laten. Ik zie dat je me vanuit je ooghoeken zit aan te kijken, broeder. Het spijt me als je aanstoot neemt aan wat ik zeg, maar ik probeer je alleen maar duidelijk te maken hoe ik erover denk. Schrijf dit in godsnaam niet op, Benedict! Straks kom ik nog op de brandstapel terecht wegens ketterij!

17

I K ZIE DAT je op je hoede bent, broeder, maar dat is nergens voor nodig – ik zal vandaag niet zo tegen je tekeergaan als gisteren. Het spijt me dat ik gisteren niet in een al te beste stemming verkeerde en misschien dingen heb gezegd die ik niet zo bedoelde. Daar heb ik spijt van, want die opmerkingen waren volkomen onterecht, zeker na alle gunsten die je me hebt verleend. En je vervult je taak als scribent met verve, niets dan lof daarvoor: de abt zei tegen me dat hij alles wat je tot nu toe hebt opgeschreven, gelezen heeft en dat hij het heel mooi vond. Hij was ook erg te spreken over de passages over het klooster, omdat daarmee ook een stuk geschiedenis wordt vastgelegd. Dat zegt hij tenminste, maar tussen ons gezegd vermoed ik dat het idee dat zijn eigen naam in een boek voorkomt hem ook erg aanspreekt. Misschien is het wel goed om die hier voluit te noteren: Dominic, Abt van het Klooster van St.-Edmund in Minstan, in het jaar onzes heren 1356. Misschien wordt hij ooit wel beroemd, want hij is met iets heel nieuws bezig: hij is een school aan het bouwen waar gewone mensen kunnen leren lezen en schrijven. Leren is niet alleen iets voor de rijken, zei hij. En hij is ook een ganzenkwekerij begonnen om ervoor te zorgen dat jij en je medescribenten steeds voldoende voorraad hebben. Hij heeft me betaald werk aangeboden om voor de ganzen te zorgen, en ik denk erover na, want het lijkt me geen onaangenaam leven. Hij heeft Jingwei ook werk aangeboden. Hij is erg onder de indruk van het feit dat ze in haar eigen taal kan lezen en schrijven en heeft haar aangeboden om haar ook Engels te leren lezen en schrijven, als ze daarna les wil komen geven aan zijn school. Ze heeft echter nog geen ja of nee gezegd. Ze is de laatste tijd erg stil. Ik denk dat ik haar beledigd heb, al zou ik niet weten hoe. Ze brengt het grootste deel van haar vrije tijd bij Chen door. Maar genoeg gepraat over mijn eigen narigheid...

De volgende dag werd ik bij het krieken van de dag wakker, en lag een hele tijd te luisteren naar de adem van de golven die op het strand sloegen en weer terug naar de zee liepen. Ik had eigenlijk lang willen blijven liggen, want het was erg aangenaam om samen met Lizzie onder een deken te liggen, maar toen zij wakker werd sprong ze meteen overeind om te kijken of de draak al terugkwam. De zon stond al aan de hemel toen hij terug kwam vliegen. Hij vloog laag en we konden aan zijn bolle buik duidelijk zien dat hij gedurende de afgelopen nacht nog meer slachtoffers had gemaakt. Hij vloog meteen zijn hol binnen en we hebben hem de rest van de dag niet meer gezien.

Lizzie was de hele ochtend bezig met de stukken van haar moeders jurk, waarvan ze met Lans naald en draad een lange zijden koker naaide. Ze was daar erg handig in en werkte snel door. Ik hielp haar waar ik maar kon. Ik hield de stukken zijde tegen elkaar, zodat de randen goed recht bleven zitten terwijl zij ze aan elkaar naaide.

Tegen het middaguur dronken we het laatste restje van ons water op. Toen het eb begon te worden, vroeg Lizzie of ik haar naar het strand wilde dragen. Ik bleef staan kijken hoe ze aan de rand van het water keien omdraaide. Ze kwam glimlachend overeind en ik zag dat ze een duivels schepsel tussen haar duim en wijsvinger omhooghield. Ze zei dat het een krab was en dat die erg lekker waren. Ik gaf haar mijn mes en in een oogwenk had ze het dier gedood en zijn klauwen losgetrokken. Ze stond het vlees eruit te zuigen. 'De zigeuners aten ook krabben,' zei ze. 'Er zitten nog andere beesten in de zee, als we ze tenminste kunnen vinden. De meeste zijn het lekkerst als je ze rauw eet.'

Ze bood me een van de vervaarlijk uitziende klauwen van het beest aan, maar ik schudde mijn hoofd. Ik voelde de smaak van gal in mijn keel omhoogkomen. Om eerlijk te zijn, was ik daar voortdurend misselijk. Volgens mij kwam dat door de geur, de bittere lucht, en de wetenschap dat we ons op vijandelijk terrein bevonden. Ik liep de hele tijd dat we op het strand waren te beven van angst, terwijl Lizzie op jacht ging naar nog meer zonderling voedsel.

Toen we terug in de kapel waren, ging Lizzie verder met haar naaiwerk. Het begon op een lange mouw te lijken, en de gelijkenis met een vis of een draak ontging mij volkomen. Maar ik had alle vertrouwen in haar en zei dus niets, alleen dat ik die middag naar Seagrief zou gaan om de stokken te zoeken die ze nodig had.

'Tegen de tijd dat je terugkomt, is hij klaar,' zei ze. 'Dan kan ik de stokken erin steken en kunnen we hem vanavond laten vliegen.'

'Vanavond?' riep ik verschrikt. 'Dan al?'

'Alleen maar om te kijken of hij het doet,' zei ze glimlachend. 'Niets om je over op te winden. Als we het gaan proberen, is de draak al vertrokken.'

'Maar ik ben toch bang,' bekende ik. 'Ik ben de hele tijd sinds we hier zijn al bang. Ik heb geprobeerd om in mezelf te geloven, Lizzie, maar dat lukt niet. Ik zie steeds maar die draak voor me, en Doran.'

'Waarom ben je nú bang?' vroeg ze.

'Omdat de draak elk moment uit zijn hol kan komen. Als hij hier naar beneden komt, worden we levend verbrand. Net als die soldaat die daar ligt.'

'Jawel. En er kan ook nog een schip vol bloeddorstige piraten in de baai landen om ons aan stukken te snijden. Of de sterren kunnen naar beneden vallen, of je valt zelf en breekt je nek, of–'

'Dit is niet grappig, Lizzie!'

'Ik maak geen grapje!' zei ze. Ze ging overeind staan. 'Of denk je soms dat de draak midden op de dag naar beneden komt vliegen om hier in de kapel rond te snuffelen?'

'Nee,' zei ik. 'Dat zal wel niet.' Mijn woorden klonken niet erg overtuigend.

'Waar ben je dan bang voor? Ik ben druk bezig met naaien. De draak ligt in zijn hol te slapen. Jij zit veilig en wel in een schuilplaats van steen. Waar moet je dan bang voor zijn?'

Ik zuchtte en probeerde naar haar te glimlachen. 'Misschien alleen voor een boze deerne,' zei ik.

Ze pakte een van onze zakken en haalde er alles uit behalve onze twee waterzakken. 'Als je in Seagrief bent, moet je ze vullen,' zei ze. 'En let goed op dat je stokken meebrengt die licht en sterk zijn. Wilgentenen, als je die kunt vinden, want die kun je buigen zonder dat ze breken.'

'Ik denk dat alles verdord is, maar ik zal mijn best doen,' zei ik. Ik pakte de zak op en maakte aanstalten om te vertrekken.

'Daar twijfel ik geen moment aan,' zei ze. Tot mijn verbazing gaf ze me een kus op mijn wang. 'Wees voorzichtig,' voegde ze eraan toe. 'Ik heb je nodig, Jude uit Doran.'

Ik was een en al blijdschap toen ik het pad langs de rotsen op liep, en zelfs de verbrande muren van Seagrief konden mijn vreugde niet temperen. Ik vond de waterput, liet de aker erin zakken en vulde onze waterzakken. Het water zag grauw van de as, want het afdakje boven de put was verbrand en in de put gevallen, maar de smaak van het water was toch minder walgelijk dan ik had verwacht. Ik dronk uit de aker tot mijn dorst gelest was, en ging toen op zoek naar de stokken die Lizzie nodig had.

Het rondsnuffelen in die verwoeste huizen was een vreselijke ervaring. Ik zocht tussen de armzalige puinhopen naar spullen die we konden gebruiken en vond een paar lemmeten van messen. De houten handvatten waren verbrand en het staal was zwartgeblakerd, maar ze waren nog scherp. Ik wikkelde ze in een stuk verschroeid leer, om mee terug te nemen voor Lizzie, die ze misschien kon gebruiken om bij het vuurpoeder en de scherven van vuursteen en metaal in de zak te stoppen. Ik kwam ook nog allerlei andere dingen tegen, maar daar praat ik liever niet over. Ik moest twee keer bijna overgeven en de gedachte aan Doran riep pijnlijke herinneringen wakker. Ik voelde me ontheemd. Het was zo onwerkelijk dat ik het idee kreeg dat ik een verdwaalde geest was, die ergens in een vergeten hoekje van de hel aan het rondscharrelen was. Het was vreemd om omhoog te kijken en de blauwe hemel te zien, en te beseffen dat de rest van de wereld nog steeds bestond, en dat op de meeste plaatsen het vredige, alledaagse leven gewoon doorging.

Ten slotte ontdekte ik achter een zwartgeblakerde muur van klei de restanten van een schutting, waarvan een stuk of wat wilgentenen niet door het vuur waren beschadigd. Ik trok ze los en merkte dat ze nog buigzaam waren; kennelijk was de schutting niet lang voor de komst van de draak gebouwd. Ik verzamelde alle wilgentenen die ik kon vinden en bond ze samen tot een bos die ik op mijn rug kon dragen. Daarna zette ik weer koers naar het strand.

Halverwege het pad dat naar beneden leidde, stopte ik om even uit te rusten. Ik keek in de richting van het drakenhol. In een vlaag van pure waanzin kon ik niet nalaten de draak te tarten en stak mijn rechterhand omhoog. Ik stak twee vingers op. 'Ik kan nog steeds een boog spannen, ouwe hagedis!' gilde ik. Mijn woorden echoden tegen de rotswand als het klokgelui van een abdij. Daarna klauterde ik verder langs het pad naar beneden en rende naar de kapel. Maar die kleine dappere daad had mijn ziel goed gedaan.

Toen Lizzie me zag, lachte ze. 'Ik heb je strijdkreet gehoord,' zei ze. 'De draak zal nu wel doodsbang zijn.'

'Ja,' antwoordde ik met een glimlach en gaf haar een gevulde waterzak. 'Alleen zijn het niet mijn vingers waar hij zich zorgen om moet maken, maar de jouwe, omdat jij al het naaiwerk hebt gedaan.'

'Het is klaar,' zei ze. 'We hoeven alleen de stokken er nog maar in te steken, zodat hij vorm krijgt en open blijft staan om de wind erin te laten.'

'Het is een wonderbaarlijk stuk werk, Jing-wei,' zei ik.

Ze keek me met een vreemde blik aan, met een glimlach om haar lippen. 'Je hebt me bij mijn echte naam genoemd,' zei ze.

Haar vreugdevolle blik bracht me even van mijn stuk. 'Die naam past beter bij jou dan Lizzie,' zei ik. 'En trouwens, alleen een dappere deerne uit Hangzhou zou zo'n zijden ding dat vliegt kunnen maken om een draak te verslaan.'

Ze hield de waterzak voor haar gezicht, maar ik had de rode blos op haar wangen al gezien. Ik zwoer dat ik haar voortaan alleen nog maar bij haar echte naam zou noemen.

Terwijl ze stond te drinken, legde ik de bos met stokken op de vloer naast haar neer en maakte ze los. 'Er waren niet veel stokken meer te vinden,' zei ik. 'Deze zijn afkomstig uit een schutting die maar voor een deel verbrand was. Ze zijn nog steeds buigzaam.'

Ik keek vol verwondering toe hoe ze de stokken in de zomen die ze had genaaid, duwde. Toen ze dat gedaan had, naaide ze het geraamte aan de zijde vast, waardoor het geheel een stuk steviger werd. Ze gaf me twee van de langste en meest buigzame stokken en zei tegen me dat ik die in het zeewater moest leggen om ze nog wat soepeler te maken. Ik deed wat ze vroeg, voortdurend omhoogkijkend naar het hol in de rotswand. Toen ik weer terug in de kapel was, keek ik hoe Jing-wei de natte stokken aan de breedste kant van het ding bevestigde en ze rond boog. Ze bond de stokken met draad op hun plaats, waarna ze het gevaarte op de vloer legde. Het leek op een lange, holle slang. De brede bovenkant werd gesteund en opengehouden door het geraamte van wilgentenen. Naar de onderkant toe werd hij steeds smaller. Aan het eind zaten een paar staarten van zijde. Het ding zelf was bijna net zo lang als de kapel zelf; daar kwam de lengte van de staarten nog bij, die net zo lang waren als het gevaarte zelf. Wat de omvang en de kleur betrof, zou een halfblinde draak het naar ik aanneem aanzien voor een jong van zijn eigen soort, al was het wel een heel plat en mager exemplaar.

Jing-wei zag dat ik stond te twijfelen. Ze glimlachte. 'Als de wind hem te pakken krijgt, wordt hij een stuk groter,' zo verzekerde ze me. Toen pakte ze een van de bollen touw die Lan haar had gegeven en knipte er een paar stukken af, die ze vlak bij de ringen van wilgentenen aan het brede uiteinde vastmaakte. Ten slotte bond ze de bol touw ook aan het geraamte. 'Hiermee kunnen we de zijden draak besturen, ook als hij hoog in de lucht hangt,' zei ze. 'Kijk niet zo wanhopig, Jude; ik weet wat ik doe.'

Ik leunde tegen de onderkant van het raam en keek naar de zee. Er stond nog steeds een stevige, regelmatige bries, en ik durfde haar niet te vragen wat ze zou doen als het die avond windstil was.

'Je moet nog iets voor me doen,' hoorde ik haar achter me zeggen. 'Wil je dat zwaard dat je gezien hebt, gaan halen? Dat hebben we nodig als het monster alleen maar gewond raakt.'

Ik draaide me om en keek haar aan. Ze stond voorovergebogen boven een hoopje as dat ze op de vloer had verzameld. Ze had er water op gegooid en stond er met een stok in te roeren.

'Lan zei dat het met ons wapen niet fout kan gaan,' zei ik.

'Dat klopt. En het gaat ook niet fout. Het monster wordt aan stukken gereten. Maar misschien is het niet op slag dood, en ik wil het niet nodeloos laten lijden. Ga alsjeblieft dat zwaard halen.'

'Zijn hand zat nog om het gevest,' zei ik aarzelend. 'Ik kan niet... ik vind het...'

Ze zei niets, maar doopte een van de wilgentenen in het

donkere papje om er vervolgens aan de brede bovenkant heel nauwkeurig een paar ogen mee op het zijden gevaarte te schilderen.

Ik stond doodsangsten uit, maar liep toch naar buiten om te doen wat ze me had opgedragen. Maar het lijk van de soldaat lag er niet meer. Was het door de ebstroom meegesleurd, of door het monster net zo lang met vuur bestookt tot er niets meer van over was? Tussen de rotsen op het strand vond ik een reep leer, die met metaalbeslag was afgewerkt. Dit moet de riem van de soldaat geweest zijn, drong het tot me door. Het metaalbeslag kwam me bekend voor, maar ik stond er verder niet bij stil: misschien had ik ergens anders ooit een dergelijke riem gezien. Ten slotte vond ik het zwaard, dat half onder het zand begraven lag en net zo zwartgeblakerd was als de keien op het strand. Ik durfde het niet aan te raken, omdat ik bang was dat er nog een met drakenbloed besmeurd stuk van de arm van de dode soldaat aan vast zou zitten. Maar behalve de laag roet waar het mee bedekt was, was het zwaard schoon. Ik verwijderde met zand het grootste deel van de roetlaag en tilde het toen aan het gevest op. Het wapen was loodzwaar. Ik hief het lemmet in de lucht.

Op dat moment schoot me iets van lang geleden te binnen: ik bekeek het gevest en het fijne graveerwerk op het lemmet wat nauwkeuriger, en besefte toen dat het het zwaard van Tybalt was! En op hetzelfde moment drongen zich een heleboel andere herinneringen aan me op: ik zag Richard weer voor me, op de avond dat de minstreel ons vertelde waar de draak woonde, en hoe het gezicht van Richard daarbij straalde alsof hij een oproep had gehoord om ten strijde te trekken; ik herinnerde me ook weer wat Richard had gezegd: dat hij ernaar verlangde een draak te doden op dezelfde manier als zijn voorvaderen dat hadden gedaan; en dat de soldaat die hier op het strand had gelegen geen harnas had gedragen, zelfs geen helm, maar alleen dit zwaard bij zich had gehad. En de riem met het metaalbeslag die ik tussen de rotsen had zien liggen – dat was de riem die Richard gedragen had. Ik herinnerde me ook nog iets anders: dat de waarzegster Richard had voorspeld dat met zijn zwaard – hetzelfde zwaard dat ik nu in mijn handen hield – de laatste draak gedood zou worden. De herinnering daaraan drong zich met zo'n enorme kracht aan me op dat ik de betekenis ervan op dat moment amper kon bevatten.

Woorden schieten tekort om uitdrukking te geven aan mijn gevoelens, daar op het strand. Ik hield het zwaard hoog opgeheven, en tegelijkertijd voelde ik dat het besef van mijn eigen lotsbestemming tot me door begon te dringen: duizend zielen van gestorvenen hadden zich als beschermengelen om me heen verzameld. Ik was me ook bewust van de aanwezigheid van heiligen, en van de hele hemelschaar, die me zouden bijstaan om de taak die mij was voorbestemd te volbrengen. Ik moest weer denken aan wat Lan me had verteld over mijn lotsbestemming, en hoe het noodlot had bepaald dat Jing-wei en ik samen zouden blijven tot zij haar plaats in de wereld had gevonden. Ik dacht ook weer aan het zwaard en de voorgeschiedenis ervan, en hoe alles hier nu, aan deze asgrauwe kust, op één punt samenviel: het vreemde wapen, waarvan alleen Jing-wei de werking begreep, het zwaard waarvan het lot door de sterren was bepaald, en een draak die verslagen moest worden. Ik zweer je, broeder Benedict, dat ik op dat moment geen enkele vrees voelde, en ook geen twijfel, maar alleen een besef van mijn eigen lot en een ijzersterke wil om het monster te overwinnen.

Ik voelde dat Jing-wei naast me was komen staan, en liet de punt van het zwaard tot op de keien zakken. Ik had totaal geen kracht meer in mijn armen.

'Je staat hier al een hele tijd, Jude,' zei ze. 'De zon gaat al onder. Kom mee terug, de kapel in, voordat de draak uitvliegt.'

'Dit is Tybalts zwaard,' zei ik.

Ze strompelde langs me heen, tot aan de plek waar het lijk had gelegen. Met een hand beschermde ze haar ogen tegen het licht van de ondergaande zon. 'Dan moeten we Tybalt begraven,' zei ze op gedempte toon. 'Of tenminste zijn lichaam bedekken met stenen en de plaats markeren met een kruis.'

'Het lijk ligt er niet meer,' ze ik. 'En het was Tybalt trouwens niet. Het was Richard. Ik heb zijn riem tussen de stenen gevonden, die riem met metaalbeslag die hij altijd droeg.'

Ze zweeg een hele tijd. Ik zag dat ze diep nadacht. Toen zei ze, met een blik waaruit iets van opluchting sprak: 'Dan heb ik hem dus die nacht in het woud niet gedood.'

Tegen de door de ondergaande zon beschenen rotsen bewoog nu iets; we keken omhoog en zagen de draak langzaam uit zijn hol tevoorschijn komen. Hij bleef een hele tijd in de rotsopening staan, zodat we alleen zijn kop en zijn hals konden zien. Hij leek zich niet van onze aanwezigheid bewust en keek uit over de zee.

'Niet bewegen,' waarschuwde Jing-wei.

'Dat was ik ook niet van plan,' zei ik. De beelden die daarnet voor mijn geestesoog waren verschenen, waren er nog steeds. 'Laat hem nu maar naar beneden komen, als hij tenminste durft, dan zal ik de strijd met hem aangaan.'

Maar de draak vloog weg. Hij kwam niet eens naar beneden om te drinken en vloog, met amper bewegende vleugels, in de richting van de ondergaande zon. Hij liet zich meedrijven op de warme wind tot hij op een gegeven moment een bocht maakte en landinwaarts vloog. Even later was hij in de avondhemel achter de rotsen verdwenen.

Toen ik terug de kapel in liep, zag ik dat Jing-wei al bezig was de zijden draak die ze gemaakt had gereed te maken. Ik zag dat ze in het binnenste van de koker een paar stevige takken had bevestigd en daar de leren zak met vuurpoeder met stevige steken aan vast had genaaid. Uit de zak stak een lang stuk zijde, en ik vroeg haar waar dat voor diende.

'Die zijde vat eerder vlam dan het leer. Als de zijde eenmaal brandt, loopt de vlam erlangs tot midden in het poeder. Als de zak dan ontploft, worden de metalen scherven en de scherpe stukken vuursteen in het rond geslingerd.'

'Ik heb uit Seagrief ook een paar messen meegebracht,' zei ik. Ik legde het zwaard neer en hielp haar met het zijden vliegding.

'Die heb ik gevonden. Ze zitten allemaal in de zak, met de punten naar buiten. Ik heb niet stilgezeten toen je daar buiten stond te dromen.'

'Je weet toch nog wel wat die waarzegster van Richard over het zwaard heeft gezegd?'

Ze zat aan de overkant van het zijden gevaarte, dat in de purperen zonsondergang een zachtrode gloed leek te verspreiden, en glimlachte naar me. 'Ja, dat weet ik nog,' zei ze. 'Maar je moet ook je verstand gebruiken, Jude, en je niet alleen laten leiden door dromen. Je hebt zowel je verstand als je dromen nodig bij deze taak. Dat was het probleem met Richard: hij had een droom, maar hij gebruikte zijn verstand niet om hem te duiden.'

We liepen naar het strand. De krachten die het tij bestieren, hadden het water weggezogen tot aan de rand van de wereld. Waar eerst nog het water stroomde, waren nu scherpe rotsen zichtbaar geworden, die zwart afstaken in het laatste zonlicht. Deze rotsen waren reeds menig schip noodlottig geworden, zo bedacht ik. Tussen de rotsen lagen uitgestrekte stukken nat zand.

We liepen naar het glimmende zand en stonden met onze rug naar de wind. Jing-wei en ik stonden nu met ons gezicht naar de hoge rots waar zich het hol van de draak bevond. Ze gaf me de zijden koker en zei dat ik hem hoog in de lucht moest houden, met de open kant naar de wind toe. Het zijden gevaarte klapperde tegen mijn armen. Toen de bries er vat op kreeg, werd het bijna uit mijn handen gerukt. Jing-wei hield de bol touw vast, die nog steeds aan het gevaarte vastzat.

'Loslaten!' riep ze.

Ik liet het ding los. Plotseling was het of het gevaarte tot leven kwam, als een vreemd stuk kinderspeelgoed. De scharlaken zijde kronkelde even en ging toen als een ontluikende bloem wijd openstaan. Het steeg omhoog en verhief zich als een reusachtige vogel in de warme wind die tegen de rotsen blies. Het ging heen en weer, het trok aan het touw, het draaide en ging alsmaar hoger, tot het zich als een helder vuur aftekende tegen de eerste sterren. O, Benedict, wat was dat een prachtig gezicht! Ik kan me niet herinneren dat ik ooit zoiets moois heb gezien dat door mensenhanden was gemaakt! En terwijl ik stond te kijken hoe Jing-wei stukje bij beetje het touw liet vieren, zodat het ding steeds hoger, steeds vrijer, ging vliegen, moest ik weer denken aan wat ze me over haar vader had verteld, die zelf in zo'n gevaarte had gestaan en er als een valk boven de heuvels en de dalen mee had gevlogen, hoog boven de aarde en de bomen. Ik verlangde ernaar dat ook te doen.

Ik was zo in de ban van dit alles dat ik bijna vergat waarom we hier waren. Maar Jing-wei had het doel van onze komst duidelijk voor ogen: ze liet het zijden gevaarte tot vlakbij het hol van de draak komen, en probeerde het met behulp van het touw daar op zijn plaats te houden. Ze keek hoe het in het vallende duister omhoog en omlaag dook. Ik stond ademloos te kijken.

'Dat is tovenarij,' zei ik.

'Welnee,' zei ze. 'Hij werkt net als de wieken van een molen of de zeilen van een schip. Hij maakt gewoon gebruik van de windkracht.'

'Dus als de wind gaat liggen, is alles voor niets geweest?' vroeg ik.

'Nee, maar dan moeten we het later nog eens proberen,' zei ze. 'Maar op dit moment vliegt hij goed, want er staat een stevige bries. Als ik hem nu naar beneden laat komen, raakt hij misschien beschadigd als hij de stenen raakt. We laten hem hangen waar hij nu hangt, en dan wachten we tot het ochtend wordt, en de draak opduikt.'

En zo geschiedde; ze legde de bol touw op het strand en legde er een grote steen op om hem op zijn plaats te houden. Daarna ging ze tussen de stenen op zoek naar nog meer krabben om op te eten. Ik at deze keer met haar mee, want ik rammelde van de honger. Toen we gegeten hadden, gingen we met onze rug tegen de muur van de kapel zitten, en wachtten. Vlak

bij ons lag het zwaard van Tybalt te glinsteren in het maanlicht, en onwillekeurig dacht ik weer aan de woorden van de
waarzegster, die voorspeld had dat met dit zwaard de laatste
draak gedood zou worden. En al die tijd vloog de zijden draak
in al zijn uitdagende pracht en praal heen en weer voor de
ingang van het hol, met binnenin de lading dodelijke scherven.

En met dit prachtige beeld voor ogen, broeder, beëindigen
we onze arbeid voor vandaag!

18

IT JE AL helemaal gereed, broeder Benedict? Ik denk dat ik wel weet waarom, want had ik je niet gewaarschuwd dat ons verhaal nu een spannende wending gaat nemen? Maar wees gerust, want het einde zal hartverwarmend zijn, zodat er in dit klooster tenminste iets is wat de mensen warmte schenkt. Of gelooft de abt echt dat we hier in barre omstandigheden moeten leven? Ik ben de hele ochtend in de keuken bezig geweest met uien schillen, alleen maar om de warmte van vuur te kunnen voelen. Gelukkig heb jij hier ook een haard – vind je het goed dat ik er nog wat hout bij doe? Het lijkt of het nooit meer ophoudt met regenen. En dat betekent vermoedelijk ook dat de nobele Chen ons voorlopig niet zal verlaten. Volgens mij brengt hij Jing-wei's hoofd op hol. Gisteren vroeg ze me of ik haar nog steeds als een gedrocht beschouwde. Ze vroeg ook nog een paar andere dingen, waarmee ze me tot in het diepst van mijn ziel kwetste. Ik bedoel te zeggen dat ik haar zo hoog acht dat het me pijn doet dat ik misschien iets gedaan zou kunnen hebben om haar van het tegendeel te overtuigen. Ik vroeg haar dan ook of ik iets gedaan had waardoor ze misschien beledigd was geraakt, en toen zei ze dat ze niet verdrietig werd van wat ik had gedaan, maar van wat ik juist *niet* gedaan had. En meer viel er niet uit haar te krijgen. Ik kan geen hoogte van haar krijgen, broeder. En omdat jij een monnik bent, kun je me daar ook niet bij helpen. Dergelijke problemen zijn jou goddank vreemd. Ik moet je zeggen dat ik er ernstig over na loop te denken om zelf monnik te worden, alleen maar om rust te vinden. Ik zou trouw kunnen zweren aan de abt, Dominic, want ik ben erg op hem gesteld; en door een gelofte van armoede zou mijn leven helemaal niet veranderen, en, zoals het nu gaat, door een gelofte van kuisheid nog minder. Ik zie dat je weer zit te blozen. Het spijt me. Laten we maar verder gaan met ons verhaal, en een veiliger onderwerp aanroeren: draken.

Die nacht bleef ik op de uitkijk zitten, terwijl Jing-wei met haar hoofd tegen mijn schouder zat te slapen. Plotseling merkte ik dat de zijden koker niet meer op dezelfde plaats in de lucht hing, maar een stuk lager was komen te hangen. Hij vloog nu gevaarlijk dicht langs de rotsen. In het licht van de volle maan kon ik hem duidelijk zien. Hij was nu bloedrood van kleur en kronkelde aan het eind van het touw. Hij raakte bijna de rotsen. In het maanlicht viel de zwarte vlek van zijn schaduw op de zilverkleurige rotswand. Het leek of er hoog tegen de rotsen een gepijnigd dier heen en weer lag te kronkelen. Ik maakte Jing-wei wakker. Ze krabbelde overeind en schreeuwde: 'Het touw! Rol het touw op!'

Ik rende voor haar uit naar de plek waar de bol onder de stenen lag. Toen ik de bol ten slotte in het ondiepe water gevonden had, begon ik als een bezetene het touw op te winden. 'Achteruitlopen!' gilde Jing-wei. 'Zorg dat hij de rotsen niet raakt!'

Ik deed wat ze zei, al begon het ondertussen weer vloed te worden. De golven klotsten om mijn benen. Het touw trok aan mijn handen, en even later voelde ik dat het weer strak begon te staan. De wind kreeg vat op het zijden gevaarte en tilde het omhoog. Ik zag dat het weer begon te stijgen en nu niet meer in de buurt van de rotsen vloog. Het vloog op de hoogte van het drakenhol toen Jing-wei naast me kwam staan. We stonden allebei tot aan onze dijen in de golven.

'Hij hangt nu weer mooi rechtop,' zei ik opgelucht.

'Ja, dat heb je goed gedaan,' zei Jing-wei. Ik keek grijnzend naar onze prachtige valstrik. En toen zag ik nog iets: een groot, donker iets, dat zich aftekende tegen de sterrenhemel en het zwakke schijnsel van de sterren aan het oog onttrok. Toen het dichterbij kwam, zag ik dat het een dofgouden glans verspreidde. Even later stootte het een wolk van vuur en vlammen uit.

'Jezus sta me bij – de draak komt terug!' riep ik.

Ik wilde met de bol touw in mijn handen terugrennen naar de kapel, maar Jing-wei wierp zich tegen me aan en duwde me terug. 'Hier blijven!' riep ze. 'Hou dat ding in de lucht!'

De draak had ons gezien. Ik keek vol afgrijzen toe hoe hij, zonder aandacht te schenken aan onze valstrik, op de kustlijn af kwam vliegen, naar de plaats waar wij in het water stonden. Ik zag dat hij steeds lager ging vliegen. Het leek of de tijd stilstond, of de hele wereld werd verlamd door het monster dat daar tergend langzaam tussen hemel en aarde zweefde. Ik zag dat zijn buik oplichtte als hij uitademde, en bij het inademen weer donkerder werd. Ik zag de schoonheid van de sterren aan de hemel. Ik voelde de wilde, zuivere koude van de wind, en van de warmte van Jing-wei's handen om mijn arm. En op dat angstaanjagende moment dacht ik aan mijn familie, die in de hemel op me zaten te wachten. Misschien was die hemel wel heel dichtbij.

216

De draak vloog nu recht boven ons. Hij kwam nu snel – heel snel! – naar de plek waar wij stonden. Ik kon duidelijk het sissende geluid van zijn weerzinwekkende ademhaling horen. De nachtelijke hemel boven ons was een zee van vuur en vlammen. Ik greep Jing-wei beet en dook in de golven. De staart met de vervaarlijke stekels zwiepte vlak boven mijn hoofd door de lucht. Ik hoorde het fluiten van de wind langs strakgespannen vleugels en het geluid van die vreselijke vuur-spuwende drakenadem. Ik hoorde een sissend geluid toen de vlammen het water raakten. Jing-wei lag naast me in het water te spartelen. Ik pakte haar stevig beet en hield haar dicht tegen me aan. Hoge golven spoelden over ons heen; in die menge-ling van water en vuur rook ik een hevige brandlucht en proefde de smaak van zout in mijn mond. Ik begon snikkend enkele schietgebeden te zeggen en zocht op de tast naar het touw tot ik tot de ontdekking kwam dat het om mijn pols zat. Toen blies de draak weer zijn vuurspuwende adem uit. We werden opgetild door de koude kracht van de golven. We hap-ten naar lucht en toen we in de kolkende massa van zand en water ons evenwicht weer hadden gevonden, zag ik de draak in een steeds wijdere kring omhoog zwenken. Ik voelde de wind, het vuur en het schuim van de golven. Ik zag water-druppels branden.

Op dat moment spoelde er weer een golf over ons heen. Ik hield Jing-wei nog steeds stevig vast en probeerde overeind te krabbelen. Mijn ogen deden pijn van het zout en het zand; ik kon amper iets zien. Ten slotte lukte het me weer om adem te halen. We keken allebei omhoog en zagen dat het scharlaken gevaarte nog steeds in de lucht hing. De sterren aan de hemel waren zo helder als zilver. Maar de draak was verdwenen.

Ik vloekte en hielp Jing-wei om weer op het droge zand te komen. We voelden de kracht van het water en kwamen maar langzaam vooruit, want onze kleren waren loodzwaar van het zand en helemaal doorweekt. Ik hield het touw nog steeds vast en zocht met mijn blik de lucht en de lange, asgrauwe kust af. Ik keek naar de schaduwen op de rotsen, maar het monster was weg, verdwenen. Ik dacht terug aan die keer dat het bij het huis van Lan achter een muur was verdwenen en toen plotseling als een blad in de wind weer verscheen, zonder geluid te maken. Vloog de draak nu vlak boven de rotsen? Liet hij zich meedrijven op de wind? Wachtte hij tot hij kans zou zien om in een laatste, vernietigende aanval naar beneden te duiken?

'Jezus, help ons! Hij speelt een spelletje met ons!' schreeuwde ik in paniek.

Jing-wei pakte het touw van het vliegende zijden ding. Ze maakte het kluwen, dat nog steeds om mijn pols gedraaid zat, los. Ik hield mijn blik geen moment van de hemel afgewend, maar ik was me bewust van de aanraking van haar koude, bevende vingers op mijn huid. Ik beefde zelf ook, zo erg dat ik met mijn tanden stond te klapperen.

'Hij heeft niet genoeg hersens om verstoppertje te spelen,' zei ze zachtjes. Ze leek volkomen op haar gemak, al beefde haar stem een klein beetje. 'Hij is weg. We hebben hem even afgeschrikt. Maar hij is niet terug naar zijn hol, want anders zou hij onze vliegende draak hebben gezien en het vuurpoeder in brand hebben gestoken.'

'Hij komt terug, daar hoef je niet aan te twijfelen,' zei ik. 'Het begint al licht te worden; als de dag aanbreekt, komt hij terug.'

Ik merkte dat mijn lippen pijn deden als ik iets zei. Mijn lippen waren verbrand. Het was niets ernstigs; het was hetzelfde gevoel dat ik vroeger had als ik de hele dag op de akker had gewerkt. Ik richtte nu mijn aandacht op Jing-wei en keek of zij ook brandwonden had opgelopen. In de heldere dageraad zag ik dat zij ook een beetje verbrand was. Maar zij moet op het moment dat de draak toesloeg haar gezicht hebben afgewend, want zij had maar één verschroeid oor. Ik zag ook schroeiplekken op een stukje van haar rechterwang. De uiteinden van haar haar waren ook verbrand. Ik besefte dat we het geluk hadden gehad dat we in het water stonden toen de draak ons aanviel. De zee had ons leven gered.

Ik vermoed dat Jing-wei op dat moment hetzelfde dacht, want ze zei op dankbare toon: 'Het lot is ons gunstig gezind, Jude. We hebben nog een tweede kans. De meeste mensen die een draak aanvallen, krijgen die niet.'

Ze keek omhoog om te zien of het zijden gevaarte nog steeds rechtop in de lucht hing en legde de bol touw toen weer onder een steen om hem op zijn plaats te houden. Haar bewegingen waren traag, omdat ze gehinderd werd door haar doornatte rokken. Toen zei ze tegen me dat ik op de uitkijk moest blijven staan – alsof ik dat anders niet gedaan zou hebben! – en ging de kapel binnen. Even later kwam ze weer naar buiten met een pot zalf, die Lan haar had gegeven. De zalf hielp bij brandwonden. 'Ik ga nu onze oorlogsverwondingen insmeren met zalf,' zei ze. Ze glimlachte even. 'En als het monster in de tussentijd niet terugkomt, gaan we op zoek naar eten voor ons ontbijt, want van ons eerste gevecht met de draak heb ik vreselijke honger gekregen.'

'Het was amper een gevecht,' zei ik, 'meer een hoop knoeiwerk.'

Ze wierp me een afkeurende blik toe en begon mijn ver-schroeide gezicht in te smeren met de zalf van Lan.

Terwijl we onze brandwonden insmeerden, begon de wind af te nemen. De zijden koker maakte een duikvlucht en botste tegen de rotswand. Ik hielp Jing-wei om hem naar beneden te halen. We brachten het gevaarte terug naar de kapel en legden het heel voorzichtig op de grond. We moesten wachten tot de wind weer opstak. De zon verscheen boven de rotsen, maar van de draak was nog geen spoor te bekennen. Het begon warm te worden, en we legden onze bovenkleding op het zand naast de kapel te drogen. Ik moest voortdurend denken aan hoe vreemd dit alles was – ik, die verlegen Jude uit Doran, op een verlaten kust met een eenzame deerne. We liepen allebei in onze onderkleren, maar het enige opwindende was dat we elk moment door een draak konden worden aangevallen.

We liepen naar de rand van het water om daar krabben en vreemde zeedieren in gedraaide schelpen te vangen. We gin-gen hierbij met grote behoedzaamheid te werk en keken voortdurend naar de hemel. Ik had geen honger, maar Jing-wei stond te schransen terwijl ik op de uitkijk stond. Ik moet zeggen dat het klamme zweet me uitbrak. Ik was doodsbang dat het monster terug zou komen en ons hier zou aantreffen. We waren nergens op voorbereid. Aan het begin van de mid-dag stak de wind op. Vanuit zee kwam een aanhoudende bries, net als de dag daarvoor, en het lukte ons om de val weer in de lucht te krijgen. We bonden het uiteinde van het touw weer aan een grote steen vast, zodat we onszelf in veiligheid konden brengen terwijl de zijden val voor de ingang van de grot in de lucht bleef.

Daarna trokken we onze inmiddels droog geworden bovenkleren aan en gingen met onze rug tegen de muur van het kapelletje in de zon zitten wachten tot de draak weer zou verschijnen.

We wachtten de hele middag. Ik merkte dat ik steeds banger begon te worden, want het was niet de gewoonte van de draak om de hele dag weg te blijven. Had hij, toen hij had gemerkt dat we zijn hol ontdekt hadden, een andere, slimmere en nog dodelijkere list bedacht? Ik sprak met geen woord over mijn angst, maar zat met het zwaard in mijn hand voortdurend de hemel, de rusteloze zee en de woeste rotswand af te zoeken. En voor de ingang van die plek des doods, daar boven in de rotsen, scheerde de zijden valstrik in al zijn bloedrode pracht in het zonlicht. De rust – en tegelijkertijd de kracht – die van het gevaarte uitging, valt met geen pen te beschrijven. Het hing hoog in de lucht en wachtte. Het wachtte op zijn prooi.

Een uur voor zonsondergang zagen we de draak als een stipje aan de noordwestelijke hemel opduiken. Zonder een woord te zeggen, stonden Jing-wei en ik allebei op en gingen het kapelletje binnen. We gingen voor het raampje staan. Ik stond achter haar en keek over haar heen naar buiten. We zeiden niets, maar we wisten allebei dat als de draak eerst naar het strand zou komen, zoals hij eerder had gedaan, ons laatste uur geslagen had. Ik sloeg mijn armen om haar heen, en zij legde haar handen op de mijne. Ze hield me stevig vast.

Tot ons afgrijzen landde de draak inderdaad op het strand. Maar hij ging enkel naar de zee en stond daar een hele tijd te drinken. Hij bleef in de ondiepe golven staan en begon zich schoon te maken. Ik zag dat hij erger mank liep dan eerst, en hij rukte met zijn gehoornde snuit aan de wond bij zijn poot, alsof hij probeerde op die manier de pijn te verdrijven. Toen draaide hij zich om en kwam onze kant op. Mijn hart stond bijna stil, en ik voelde Jing-wei in mijn armen verstijven. Maar het monster bleef aan de rand van het schuimende water staan en snoof aan een paar rotsen en aan een paar bossen donker zeewier. Hij likte eraan met zijn gespleten tong en rukte eraan met zijn hoorn. Toen blies hij ernaar met zijn vuurspuwende adem. Ik vroeg me af of de draak, vanwege zijn geringe gezichtsvermogen, de rotsen en het zeewier aanzag voor Jing-wei en mij. Misschien had hij gedacht dat wij zeewezens waren en ons niet in verband gebracht met de kapel en menselijke vijanden. Het was inmiddels weer vloed geworden, zodat onze voetsporen en onze geur door het water waren uitgewist. De draak kwam niet dichter bij de plaats waar wij ons schuilhielden, maar bleef nog wel een hele tijd die rotsen en bossen zeewier staan onderzoeken.

Ten slotte sloeg hij zijn vleugels uit en sprong omhoog. Het water stroomde van zijn lijf en zijn heldere schubben schitterden als juwelen in het avondlicht. Ik werd weer getroffen door de schoonheid van de draak, door zijn sierlijke bewegingen en de glanzende pracht van zijn lijf. Traag klapwiekend verhief hij zich in de lucht en zette koers naar zijn hol.

Ik dacht eerst nog dat de draak het zijden gevaarte niet had opgemerkt, want het leek of onze zo zorgvuldig gemaakte val hem volkomen onverschillig liet. Maar toen klonk er opeens een merkwaardige, rauwe kreet. De draak spreidde zijn vleugels om zijn vaart af te remmen en vloog een paar keer heen en weer langs de rotswand. Hij vloog met zijn lange hals uitgestrekt in de richting van de valstrik. Hij leek onzeker en op zijn hoede te zijn. Toen begon hij in cirkels rond het zijden gevaarte te vliegen, zoals een roofvogel die zijn prooi nadert. Ik kon van angst en spanning amper nog ademhalen, en Jingwei fluisterde iets in haar eigen taal – een gebed misschien.

Op dat moment zag ik dat de draak op een of andere manier in het touw verward moest zijn geraakt, want de zijden koker werd ruw heen en weer geschud en het kalme klapwieken van het monster maakte plaats voor een onregelmatig gefladder. De draak veranderde voortdurend van richting en stootte de hele tijd rauwe, afgrijselijke kreten uit. Op een gegeven moment dook hij op het zijden gevaarte af en bestookte het met zijn vuurspuwende adem. De zijde leek even op te lichten en vatte toen vlam. Het gevaarte danste en kronkelde als een brandend lichaam. En op dat moment bereikten de vlammen het vuurpoeder.

Een groot, helder licht verspreidde zich langs de hemel, langs de rotsen, langs het schitterende strand en het glimmende lijf van het monster. Toen volgde de klap; het klonk als een donderslag die rechtstreeks uit de hel afkomstig leek. Zelfs de aarde kreunde onder het geweld; ik hoorde een bulderend lawaai, als van de rollende donder, dat vrijwel onmiddellijk gevolgd werd door ecn krakend, scheurend geluid. Ik zag dat de rotsen begonnen te schuiven. In mijn herinnering gebeurde dat heel langzaam: de halve wereld stortte in een wolk van door het zonlicht beschenen stofdeeltjes in. De geur van het vuurpoeder hing in de lucht terwijl grote, donkere rotsblokken naar beneden stortten. En tussen die rotsen bevond zich de draak, die kronkelend in een zee van vuur en licht, van vlammen en stof, zijn ondergang tegemoet ging. Zelfs zijn dood was een prachtig schouwspel. Overal om ons heen daalde een regen van stenen, stof en stukken rots uit de hemel.

Het dreigende gebulder hield nog een hele tijd aan. Het leek of het steeds dichterbij kwam. Ik ging op de grond liggen en beschermde Jing-wei met mijn lichaam tegen de stenen en de kluiten aarde die op het dak van de kapel kletterden. Door het raam, de deuropening en de spleten in het dak kwamen grote stofwolken naar binnen. Een rotsblok, dat drie keer zo groot was als mijn hoofd, stortte naar beneden en versplinterde het dak. Het kwam op nog geen handbreedte naast ons neer. Toen de stofwolken eindelijk gingen liggen, was het buiten doodstil. Jing-wei en ik krabbelden bevend overeind. We durfden niet rechtop te gaan staan en baanden ons kruipend een weg naar buiten.

Het strand was vrijwel verdwenen. De halve rotskust was in de zee verdwenen. Boven op de rotsen waren nu de overblijfselen van wat eens huisjes in Seagrief waren geweest, te zien. De muren staken helder af in het licht van de ondergaande zon. Er waren ook enkele huizen mee in de diepte verdwenen; ik kon zwartgeblakerde balken en dakspanten onderscheiden, die als beenderen tussen de puinhopen uitstaken. Het deel van de rotsen waar het pad naar boven liep, was niet beschadigd. Ook de kapel van St.-Alfric had het geweld overleefd. Maar verder was alles in de omgeving verwoest, neergestort in een chaos van versplinterde rotsblokken en omgewoelde aarde. Aan een uitstekende rotspunt hing een flard scharlaken zijde te wapperen in de wind. De schitterende kleur ervan deed me denken aan een banier op een slagveld. En daar vlakbij lag de draak, bleek en roerloos.

'Ik heb het zwaard niet nodig,' zei ik. Ik herinner me dat ik me op dat moment een beetje teleurgesteld voelde, want de voorspelling was niet bewaarheid.

Jing-wei keek over de rotsen die her en der verspreid lagen naar de draak. 'Haal het zwaard,' zei ze, en ik bespeurde iets van paniek in haar woorden.

Doodsbang keek ik weer naar de plek waar de draak lag. Hij lag nu met zijn kop omhoog. De kop wiegde zachtjes heen en weer, als een bloem die te zwaar is voor de steel. De draak kreunde en krijste. Hij spuwde vuur en probeerde vergeefs op zijn voorpoten te gaan staan.

Als in een droom greep ik het zwaard en liep naar de puinhopen waar de draak lag. Hij lag zo'n tien passen bij me vandaan en lag nu weer doodstil. Zijn diepe ademhaling klonk angstaanjagend. Iedere keer dat hij uitademde, spuwde hij vuur, maar de vlammen waren nu groenachtig van kleur en veel minder krachtig dan voorheen. De stank was haast ondraaglijk. Ik hief het zwaard tegen de bloedrode hemel omhoog.

'Jezus sta me bij,' zei ik en begon tegen de rotsblokken omhoog te klauteren.

De draak lag op de grond met zijn kop naar me toe. Toen ik hoger klom, zag ik de rest van zijn lijf. Het was een vreselijk gezicht; het verwrongen lijf was zwaar verminkt door de vlijmscherpe stukken metaal en de scherven, die uit zijn buik en zijn hals staken. Op de plaatsen waar de schubben kapot waren en de scherven wonden hadden veroorzaakt, liep taai, zwart slijm uit zijn lijf. De vleugels, die ooit zo mooi en doorschijnend waren geweest, waren helemaal kapot. Het leek of het monster na zijn nederlaag in een leeggelopen, kleurloze waterzak was veranderd; het vuur in zijn binnenste doofde langzaam uit. Zijn gehavende staart ging stuiptrekkend heen en weer; de gebroken stekels schuurden over de rotsblokken.

Het monster zag me van opzij naderen. Ik kon maar één oog zien; het leek net een bal van vloeibaar goud, met de lange, zwarte iris als een smalle spleet in het midden. Katten hebben overdag net zulke ogen. De draak knipperde even met zijn ene oog; zijn tweede ooglid gleed heel even over de gouden bal. Ik herinnerde me weer wat Lan over het gezichtsvermogen van de draak had gezegd, dat hij niet recht vooruit kon kijken, maar alles van opzij zag. Ik wist dat het monster zich bewust was van iedere beweging die ik maakte.

Met het zwaard hoog opgeheven, naderde ik het gevelde monster. Ik zou willen dat ik kon zeggen dat ik op dat moment hetzelfde voelde als toen ik de eerste keer met het zwaard in mijn handen daar aan de kust gestaan had, toen ik mij omringd wist door dat schitterende gezelschap en me beschermd en gesterkt wist door het lot. Maar op dat moment, toen ik oog in oog met de draak stond en hij me elk moment met zijn vuurspuwende adem de dood in kon jagen, voelde ik alleen maar een vreselijke doodsangst. Ik was niet in staat om ook maar een vin te verroeren om mezelf in veiligheid te brengen, of om met het zwaard te zwaaien. Ik kon niet eens meer ademhalen. Ik zweer je, Benedict, dat zelfs het bloed in mijn aderen stolde. De draak moet dat op een of andere manier geweten hebben, want zijn kop ging omhoog; hij keek me met een woedende blik in zijn ene oog aan en probeerde op zijn voorpoten te gaan staan. Hij draaide zich half om en stond nu recht voor me. Ik was volkomen in zijn ban en kon me niet meer bewegen. Ik zag nu allebei zijn ogen en zijn wijdopen bek. De zwarte tong schoot naar buiten. Ik hoorde hoe het monster zich vol zoog met lucht en het drong tot me door dat hij zijn allerlaatste krachten verzamelde voor een laatste, allesvernietigende aanval met dodelijk vuur. Op dat moment, tussen die ademhaling en het moment dat hij vuur begon te spuwen, besefte ik weer wie ik was en dacht aan de namen van al degenen wier dood ik moest wreken. Ik deed mijn ogen dicht en liet het zwaard uit alle kracht neerkomen.

Ik voelde dat het zwaard doordrong in vlees en op botten en stenen stuitte. Ik voelde de kracht van de slag vanuit mijn handen en langs mijn armen mijn lichaam binnendringen. Het was of ik zelf in stukken werd gereten, alsof het vuurpoeder nu ook in mijn binnenste was doorgedrongen en mijn hart aan stukken had gescheurd. Op hetzelfde moment voelde ik een ondraaglijke hitte. Ik dacht dat ik een grote klok hoorde luiden en was ervan overtuigd dat mijn laatste uur geslagen had. Een groot gevoel van overgave en verdriet maakte zich van mij meester. Ook voelde ik een grote opluchting. Maar toen drong het tot me door dat het geluid van de klok niets anders was geweest dan het geluid waarmee het zwaard de rotsen had geraakt en dat ik nog steeds overeind stond en het heft van het zwaard nog steeds in mijn handen hield. Ik probeerde mijn ogen open te doen, maar dat lukte niet. Ik raakte in paniek en liet het zwaard vallen. Alles was aardedonker. Ik wankelde op de rotsen. Volgens mij barstte ik in snikken uit, of stond ik te schreeuwen; ergens uit de verte klonk een kreet. De echo ervan weerkaatste tegen de rotsen. Toen voelde ik een hand op mijn arm. Er werd met iets op mijn kleren geslagen.

'Het is goed afgelopen – de draak is dood,' zei Jing-wei. 'Je hebt hem gedood.' Maar haar stem klonk zorgelijk, waardoor ik nog erger in paniek raakte. Waarom kon ik niets zien?

'Wat is er aan de hand?' riep ik. Mijn lippen waren dik en

nog erger opgezet dan de vorige keer. Ze deden ook veel meer pijn. 'Wat is er gebeurd?'

Ze gaf geen antwoord, maar sleepte me over de rotsblokken mee naar beneden. Toen ik struikelde en haar aan haar mouw beetpakte, voelde ik dat ze beefde. Ik rook dat mijn kleren smeulden. Toen stond ik opeens in het water. Ze zei dat ik op mijn knieën moest gaan zitten en ze spatte het koude zeewater op mijn gezicht en mijn borst, op mijn handen en op mijn kleren. Daarna pas kwam de pijn, en ik besefte wat er gebeurd was.

'Ben ik erg verbrand?' vroeg ik. Ik merkte dat ik weer bijna in snikken uitbarstte.

Ze hielp me overeind. De golven klotsten nog steeds rond onze benen, en ik pakte haar armen beet om niet te vallen. Zelfs mijn handpalmen waren verbrand, ik vermoed doordat het zwaard door de vuurspuwende adem in een oogwenk roodgloeiend was geworden. Ik dacht dat ik op het punt stond bewusteloos te raken. Ik hoorde haar op haar eigen kalme manier zeggen: 'Je huid is rood, net als bij een kind dat te lang in de zon heeft gezeten. Je hebt geen wimpers en wenkbrauwen meer. Je oogleden zijn opgezet, maar alleen aan de buitenkant waar je wimpers verbrand zijn. Als ze niet meer opgezet zijn, kun je weer zien. Ik zal je brandwonden behandelen met de zalf die Lan ons heeft meegegeven. Alles komt goed, Jude. Je bent alleen aan de buitenkant verbrand. Het vuur van de draak had niet zoveel kracht meer, en je kleren hebben het grootste deel van je lichaam beschermd.'

Ik sloeg mijn handen voor mijn gezicht, maar haalde ze meteen weer weg. Ik voelde aan mijn haar. Het grootste deel ervan was weggeschroeid en ik voelde op mijn hele hoofd alleen nog maar korte krulletjes. 'Net zoals toen Tybalt me met zijn zwaard had kaalgeschoren,' zei ik, en probeerde te lachen, waardoor mijn huid strak ging staan, wat pijn deed.

'Ja. Als jij je haar laat knippen, is er altijd wel wat bijzonders aan de hand,' zei Jing-wei. Ze praatte met gebarsten stem. Misschien kwam dat doordat ze had staan lachen, of staan huilen, of allebei; ik stak mijn armen uit en trok haar dicht tegen me aan. We huilden allebei, ik neem aan van opluchting en doordat onze zenuwen zwaar op de proef gesteld waren, en ook uit bewondering voor elkaar, omdat we deze taak tot een goed einde hadden gebracht.

Van de uren daarna herinner ik me weinig. Jing-wei nam me mee terug naar de kapel en behandelde mijn verschroeide huid met olie en zalf. Ik weet nog dat ik dorst had en pijn voelde, en erg bang was omdat ik niets kon zien. Ik vroeg Jing-wei wel tien keer of ze naar buiten wilde gaan om te kijken of de draak echt dood was en niet op de loer lag om ons te doden. Daarna moet ik in slaap zijn gevallen, of buiten bewustzijn geraakt zijn.

Toen ik bij kennis kwam, hoorde ik buiten een bonkend geluid, alsof er iemand met stenen stond te gooien. Op de tast strompelde ik in de richting van de deuropening. Het duurde een hele tijd voor ik de deuropening had gevonden. Ik voelde het warme zonlicht op mijn gezicht en besefte dat het ochtend was. Ik riep naar Jing-wei.

'Ik bedek de draak met stenen!' riep ze terug.

Een poosje later kwam ze terug naar de kapel en stopte iets in mijn handen. Het was een gladde schijf, die groter was dan mijn uitgestrekte hand. 'Dat is een van zijn schubben,' zei ze. 'Hij ziet er prachtig uit, Jude. Hij is spiegelglad, net als ijs op een vijver, maar met de kleur van gepolijst koper. En binnenin zitten nog meer kleuren, paars en groen en blauw. Als je hem beweegt, verandert hij steeds van kleur. Hij is nog mooier dan een juweel.'

'En ook veel zeldzamer,' zei ik.

Ik voelde dat haar hand de mijne aanraakte. Onze vingers verstrengelden zich.

'Ik heb het zwaard van Tybalt rechtop tussen de stenen gezet,' zei ze. 'Met het heft omhoog. Het lijkt net een kruis.'

Ik vond het een passend gedenkteken, omdat Richard het zwaard ook had gebruikt toen hij aan de taak begon die wij nu volbracht hadden. Het was ook een gedenkteken voor hem, want ondanks zijn gebreken was hij een moedig man geweest. Ik wilde Jing-wei vertellen hoe trots ik op haar was, maar mijn lippen deden pijn. In plaats daarvan zei ik: 'Ik ben doodop, Jing-wei.'

En zo, broeder Benedict, voelde ik me nadat ik de laatste draak had gedood. Moe en triomfantelijk. Ik kon het amper geloven. Ik was stomverbaasd dat het allemaal zo snel was gegaan. Lan had toch gelijk gehad – het ergste was de kwellende vrees geweest, de angst voor de draak in mijn eigen hoofd, die me dagen en weken lang met zijn vuurspuwende adem had verteerd en me in mijn dromen en duistere fantasieën onophoudelijk had gekweld. Toen de eigenlijke strijd losbarstte, was die in enkele ogenblikken voorbij.

De eerste dag daarna had ik een onwerkelijk gevoel, alsof ik droomde. Het grootste deel van de tijd sliep ik, en in mijn dromen hoorde ik het ritselen van zijde, dat net zo klonk als het geluid van langs elkaar schuivende schubben. Ik rook een brandlucht. Toen ik wakker werd, was Jing-wei op het strand bezig om iets te verbranden. Het waren haar kleine zijden schoentjes, vertelde ze me later, en wat er nog over was van de zijden jurk van haar moeder. Het enige wat ze had bewaard, was het stukje waar haar moeder in het Chinees haar naam op had geborduurd. Ze heeft het nog steeds. En we hebben ook die schub van de draak nog steeds, al heeft niemand behalve wijzelf hem ooit te zien gekregen. Ik wil hem voor iets bijzonders gebruiken, zodat hij altijd bewaard blijft. Misschien, zo heb ik gedacht, kun je hem als we klaar zijn met ons verhaal in de leren band van ons boek verwerken, en er misschien een draak in graveren, want jij bent een voortreffelijk kunstenaar.

Nu we toch over jouw kunstwerken hebben, moet ik je ook zeggen dat ik grote bewondering heb voor de versierde letters waarmee je iedere dag opnieuw aan het verhaal begint. Je hebt de hele tijd goed naar me geluisterd, Benedict, en je bent ook een voortreffelijk scribent. Maar ik wil nu even uitrusten. Misschien dat een wandeling langs de kloostermuren me goed zal doen. Dan krijg ik wat frisse lucht en kan ik de heerlijke geur van regen in de kruidentuin opsnuiven. Ik denk er steeds sterker aan om hier te blijven en novice te worden, want ik ben steeds meer van deze plek en de rust die er heerst, gaan houden.

Ik ga er nu vandoor, Benedict. Tot morgen, dan vertel ik je het slot van mijn verhaal.

19

OEDEMORGEN, BROEDER! MAAR om eerlijk te zijn, is het helemaal geen goede morgen. Ik word gekweld door zorgen, en ik kan je niet zeggen waarom. Chen heeft Jing-wei ten huwelijk gevraagd. Ik zou eigenlijk blij voor haar moeten zijn, want dit is wat ik had gehoopt – dat ze iemand uit haar eigen land zou vinden om gelukkig mee te zijn. Maar nu het zover is, voel ik enkel verdriet. Ze is er zelf ook niet gelukkig mee, en ik weet niet waarom. Ze zei dat het in China een schande is als een bruid grote voeten heeft, en dat de vraag of haar voeten al of niet zijn ingebonden, bepaalt of er een huwelijk wordt gesloten. Het kan zelfs een reden zijn om een huwelijk te ontbinden. Tijdens de huwelijksplechtigheid kijkt de familie van de bruidegom of de voeten van de bruid niet te groot zijn. Ze zit gevangen tussen twee werelden, zegt ze, en ik heb het vreemde gevoel dat ze mij daar de schuld van geeft. Of anders wil ze iets van me, maar ik heb geen idee wat dat kan zijn. Wat moet ik doen, Benedict? Je kent me ondertussen goed genoeg om me wijze raad te kunnen geven. Nee, je moet je antwoord niet opschrijven. Ik kan immers niet lezen. Fluister het maar in m'n oor.

Wát?

Met haar trouwen? *Met haar trouwen?*

In hemelsnaam – is dat de wijze raad van een monnik? Ik ben diep geschokt en met stomheid geslagen. Ik ben sprakeloos. Nou ja, niet helemaal. Je zou je moeten schamen, broeder Benedict, om met zulke waanzinnige ideeën op de proppen te komen. Hoe zou ik in godsnaam met haar kunnen trouwen? Ik heb niets, en Chen heeft alles – hij is knap en erg rijk, hij heeft goede vooruitzichten en bezit in China een groot huis met landerijen. Wat heb ik haar te bieden? Werk op een ganzenkwekerij, en verder niets, op datgene na wat we al hebben – vriendschap en wederzijds vertrouwen, en de ongedwongen manier waarop we met elkaar omgaan, en...

Je glimlacht, Benedict.

God sta me bij, volgens mij ben je gek geworden. Of anders ben ik gek. Of misschien zijn we allebei gek geworden. Maar ik ga er nu vandoor. Ik ga naar Jing-wei toe. Ik zal je wijze raad belonen met een kus – één op je voorhoofd, alsjeblieft – en één op elk van je mooie wangen. Kijk nu toch eens – je hebt overal inktvlekken gemaakt en de bladzijde verknoeid. Net goed – dan had je maar niet alles op moeten schrijven. Dat is nergens voor nodig. Ik kom terug voordat de kaarsen ontstoken worden om je te vertellen hoe het me vergaan is. Wil je ondertussen voor me bidden?

Benedict! Ik heb groot nieuws! Maar ik mag er niets over zeggen, want Jing-wei wil hierheen komen om het je zelf te vertellen. Ik ga hier dus maar op m'n krukje zitten, dan kan mijn woest kloppende hart even tot bedaren komen. Ik zal ondertussen ook God mijn dank betuigen. Als Jing-wei geweest is, gaan we verder met het eind van mijn verhaal.

Niet dat er nog veel te vertellen valt – aha, daar komt Jing-wei al aan om je het grote nieuws te vertellen! Geloof me of niet, maar ze kan nu al bijna net zo hard lopen als ik!

Hier heb je een krukje om op te gaan zitten, mijn lief. En let er maar niet op dat Benedict nog steeds zit te schrijven; hij schrijft alles op, en ik neem aan dat wat jij nu gaat vertellen ook deel uitmaakt van ons verhaal – als je het mij vraagt is het zelfs het allerbelangrijkste deel. Vertel het hem maar vlug, voordat die brede grijns zijn gezicht in tweeën breekt!

Dit zijn de woorden van Jing-wei: ik wil iets zeggen over wat zich in de afgelopen dagen hier, in het klooster van St.-Edmund in Minstan, heeft afge-speeld. Niets in mijn leven leek zeker. Ik stond voor een heel moeilijke keuze: moest ik teruggaan naar China of hier in Engeland blijven?

Ik had er jarenlang van gedroomd dat het me zou lukken om aan Tybalt en zijn familie te ontsnappen en dat ik daarna mijn eigen landgenoten weer op het spoor zou komen, waarna ik een beter leven tegemoet zou gaan. Die droom kwam voor de helft uit toen ik Lan ontmoette. Zij vertelde me dat er een dorp in het zuiden was, waar mensen uit mijn land woonden. Op dat moment leek het of mijn toekomst helemaal vastlag, en ik was gelukkig bij het vooruitzicht dat ik me weldra weer tussen mijn landgenoten zou bevinden. Maar ik had geen reke-ning gehouden met de trouw en de moed van Jude uit Doran.

Vanaf het eerste moment dat we elkaar zagen, is hij altijd goed voor me geweest. Hij zat bij Tybalt in de tent altijd met me te praten. Ik glimlachte altijd als hij iets tegen me zei. Ik hield van hem. En bij alles wat we daarna hebben meegemaakt, zelfs op momenten dat we elkaar kwelden en ruzie maakten, werd mijn liefde voor hem alleen maar groter. Ik hield van hem omdat hij zich niet anders voordeed dan hij werkelijk was en wars was van huichelarij. Jude is geen opschepper, en hij houdt, zachtmoedig en hoffelijk als hij is, altijd rekening met wat ik denk en voel. Hij stelt zijn eigen geluk niet boven het mijne. Bij alles wat hij doet en zegt, is hij volkomen oprecht. Hij zal nooit iets anders zeggen dan wat zijn hart hem ingeeft. Hij beschikt over grote innerlijke kracht en hij is moedig, al beseft hij dat zelf niet. Ik ben met hem meegegaan naar het hol van de draak, om hem te helpen de moed te vinden om datgene te doen wat hem innerlijke vrede zou schenken. Hij dacht dat ik met hem meeging omdat ik door een heks betoverd was; misschien was ik ook wel betoverd, maar niet door Lan. Hij was degene die me betoverd had – door alle goedheid in zijn hart.

En bij alles wat we samen hebben doorstaan, heb ik zijn hart goed leren kennen. En hoe beter ik het leerde kennen, hoe groter mijn bewondering voor hem werd. Maar ik wist niet wat zijn gevoelens ten opzichte van mij waren, want daar sprak hij nooit over. Ik dacht dat hij diep in zijn binnenste het idee had dat ik een vreemdeling was, die niet in zijn wereld thuishoorde. Hij leek zo vastberaden in zijn voornemen om me te helpen bij het zoeken naar mijn landgenoten, dat ik dacht dat dat het enige was wat hij voor me wilde. Ik dacht dat hij, hoe aardig hij me ook vond, alleen maar wilde dat ik veilig tussen mijn eigen volk kon wonen, zodat hij verlost zou zijn van de zorgen die hij zich om me maakte. Dan zou hij zelf ook vrij zijn en de draad van zijn eigen leven weer kunnen oppakken. Nadat ik Chen leerde kennen, verkeerde ik dus in hevige tweestrijd.

Chen bood me alles waar ik al die jaren op gehoopt had: een huis, in mijn eigen land, te midden van mensen die net zo waren als ik. Hij bood me ook eer en aanzien, en stelde me een zorgeloos leven, met niets dan rijkdom en welvaart, in het vooruitzicht. Hij bood me alles, behalve de vrijheid om mezelf te zijn. Hij wilde dat mijn voeten opnieuw ingebonden zouden worden. In alle andere opzichten was zijn liefde voor mij oprecht – maar ik had mijn ziel aan hem moeten onderwerpen waar het mijn voeten betrof.

Ik wist niet wat ik moest doen en wachtte op wat komen ging. En toen kwam Jude. Nog geen uur geleden was ik, met een gevoel van wanhoop in mijn hart, in de kruidentuin bezig met wieden, toen hij op me af kwam rennen of de duivel hem op de hielen zat. In zijn geestdrift struikelde hij een paar keer over de struiken. Toen hij bij me was, pakte hij met allebei zijn handen de mijne beet. Hij had een vuurrood hoofd en stotterde van opwinding. Hij keek me met die stralende blik in zijn ogen aan en vroeg of ik met hem wilde trouwen.

Het gebeurde zo onverwacht dat ik niet wist wat ik moest zeggen. Uit het feit dat ik zweeg, maakte hij kennelijk op dat ik hem afwees, en hij begon weer weg te lopen, langzaam en met afhangende schouders. Ik riep hem terug en rende naar hem toe. Toen deed ik wat ik al de hele zomer had willen doen – ik sloeg mijn armen om zijn nek en kuste hem op zijn lippen. Ik zei tegen hem dat ik van hem hield, en we omhelsden elkaar, daar midden in de kruidentuin. We waren volkomen buiten zinnen en lachten en huilden allebei op hetzelfde moment. Hij wilde meteen hierheen rennen om het u te vertellen, broeder Benedict, maar ik zei dat ik zelf dat genoegen wilde hebben. En ik wilde Jude ook laten weten waarom ik, al vanaf het moment dat ik hem leerde kennen, zo vreselijk veel van hem houd.

En dat is het einde van mijn verhaal, en ook een nieuw begin.

O, Benedict, ik word bijna gek van blijdschap! Mijn hart gaat tekeer als een smidshamer; het lijkt of het niet meer tot bedaren komt! Ik weet niet of ik wel in staat ben om je het slot van mijn verhaal te vertellen.

Jing-wei is op dit moment bij Chen, om hem van haar besluit op de hoogte te stellen. Ik heb met hem te doen, want ik weet dat hij op zijn manier van haar houdt. Ik weet niet waaraan ik mijn geluk te danken heb. Ik weet zeker dat ik helemaal niet zo hoffelijk, zachtmoedig, dapper, en wat ze daarnet nog meer over me zei, ben als zij beweert. Maar daarover ga ik niet met haar redetwisten – het zou geen goed voorteken voor ons huwelijk zijn als ik daar nu al mee begin. Nu dan, waar waren we gebleven? O ja, ik weet het weer: op de dag dat we de draak doodden.

De rest van de dag heb ik geslapen. 's Avonds aten we weer krabben en schelpdieren, en de volgende dag bij het krieken van de dag verlieten we de baai. We ondersteunden elkaar op het pad dat langs de rotsen omhoogliep. Tot onze grote verbazing vonden we onze ezel, niet ver van de plaats waar we hem hadden achtergelaten. Hij leek redelijk gezond, ook al kon ik zijn ribben voelen en was zijn vacht stijf van het stof of de as. Jing-wei ging op zijn rug zitten en ik strompelde ernaast. Ik hield me aan de nek van de ezel vast en liet me leiden. Toen de zon hoog aan de hemel stond en het erg heet begon te worden, bette Jing-wei mijn gezicht weer met de olie. Ze was erg voorzichtig toen ze in de buurt van mijn ogen wreef. Er waren blaren op mijn gezicht gekomen, maar de zwelling van mijn oogleden was nu een stuk minder. Het lukte me zelfs om mijn ogen een klein stukje te openen en het daglicht te zien. Tijdens de heetste uren van de dag rustten we en bleven we in de schaduw van een muur in een verwoest dorp zitten. Tegen de avond kon ik, tot mijn grote opluchting, mijn ogen weer gewoon opendoen.

We reisden een aantal dagen aan een stuk. We trokken in zuidelijke richting, op zoek naar de stad waar de landgenoten van Jing-wei woonden. We lieten de verschroeide akkers achter ons en kwamen terecht in een vreedzaam deel van het platteland, met dorpjes waar kerkklokken luidden en schapen en ossen stonden te grazen op de akkers waar de rogge en tarwe gemaaid was. Jing-wei verzamelde aan de rand van een van de akkers een stuk of wat halmen die daar waren blijven staan en vlocht daarvan iets wat voor een hoed kon doorgaan, waarmee ik mijn verbrande gezicht tegen de zon kon beschermen. Ik moet er vreemd hebben uitgezien, want de mensen staarden me aan als ze ons onderweg tegenkwamen. Ik denk dat ze ook vonden dat Jing-wei er vreemd uitzag, met haar amandelvormige ogen en haar donkere huid. De mensen waren nieuwsgierig, maar ook erg vriendelijk. Iedere avond bood iemand ons wel een schuur aan waar we konden slapen. Soms ook lieten ze ons binnen in hun huis en sliepen we op de vloer bij een knapperend haardvuur. Misschien hadden ze wel medelijden met ons en met mijn verbrande gezicht en handen, want we kregen ook goed te eten. Zelfs onze ezel kreeg goed te eten, en sliep in stallen met een heleboel hooi. Iedere dag werd zijn vacht met een bos twijgen schoongeborsteld.

Het leek ongelooflijk, maar op een of andere wonderlijke manier hernam het leven zijn alledaagse loop. Ik besefte nu hoe lang ik in doodsangst had verkeerd en welke tol dit van mijn zenuwen had geëist, en ook hoe dicht ik al die tijd op de rand van de waanzin geleefd had. Ondanks de pijn die mijn brandwonden veroorzaakten, maakte zich een onbeschrijflijke vreugde van mij meester. Ik had het gevoel dat ik ontwaakt was uit een afschuwelijke droom. Het leek of de wereld om me heen opnieuw tot leven was gekomen. Iedereen was vrolijk, en de mensen die we onderweg tegenkwamen, hadden niet meer die angstige blik in hun ogen. Hier in het zuiden waren minder verwoeste dorpen, en in de dorpen waar we langstrokken werd weer volop gebouwd. Het begon nu herfst te worden, en het leek of de najaarswind nieuwe hoop met zich meebracht. En aan het eind van de zomer begon zich ook het gerucht te verspreiden dat de draak was gedood.

We hoorden het voor het eerst toen we in het dorpje Trute verbleven, een mijl of tien naar het noorden. We logeerden bij een boer en diens vrouw, en zaten samen met hun vijf dochters aan hun ruwhouten schraagtafel te eten toen een van de deernen zei dat ze die dag iets wonderbaarlijks had gehoord. 'De draak die de noordelijke streken teisterde, is verslagen,' zei ze. 'Een soldaat heeft hem met één klap van zijn zwaard gedood.'

'Draken bestaan niet en hebben ook nooit bestaan. Praat toch niet zulke onzin, Tilly,' zei haar vader. 'Het was de pest weer, de Zwarte Dood, die in vlammen uit de hemel daalde en mensen doodde en hun oogst en hun dorpen vernield heeft.'

'Het was echt een draak, vader!' riep Tilly opgewonden. 'De goochelaar die het ons vertelde, had het van een ketellapper gehoord, die bij de vrouw van een molenaar pannen moest repareren. En haar man had het van een smid gehoord die het paard van de ridder had beslagen! De ridder was van de drakengrot op weg naar huis. Het was de grot van St.-Alfric, zei hij, en hij vertelde hoe hij het monster met één klap had gedood. De klap was zo hard dat de wereld op zijn grondvesten schudde en de rotsen instortten en in zee terechtkwamen. De soldaat heeft zijn zwaard boven op de berg met stenen achtergelaten om het te bewijzen. Hij heeft de punt van de staart van de draak er vlakbij gelegd, zodat de mensen kunnen zien waar het monster begraven ligt. Hij is langs alle dorpen in de buurt gereden om de mensen te vertellen dat hij de draak heeft gedood en dat er geen reden meer is om bang te zijn.'

'De mensen weten niet wat bang zijn betekent,' bromde haar vader. 'Je wordt pas bang als een stelletje dolgeworden vrouwen je in je eigen huis de oren van het hoofd proberen te kletsen.'

Jing-wei keek me aan en we zaten een hele tijd boven onze dikke hompen haverbrood naar elkaar te grijnzen. Even kwam het in me op om hun te waarheid te vertellen, maar ik wist dat ze me alleen maar zouden uitlachen.

De dag daarop trokken we verder. In alle dorpen vroegen we of de mensen wisten waar de stad lag waar Chinese mensen woonden. Ze hadden het woord 'Chinese' nog nooit gehoord, en keken vol verwondering naar Jing-wei voordat ze hoofdschuddend verder liepen. Jing-wei begon zich zorgen te maken. Ze was bang dat we haar landgenoten nooit zouden vinden. Misschien waren ze wel allemaal terug naar China gegaan. Om eerlijk te zijn, zou ik dat niet erg hebben gevonden. Ik genoot van de uren die ik in het gezelschap van Jing-wei doorbracht, van het lopen op landweggetjes en het zwerven over akkers waar de tarwe en rogge voor de volgende oogst werden gezaaid, en van de gesprekken met de knapen die probeerden de kraaien te verjagen. Bij het oversteken van die open velden verdwaalden we een paar keer. Ik probeerde de wegen door de bossen en andere plekken waar zich mogelijk dieven konden ophouden zoveel mogelijk te mijden. Nu en dan reisden we samen met mensen die dezelfde kant uitgingen, en luisterden naar hun vrolijke liederen en hun verhalen. En steeds weer hoorden we hoe de draak gedood was: nu eens door het leger van de koning, dan weer door een dappere, eenzame ridder; soms was er ook sprake van een engelenschaar die met hun hemelse klanken de rotsen hadden doen instorten, waardoor het monster verpletterd was. En we hoorden ook verhalen over een schone deerne, die de draak met haar toverkracht had gedood.

En zo kwamen we, na verloop van tijd, hier aan, in Min-stan, bij jullie klooster van St.-Edmund. Ik herinner me die eerste nacht in het gastenverblijf nog goed. Ik lag op een bed van zacht stro met schone lakens. Eerst hadden we aan een gedekte tafel gegeten. Er was bestek van zilver, en er stonden prachtige schalen op tafel. Alleen al het prachtig gepoetste zoutvat was meer waard dan alles wat mijn vader ooit heeft bezeten. Ik was niet gewend aan het gezelschap van zovelen; we waren met meer dan dertig mensen, die in bedden langs de muren sliepen. Het was een bonte stoet: er waren pelgrims en kooplui, ambachtslieden en boodschappers, en ze maakten, zelfs in het holst van de nacht, een verschrikkelijke herrie. Er werd gebeden, er liepen kinderen te krijsen, er lagen mensen te snurken en scheten te laten en... Maar dat hoef je allemaal niet te weten. Wees maar dankbaar dat jij in alle rust in je monnikscel kunt wonen, en dat het enige geluid dat je hoort afkomstig is van de klokken die de gebedsdienst aankondigen.

De volgende ochtend liep ik rond tussen de kloostermuren en keek vol bewondering naar de prachtig bewerkte zuilen, de gewelven en de binnenplaats met de kruidentuin. Ik liep net te denken hoe vredig dit alles was, toen ik voor het eerst jullie abt ontmoette. We raakten in gesprek, en hij vroeg me waar ik vandaan kwam en waar ik naartoe ging, en wat de reden was van mijn reis. En om een of andere reden – misschien omdat hij zo vriendelijk tegen me deed – heb ik hem alles verteld. En de rest van het verhaal ken je inmiddels.

Morgen vertrek ik om op de ganzenkwekerij van de abt te

gaan werken. Het is hier vlak in de buurt en ik hoop dat je ons dikwijls kunt komen opzoeken. Ik hoop dat we elkaar nog vaak zullen zien, Benedict, want je bent als een broer voor me en ik koester niets dan genegenheid voor je. Ik dank je uit het diepst van mijn hart voor het feit dat je dit verhaal van mij zo mooi hebt opgeschreven.

Het is een prettige gedachte dat ik ook in de toekomst betrokken zal zijn bij de vervaardiging van nog meer boeken, al is het maar door jullie scribenten van ganzenveren te voorzien. Wellicht kan ik tijdens de uren dat ik niet hoef te werken de school van de abt bezoeken, waar Jing-wei me kan leren lezen en schrijven. Dan hoef ik jou niet meer lastig te vallen als ik op de ganzenkwekerij een heldendaad heb verricht die voor het nageslacht bewaard moet blijven. Zit niet zo te glimlachen, Benedict, want we weten immers niet wat het lot voor ons in petto heeft. Zelfs bij het kweken van ganzen kunnen zich momenten van gevaar voordoen.

Over het lot gesproken: ik zou graag Oude Lan nog eens ontmoeten, en haar op haar wijze oude wangen kussen. Ook hoop ik dat ik Tybalt ooit weerzie, om hem te vertellen wat er met zijn zoon is gebeurd en waar diens laatste rustplaats is. Ik zou ook willen dat Tybalt Jing-wei ziet zoals ze nu is: een bewonderenswaardige, vrije, sterke vrouw. Maar eigenlijk denk ik dat ze dat altijd al was, en dat het enige wat er aan haar veranderd is haar schoenmaat is, en dat ze door dit alles alleen nog maar sterker is geworden.

En wat mezelf betreft...

Ik denk weer terug aan die laatste avond, thuis in Doran, toen ik in een bijzonder slechte stemming verkeerde en dacht dat het lot zich tegen me had gekeerd. Als ik het me goed herinner, zei ik toen dat er misschien een of andere heilige vanuit de hemel naar beneden had gekeken en besloten had om in te grijpen. Ik twijfel er niet aan dat het zo gegaan is. Zijn bemoeienissen hebben voor mijn leven ingrijpende gevolgen gehad, maar daar heb ik vrede mee.

En hiermee is mijn verhaal ten einde.

AANTEKENING VAN DE AUTEUR

In de tijd dat Jude leefde, in 1356, werden boeken nog door monniken met de hand gekopieerd. Deze manuscripten waren bijzonder kostbaar en bevatten vaak prachtige illustraties; ook werden de beginletters, of initialen, van elk hoofdstuk en elke alinea fraai versierd. De boeken werden geschreven op perkament, dat van de huid van schapen of kalveren werd gemaakt. De huiden werden eerst schoongemaakt door ze aan de voor- en achterkant te schuren; daarna werden ze glad gewreven met gemalen puimsteen. Omdat de boeken zo kostbaar waren, werd alleen aan rijke mensen het lezen geleerd. De leraren waren doorgaans monniken. Kennis die niet tot de officiële leer van de kerk behoorde – zoals die van Lan – werd met achterdocht bejegend.

In die tijd was papier in Engeland zeldzaam, maar in China was het toen al eeuwenlang in gebruik. Ook bestonden er drukpersen, waarbij gebruik werd gemaakt van houten blokken en van klei vervaardigde, losse lettertekens. In de achtste eeuw waren de Chinese methoden om papier te maken doorgedrongen tot de Arabische landen, en tegen de twaalfde eeuw was het ambacht ook bekend in Spanje en Italië. In het katholieke Engeland van die dagen werd papier beschouwd als een onderdeel van de islamitische cultuur en daarom als iets verwerpelijks beschouwd.

Maar de manier waarop boeken werden gemaakt zou ingrijpend veranderen toen omstreeks 1450 in Duitsland de drukpers werd uitgevonden. Niet lang daarna bracht een welgestelde Engelse koopman een bezoek aan Duitsland. Omdat hij belangstelling had voor literatuur leerde hij hoe met deze nieuwe machines boeken vervaardigd konden worden. Hij heette William Caxton. In 1476, honderdtwintig jaar nadat Jude op de ganzenkwekerij van de abt ging werken, bouwde William Caxton de eerste Engelse drukpers. In het begin werd papier, dat immers het meest geschikte materiaal was om op te drukken, nog geïmporteerd, maar de Engelsen maakten zich ook de kunst van het papiermaken eigen en weldra werd in heel Engeland papier geproduceerd.

De uitvinding van de drukpers heeft de geschiedenis voorgoed veranderd. Het moeizame 'monnikenwerk' van het langzaam stuk voor stuk kopiëren van boeken met de hand, waarbij gebruik werd gemaakt van dierenhuiden, ganzenveren en inkt, werd als overbodig beschouwd. Er werden boeken gedrukt in het Engels in plaats van in het Latijn, dat de oude taal was van de kerk. Voor het eerst in de geschiedenis kregen gewone mensen, zoals Jude, toegang tot boeken – en daarmee tot kennis.

De drukpers was niet de enige uitvinding die pas veel later tot Engeland doordrong. In de tijd van Jude was buskruit ook iets nieuws. Het werd al wel op kleine schaal toegepast, maar er zou een tijd komen dat het, zoals Lan had voorspeld, op ieder slagveld als het meest belangrijke wapen werd gebruikt. En vliegers waren in die tijd in Engeland ook nog niet bekend. In China gebruikte men toen al eeuwenlang zowel vliegers als buskruit. Alleen iemand als Jing-wei was in staat om, met haar ervaring met beide, Jude te helpen om de draak te doden op de manier die in dit verhaal wordt beschreven.

Het verhaal van Jing-wei over haar jeugd in de grote, welvarende stad Hangzhou is gebaseerd op historische feiten. Er zijn verhalen bekend van Marco Polo, de beroemde middeleeuwse ontdekkingsreiziger en schrijver, waarin hij de Chinese stad Hangzhou beschrijft als een van de mooiste en indrukwekkendste steden ter wereld. Het was vroeger in China ook gebruikelijk om bij meisjes de voeten in te zwachtelen, waardoor de zogenaamde 'lotusvoetjes' ontstonden. Dit gebruik is in de tiende eeuw ontstaan en werd pas in 1911 afgeschaft. Er leven momenteel in China nog enkele oude vrouwen met afgebonden voeten.

Een aantal van de middeleeuwse krachttermen in dit boek – zoals 'Godsakkerloot', 'Bij Gods Heilige Hart' en 'Corpus Domini' (letterlijk: 'Het Lichaam van de Heer') heb ik ontleend aan het werk van Geoffrey Chaucer, een veertiende-eeuwse Engelse schrijver*. Het Engels dat Jude sprak, verschilde in veel opzichten van de taal zoals wij die nu kennen; de uitdrukkingen die hij gebruikte waren toen heel gewoon.

En wat draken betreft: in een heleboel landen komen verhalen over dergelijke monsters al eeuwenlang voor in legenden en verhalen en op schilderijen. Bestonden al die draken alleen maar in de verbeelding van verhalenvertellers en kunstenaars? Of hebben dergelijke beesten echt bestaan?

Ik weet het niet zeker, maar ik denk van wel.

Sherryl Jordan
mei 2000 (het Chinese Jaar van de Draak)

---

* Voor de vertaling is hier gebruik gemaakt van de Nederlandse vertaling van Chaucers 'The Canterbury Tales': 'De Canterbury-verhalen', door Ernst van Altena (Baarn, 1995).

VERKLAREND WOORDENLIJSTJE

aker, putemmer

berenbijt, het berenbijten; het vechten van honden tegen beren (om de kijkers te vermaken, die konden wedden op de afloop)

bestieren, besturen, leiden

bezoeking, beproeving

deerne, jong meisje; soms ook: vrouwspersoon, meid, lichtekooi

florijn, benaming voor oude munten

lavatorium, Latijn voor toilet, wc met of zonder wasgelegenheid

librije, oude kerk- of kloosterbibliotheek

maliënkolder, soort hemd of harnas, geheel uit maliën of ijzeren ringetjes samengesteld

molenkolk, wijde molenboezem. Boezem: het geheel der stilstaande, van het buitenwater afgesloten plassen, kanalen, tochten en sloten waarop het water uit lager gelegen polders wordt uitgeslagen

muntmeester, bestuurder van een munt, zijnde de plaats waar van overheidswege geld gemunt wordt

nardusolie, kostbare geurstof die valeriaanachtige gewassen opleveren

noenmaal, middagmaal, lunch

scribent, Latijn: scribens (schrijvend)

scriptorium, vertrek in een klooster waar handschriften vervaardigd en overgeschreven werden

spinrok, stok waarop bij het spinnen met de hand het te bewerken materiaal wordt gestoken

terts, het tweede van de daggetijden ('de vier kleine uren') in het breviergebed, oorspronkelijk op het derde uur gebeden

wambuis, mansbovenkledingstuk dat het lijf van de hals tot aan het middel bedekte